KB044904

완전 무죄

완전 무죄

다이몬 다케아키 장편소설

김은모 옮김

검은숲

일러두기
1. 사누키 사투리는 지역의 특성을 고려하여 경상도 사투리로 번역하였습니다.
2. 본문 내 모든 각주는 옮긴이가 작성하였습니다.

서장

대체 몇 시간이나 도망치고 있는 걸까.

오직 달빛에만 의지해 어두운 숲속을 달렸다. 들리는 것
이라고는 맨발로 낙엽을 짓밟는 소리와 잔가지가 부러지
는 소리뿐. 유채꽃일까, 노란 꽃이 피어 있다. 에취, 에취.
꽃가루를 들이마신 탓에 재채기가 났다.

녹색 지붕 집에서 도망쳐야 한다. 최대한 멀리.

쉴 수는 있어도 뒤를 돌아볼 수는 없다. 목소리는 들리
지 않지만 분명 쫓아오고 있다. 붙잡히면 죽는다.

팔꿈치가 까졌고 발바닥도 아팠다. 아까 호되게 넘어지
는 바람에 엄마가 태가 나게 입혀준 유카타♦는 흙투성이였

♦　목욕 후나 여름철에 주로 입는 무명 홑옷.

다. 앞섶이 벌어졌고 띠도 어디론가 가고 없었다. 유카타를 이렇게 만들어서 미안해. 하지만 지금은 오로지 도망치고 싶은 마음뿐이었다. 죽기 싫었다. 어쩌다 이렇게 된 거지? 왜 쫓아오는 거야?

살려줘. 누구라도 좋으니 제발 좀 도와줘.

어디를 어떻게 달리고 있는지 짐작도 가지 않았다. 대나무 숲을 빠져나와, 저수지를 빙 돌고, 웅덩이를 뛰어넘어 돌아보지 않고 죽어라 달렸다. 머릿속이 뒤죽박죽이라 과연 앞으로 가기는 가고 있는지조차 의문이었다. 그래도 멈춰서는 안 된다는 목소리가 들렸다.

숨이 차고 심장이 터질 것 같았다. 안 그래도 힘든데 풀숲에서 풍기는 열기가 몸에 엉겨 붙었다. 이 정도면 따돌렸겠지. 하지만 그렇게 방심한 순간에 그 사람은 나타난다. 그 사람, 사람이라고? 그건 분명 사람이 아니다. 괴물이다. 아빠보다 큰 덩치, 부리부리한 눈, 피노키오 같은 코, 염소를 한입에 삼킬 수 있을 만큼 커다란 입, 그런 게 인간일 리 없다.

저 멀리 희미한 불빛이 보였다. 불빛은 점점 커졌고, 동료를 부른 듯이 숫자도 하나둘씩 늘어났다. 다행이다. 마을이다. 미끄러지듯이 산을 달려 내려와 불빛이 있는 방향으로 향했다. 살았다. 유카타가 흐트러져서 부끄럽지만, 지금은 그런 데 신경 쓸 상황이 아니다.

그때 발소리가 들렸다. 발소리는 느릿한데도 점차 커졌다. 완전히 녹초가 됐는지 다리가 생각처럼 말을 듣지 않았다.

붙잡히면 죽는다.

살려줘! 눈물을 흘리며 달리다가 왼발이 허공을 찼다. 오른발도 마찬가지였다. 몸이 허공에 떴다. 잠시 후 땅바닥에 고꾸라졌다. 흙과 피가 섞인 맛을 느끼며 입가를 닦았다.

뒤돌아보자 덩치 큰 남자가 있었다.

굵은 눈썹을 치켜세운 채 커다란 눈을 부릅떴다. 우뚝한 코는 창처럼 뾰족하고 큼지막한 입에서 침을 질질 흘린다. 남자는 서두르지 않았다. 마치 함정이 없는지 확인하듯 한 발짝 한 발짝 천천히 다가왔다. 싫어. 누가 좀 도와줘!

도망쳐야 해, 도망쳐야 해, 저 멀리. 최대한 멀리⋯⋯.

1장  악몽

1

"손님, 여기면 될까요?"

고개를 들자 도쿄 지방법원이 눈에 들어왔다. 머리가 희
끗희끗한 택시 기사가 찌푸린 얼굴로 뒤돌아보고 있었다.

"손님, 괜찮으세요?"

아아, 맞다. 택시를 타고 가다가 피곤해서 잠든 모양이
다. 또 그 꿈을……. 잠꼬대라도 했을까. 하지만 지금은
그런 걱정이나 할 때가 아니다. 마쓰오카 지사는 흘러내린
뿔테 안경을 고쳐 쓰고 지갑에서 카드를 꺼내 택시 기사에
게 내밀었다.

"영수증은 페어튼 법률사무소 이름으로 발행해주세요."

빙긋 웃으며 말했지만 택시 기사는 변함없이 뚱한 표정이었다. 앞으로 중요한 판결이 기다리고 있는데 이런 대접을 받으니 기분이 영 별로였다. 좀 더 싹싹하게 대하면 어디가 덧나. 손님을 상대하는 일을 하면서 표정이 저게 뭐람.

"손님, 여기."

택시 기사가 면도를 건성으로 했는지 수염이 남은 턱을 살짝 쓰다듬었다.

지사가 그 동작을 따라 하자 턱이 젖어 있었다. 서둘러 손수건을 꺼내려다 지갑에서 잔돈이 쏟아졌다. 5엔 동전이 조수석 밑으로도 들어갔다. 기사가 무슨 짓을 하는 거냐는 표정으로 손을 뻗어 동전을 주워주었다.

밖은 금방이라도 비가 내릴 것 같은 날씨였다. 물이 꽉꽉 찬 물탱크 같은 비구름을 바늘로 찌르면 눈물을 펑펑 흘릴 듯했다.

가슴에 손을 댔다. 심장이 빠르게 뛰었다. 눈을 감고 마음을 진정시켰다. 심호흡을 하다 보니 늦을 것 같아서 지사는 법원으로 부리나케 뛰어갔다.

"마쓰오카, 빨리 와."

같은 법률사무소에 소속된 변호사가 기다리고 있었다.

"죄송해요. 주임 변호인이면서."

"괜찮아. 그것보다 판결이 우선이야."

시계를 든 흰 토끼처럼 서두르는 중년 변호사를 따라 지사도 법원으로 뛰어들었다. 법률을 배우던 시절에 들었던 천천히 서두르라는 말이 머릿속을 맴돌았다. 입정이 조금 늦었다. 많은 사람이 주목하는 재판인지라 판결만 내리는 오늘도 방청인이 꽤 많았다.

"자, 갈까. 시대를 바꾸러."

"네, 가죠."

지사는 요란한 성원을 받으며 변호인석으로 향했다. 머리를 올백으로 빗어 넘긴 검사가 맞은편에 앉았고, 교도관 두 명이 피고인을 데리고 들어왔다.

다보록한 수염에 금색 머리, 거기에다 이전엔 눈썹도 없었던 피고인은 머리를 빡빡 깎자 의외로 어려 보였다. 그럴 만도 하다. 피고인 다무라 효가는 아직 스물한 살이니까. 그는 교제 상대의 두 살배기 딸을 맨션 3층에서 떨어뜨려 죽인 혐의로 기소됐다.

초점은 옆집에 사는 할머니의 증언이었다. 혼자 사는 이 할머니는 평소 효가가 아이에게 "닥쳐, 확 죽여버린다" 하고 으르대는 소리를 들었으며, 사건 당일에 효가가 맨션에서 아이를 떨어뜨리는 장면을 보았다고 증언했다. 맨션의 정원에는 잔디가 깔려 있었지만, 아이는 운 나쁘게도 콘크리트 부분에 머리를 부딪혀 사망했다.

잠시 후 판사 세 명이 장례식에 임하는 것처럼 조용히 판사석에 앉았다.

"피고인, 앞으로 나오세요."

판사의 부름을 받고 다무라 효가가 증언대 앞으로 나섰다.

효가는 전과는 없지만 중학교와 공업고등학교에 다니는 내내 허다하게 말썽을 일으켰다. 언론 매체는 효가가 보도진에게 밉살스러운 표정으로 중지를 세우는 모습을 되풀이해 내보내며 사건을 자극적으로 보도했다. 사형에 처하라는 목소리가 당연하다는 듯이 인터넷을 가득 채웠다.

효가는 지사가 보기에도 결코 좋은 사람은 아니었다. 별것 아닌 이야기에도 금방 화를 내는 터라 변호에도 애를 먹었다. 그러나 사람을 겉모습만 보고 판단해서는 안 된다. 하물며 살인 현장을 찍은 것도 아닌 영상 몇 초가 사람의 인생을 좌우해서야 되겠는가.

애당초 이 재판은 다른 국선 변호인이 담당했었다. 그 변호인은 살인죄만은 피하기 위해, 3층에서 떨어뜨렸으니 살의는 없었다면서 상해치사로 변호하려고 했다. 하지만 효가는 불의의 사고였음을 주장하며 국선변호인을 해임하고 페어튼 법률사무소에 변호를 의뢰했다.

지사는 할머니의 증언이 서서히 달라지는 것을 알아차

렸다. 그 때문에 할머니가 실은 아이를 떨어뜨리는 장면을 확실하게 보지 못했으리라는 인상이 강해졌다. 어쩌면 할머니의 집에서는 몸을 내밀지 않으면 떨어뜨리는 장면이 안 보이는 것 아닐까. 지사는 변호사팀으로 그 사실을 검증해서 증명해냈다.

이미 판사와 재판원*은 판단을 내렸다. 하지만 그들의 표정에서 판결 내용까지 읽어낼 능력은 없다.

재판장이 안경을 조금 내리고 효가를 살짝 노려보는 것처럼 보았다.

"주문, 피고인은 무죄."

법정이 웅성거리는 소리에 휩싸였다. 지사는 후우, 하고 숨을 크게 내쉬었다. 효가도 안도한 표정을 지었다. 사법 기자가 이번 판결을 얼른 기사로 쓰기 위해 자리에서 벌떡 일어나 달려 나갔다. 재판장이 판결 이유를 빠르게 말하고 폐정했지만, 지방법원 104호 법정을 감싼 웅성거림은 잦아들 줄 몰랐다. 대놓고 분통을 터뜨리는 소리도 섞여 있었다.

"살인자, 이 살인자야!"

고함을 지른 사람은 효가와 사귀었던 열아홉 살 여성이

♦ 중대한 형사재판의 심리에 일반 시민이 참여하는 제도를 재판원 제도라 하고, 참가하는 일반 시민 여섯 명을 재판원이라고 한다.

었다.

"살려내, 내 딸 살려내라고!"

내내 얌전하게 있던 여자는 무죄판결이 내려지자마자 무슨 스위치가 켜진 것처럼 고래고래 소리를 질러댔다. 효가는 고개를 꾸벅 숙인 후, 여자를 힐끗 바라보고 등을 돌렸다. 여자도 부모에게 부축을 받으며 법정을 뒤로했다.

"축하해, 마쓰오카."

동료 변호사가 손을 내밀었다. 이기기는 했지만, 지사는 악을 쓰며 우는 여자의 뒷모습을 바라보며 그 손을 힘없이 잡는 것이 고작이었다.

유아 추락 사건의 판결이 내려지고 일주일 후, 통유리 엘리베이터는 도쿄 거리를 내려다보며 소리도 없이 위로 올라갔다.

도쿄역 바로 옆에 본부를 둔 페어튼 법률사무소는 일본에서 손꼽히는 대형 법률사무소다. 민사와 형사를 가리지 않으며, 기업 법무와 국제 안건 등 다방면에서 활약한다. 유능한 변호사들이 다수 소속되어 있어, 어떤 의미에서는 변호사의 아성이다.

밖에는 비가 내리고 있었다.

"마쓰오카 씨, 그나저나 이번 재판은 참 의미가 크죠?"

질문을 한 이는 법률 계간지를 발행하는 출판사의 잡지 기자로, 콧수염을 길렀다.

"물증은 전혀 없었어요. 불확실한 증언만 가지고 자칫하면 살인죄를 적용할 뻔했습니다. 죄를 뒤집어쓸 뻔했다고요."

지사는 굳은 얼굴로 커피가 든 컵을 입에 댔다.

"경찰과 증인은 악인을 용서할 수 없다는 정의감에 불탔을 겁니다. 하지만 결과적으로는 무고한 다무라 씨가 험한 꼴을 볼 뻔했죠. 고의든 과실이든 때로는 정의감이 억울한 죄를 낳는 법이에요."

"마쓰오카 씨가 무죄를 쟁취함으로써 형사 변호에 커다란 빛을 비추신 셈이로군요."

"저는 한 일이 별로 없어요. 검증팀 덕분이죠."

기자는 참 겸손하시다며 웃었다. 하지만 진심이었다. 끝끝내 이번 재판에서 이긴 건 상황을 철저하게 검증한 결과라 할 수 있다. 페어튼 법률사무소에서는 증인의 목격 정보가 얼마나 불확실한지 증명하기 위해 전문 검증팀을 꾸렸다.

검증팀은 증인인 할머니의 집에서는 몸을 한껏 내밀어야 사람을 떨어뜨리는 모습이 보인다는 사실과 할머니가 평소 툭하면 없는 말을 만들어서 불평을 해대는 블랙 컨슈머로 유명했다는 사실 등을 알아내 증언에 신빙성이 없음을 부각시켰다. 지사는 주임 변호인으로서 그러한 정보를 정리한 것에 불과했다.

"다만 이번 재판에서는 좀 더 큰 문제점이 대두됐다고 생각합니다."

"증인의 문제가 아니라는 말씀입니까?"

지사는 고개를 한 번 끄덕했다.

"네. 언론 매체에서 피고인의 성격과 관련된 부분을 보도해서 많은 사람들에게 마치 유죄인 것 같은 인상을 줬죠. 이게 더 큰 문제예요. 피고인 다무라 씨는 석방됐지만 지금도 네가 범인이라는 분별없는 비난에 시달리고 있습니다. 멀쩡하게 생활할 수 없는 상황이 계속되고 있어요."

"그렇군요. 무죄와 무고함은 다르다……. 그런 말씀이시군요."

지사는 몇 번이고 고개를 끄덕였다. 그 후로 잠시 형식적인 대화가 이어지다 기자가 자리에서 일어났다.

"감사합니다. 앞으로도 활약 기대하겠습니다."

"저야말로요. 다무라 씨에 대한 편견이 사라지면 좋겠네요."

기자가 엘리베이터를 타고 내려가자 온몸에서 힘이 쭉 빠지면서 한숨이 푹 나왔다. 손에 땀이 흥건했다. 상사의 명령이라 어쩔 수 없이 취재에 응했지만, 이 밖에도 할 일이 산더미다. 교통사고 안건의 반박 서면을 정해진 기일까지 완성해야 한다. 그런데 기안도 아직 잡지 못했고, 여러모로 늦었다.

"마쓰오카 선생님, 잠깐만요."

복도를 걷는데 누가 뒤에서 불렀다. 돌아보자 비서로 일하는 여직원이었다.

"마야마 선생님이 부르세요. 시니어 파트너 룸으로 오시랍니다."

"네? 아, 네. 알겠어요."

목소리가 갈라졌다. 시니어 파트너인 마야마는 이 법률사무소에서 가장 높은 사람이다.

작은 법률사무소에서는 시니어 파트너라는 명칭을 얼마 전까지 통용되던 소장과 크게 다를 바 없이 쓰고는 한다. 심지어 페어튼 법률사무소에는 변호사가 200명도 넘는다. 업계에서 유명한 변호사도 소속되어 있고 인재가 수두룩하다. 그러니 시니어 파트너 마야마는 그야말로 구름 위에 있는 존재라 할 수 있다.

성가신 반박 서면과 기안을 방치해둔 탓에 마음이 무거웠지만 거절할 수는 없다. 대체 무슨 용건일까. 지사는 푹신푹신하니 감촉이 좋은 카펫 위를 걸어 시니어 파트너 룸으로 들어갔다.

"어휴, 바쁠 텐데 불러서 미안해."

이목구비가 뚜렷하게 생긴 은발 남자가 손짓했다. 마야마 겐이치. 대법원의 대리석 바닥을 매일같이 내디뎠고, 한 발짝 앞에 사법부 최고위직이 있었다고는 안 보일 만큼 미소가 부드러운 사람이다. 실내는 호화로웠지만 생각만큼 넓지는 않았다. 기능적이라는 느낌이 들었다.

"대법원 판사실과 똑같은 구조로 만들었지. 자, 앉아, 앉아."

마야마가 상냥하게 의자를 당겨주었다.

"잠깐만 있어봐."

마야마는 그 말을 남기고 사라졌다. 지사는 너무 편한 자세로 보이지 않도록 주의해서 의자에 앉아 유리창을 바라보았다. 촌스러운 안경과 어깨에 닿을락 말락 하는 보브 컷. 취준생으로밖에 보이지 않을 법한 검은색 정장. 딱딱하게 굳은 얼굴이 비쳤다.

"오래 기다렸지. 이거 맛이 제법 괜찮아."

마야마가 커피를 가지고 왔다. 손수 내린 모양이다. 아까도 한 잔 마셨지만 안 마실 수는 없다. 난감했다. 위장이 잘 버틸까. 뭐, 스트레스가 위장에 더 안 좋겠지. 마야마는 두유를 커피에 따르고 스푼으로 저었다. 배우 뺨치는 외모지만 키가 별로 크지 않은 것이 옥에 티다.

"마쓰오카 씨, 여기에 온 지 2년 됐던가?"

"아, 네. 맞습니다."

지사는 로스쿨에 가지 않고 아르바이트를 하면서 법률을 독학했다. 4년 만에 예비시험◆에 합격했고, 2년 전에 변호사가 됐다.

"스페인에서 주문한 비스킷인데, 밀가루 없이 만든 거야."

마야마는 비스킷을 먹으며 말했다. 대법원 판사 시절부터 오랫동안 글루텐이 없는 식생활을 고수하고 있다는 모양이다.

"아, 맛있네요."

뜻밖에도 맛있었지만 편의점 도시락 같은 즉석식품을 자주 먹는 지사로서는 꾸지람을 듣는 것 같아서 마음이 조금 불편했다. 그보다 무슨 일로 부른 걸까. 빨리 듣고 싶었다.

"아직 스물아홉 살이지? 참 대단해."

마야마는 유아 추락 사건의 재판을 두고 지사를 칭찬했다.

"아닙니다. 아까 기자에게도 말했지만 사무소에서 우수한 검증팀을 꾸려주신 덕분이에요. 저는 아무것도 못 했는

◆ 로스쿨을 수료하지 않아도 사법시험에 응시할 수 있는 자격을 부여하는 시험.

걸요. 그저 주어진 역할만 연기한 것 같은 기분이랄까요."

"그게 뭐 어때서."

마야마는 맞장구를 치지 않고 턱을 괴었다.

"알다시피 변호사의 업무는 다양해. 고지식한 베테랑 중에는 변호사는 어찌어찌해야 한다는 고정관념에 따라 행동하는 사람도 있지. 곤란하게도 그저 돈벌이로 생각하는 사람도 있고. 하지만 이제 천편일률적인 변호사 업무만으로는 인권 수호라는 문제에 완벽하게 대응할 수 없어. 검찰청은 재판원 재판 대책팀을 신설해서 연구를 진행하는 중이야. 우리도 변화해야 해."

약한 입장에 선 사람에게 힘이 되고 싶다. 그렇듯 단순한 의지만으로는 안 된다는 걸까. 마야마는 사법 관료로서 젊은 시절부터 보통 사람과는 완전히 다른 길을 걸어왔다. 적어도 지사보다는 이 바닥이 어떻게 돌아가는지 잘 알 것이다. 지사는 이번 사건에서 정의가 이루어졌다고 생각한다. 그리고 그건 여기 있는 마야마를 비롯한 페어튼 법률사무소의 힘이다.

"재판원에게 호소하려면 연기력도 필요하지. 히로인으로 활약하면 돼."

"히로인이요…… . 배우치고는 너무 수수하지 않나요?"

지사는 유리창에 비치는 자기 모습을 바라보며 속으로

말도 안 된다고 중얼거렸다.

"그럼 실적을 계속 쌓아나가면 되겠지."

마야마는 준비해둔 자료를 내밀었다.

"또 의뢰가 들어왔어. 더 큰 건이야. 맡아보겠나?"

실례합니다, 하고 양해를 구한 후 지사는 자료를 넘겼다. 목차가 눈에 들어온 순간 손이 멈췄다. 목차에는 '아야가와 강 사건 재심 청구 자료'라고 적혀 있었다. 21년 전에 발생한 소녀 유괴살해사건의 자료다. 범인은 이미 체포돼 무기징역을 살고 있다.

"자네도 가가와현 출신이지?"

지사는 네, 하고 건성으로 대답하고 천천히 고개를 들었다. 지사는 가가와현 출신이고, 부모님은 마루가메시에서 지금도 우동집을 하고 있다. 지사가 초등학생 때 일어난 이 사건은 아직도 기억에 생생하다. 체포된 범인의 이름은 히라야마 사토시. 초등학교에서 잡역부로 일하던 남자였다. 하지만 이 사건은 이번 유아 추락 사건과 달리 원죄의 여지 없이 완벽하게 결판이 나지 않았던가.

지사의 속내를 알아차린 듯 마야마가 천천히 고개를 끄덕였다.

"나는 해볼 만한 가치가 있다고 봐."

"이 사건이 원죄일 가능성이 있다는 말씀이세요?"

"본인이 무고하다고 호소하는데 무시할 수는 없잖아? 마쓰오카 씨, 자네에게 맡기고 싶은데 어때?"

페어튼 법률사무소에는 경험이 풍부한 변호사가 많다. 형사사건으로 제한해도 유능한 인재가 널렸다. 그런데 왜 내게? 물어보려다가 의문을 꿀꺽 삼켰다. 마야마는 어디까지 조사해서 어디까지 알고 있는 걸까.

"맡든 말든 자네 마음이야. 힘에 부칠 것 같으면 거절해도 돼. 그러는 편이 솔직해서 좋지."

사람들의 이목이 집중되는 사건에서 무죄판결을 얻어냈다고는 하나, 반박 서면 작성에도 낑낑대는 미숙한 변호사에게 이 사건을 배정하다니, 마야마는 무슨 의도로 이러는 걸까……. 그래도 지사는 이미 대답을 정했다.

"할게요. 맡겨주세요."

지사가 제안을 받아들이자 마야마는 그럴 줄 알았다는 듯한 표정으로 고개를 크게 끄덕였다.

반박 서면의 기안을 잡고 작성을 마친 후, 날짜가 바뀌어서야 퇴근할 채비를 했다.

창밖에는 여전히 비가 흩뿌리고 있었다.

그나저나 아야가와강 사건이 원죄일 가능성이라니……. 마야마의 속내는 잘 모르겠지만 미적거릴 생각은 없다. 준비 기한은 일단 일주일. 마야마는 필요한 건 얼마든지 지원할 테니 서슴없이 요청하라고 했다.

지사는 집으로 돌아왔다. 자동 잠금 장치가 달린 여성 전용 맨션이다. 봉지 빵 하나로 저녁을 때웠는지라 배가 고팠다. 하지만 자기 전에 먹으면 살이 찔 테니 참았다. 욕조에 라벤더 입욕제를 넣고 느긋하게 목욕을 한 후, 후끈후끈한 몸을 스트레칭으로 풀고 나서 잠자리에 들었다.

몸이 피곤한 것치고 정신은 말똥말똥했다.

자기 전에 아로마 향초를 피웠고 침대 옆 협탁에는 수면에 도움을 준다는 광물 원석도 놓아두었다. 그 밖에도 수면용품이 허다하지만 잠은 오지 않았다. 이유는 잘 안다. 그 사건을 맡았기 때문이다.

지사는 요전에 정신건강의학과에서 처방받은 약을 꺼내 잠시 바라보았다.

뇌 기능을 약화시켜 잠들게 하는 것이 아니라, 수면 기능을 강화하는 약이니까 부작용이 적다고 의사는 설명했다. 하지만 이 수면제를 먹으면 악몽을 꿀 수도 있으니 주의할 필요가 있다고 했다. 지사는 망설인 끝에 약을 먹지 않고 이불을 뒤집어썼다.

오전 3시. 역시 잠을 이룰 수가 없다.

요전에는 지하철 플랫폼에서 떨어질 뻔했다. 만성적인

불면 때문에 눈이 충혈되지 않은 날이 드물었다. 눈 밑의 다크서클을 감추기 위해 매일 아침 컨실러를 꼼꼼히 발랐다. 이래서는 또 쓰러질 것이다. 지사는 단념하고 약상자에 손을 뻗었다. 속으로 기도했다.

제발 그 꿈을 꾸지 않기를. 무서운 괴물이 덮치지 않기를.

반짝이는 세토 내해를 내려다보며 재판 자료를 펼쳤다.

쾌속 열차 마린 라이너 안에서 지사는 마야마에게 받은 자료를 묶고 있는 끈을 풀었다. 사건은 21년 전, 지사의 본가가 있는 마루가메시 인근의 아야가와정에서 발생했다.

피해자는 당시 일곱 살이던 이케무라 아키호라는 소녀. 자료에는 아키호의 사진도 첨부되어 있었다. 머리 양쪽을 경단처럼 동그랗게 말아 올리고 입술을 귀엽게 내민 이 사진은 보도에도 자주 사용돼 제일 유명하다. 헤어스타일은 당시 인기 있던 애니메이션 캐릭터를 따라 한 것이라 세월의 흐름이 느껴진다. 어쩐지 지사하고도 닮았다.

이 천진난만한 소녀는 캐미솔로 입을 틀어막혀 질식사했다. 정말로 끔찍하다고밖에 표현할 방도가 없는 사건이다.

히라야마의 차에 아키호의 머리카락이 남아 있었고, 히라야마는 취조 단계에서 자백했다. 공판에서는 자백을 철회했으나 무기징역을 받았다. 자료만 보아서는 역시 히라야마가 범인이다.

그날 아키호는 일단 집에 왔지만 스케치북을 놔두고 왔다면서 다시 학교로 갔다. 시각은 오후 5시. 담임과 교감 등 몇몇 교사의 증언이 있었으므로 시간은 틀림없다. 아키호의 집에서 학교까지는 걸어서 10분쯤 걸린다.

오후 6시가 되어도 아키호가 돌아오지 않자 어머니는 딸을 찾아 통학로를 걸었다. 그러다 학교 옆에 있는 수로 가장자리에서 풀 속에 숨겨진 스케치북을 발견했다. 어머니는 처음에 아키호가 수로에 떨어진 줄 알고 조부모와 함께 부근을 열심히 찾았다. 하지만 아키호는 온데간데없었다.

결국 오후 7시경에 경찰에 신고했다. 아키호가 다니는 초등학교의 교직원뿐만 아니라 소방단과 다른 학교 교직원까지 동원돼 아키호의 행방을 찾았다. 다만 이때 잡역부였던 히라야마는 연락이 되지 않았다. 학교 근처에 있는 자택에 차도 없어서 어딘가로 외출했음이 분명했다.

시신은 다음 날 키 큰 풀과 나무가 우거지게 자란 아야가와강의 하천부지에서 발견됐다. 캐미솔로 입을 틀어막힌 채 유기된 시신에는 성폭행을 당한 흔적이 남아 있었다.

하지만 질 내부에서 체액은 발견되지 않았다. 사법 부검 결과, 유괴된 날 오후 6시에서 8시 사이에 살해된 것으로 추정됐다.

아야가와강 사건은 히라야마가 범행을 부정했다고는 하나, 차에 피해자의 머리카락이라는 유력한 증거가 남아 있었다. 또한 히라야마는 취조를 받다가 한 번은 자백했다. 현장검증 때도 시신이 있었던 장소를 정확히 가리켰으므로, 정황상 일본변호사연합회도 원죄일 가능성이 있는 사건으로 보지 않았다.

자료만 읽었는데도 기분이 언짢아졌다. 지사는 자료를 탁 접고 세토 내해에 자리한 섬들을 바라보았다.

이윽고 열차의 속도가 느려지고 시코쿠 지방으로 진입했다. 삼각 김밥처럼 생긴 산이 눈에 들어왔다. 사누키의 후지산이라고 불리는 이노야마산이다. 사누키 평야에는 작은 산이 몇 개 있고 저수지가 많다. 고향에 돌아왔구나 싶자 무거운 기분이 조금 편해졌다.

사카이데역에서 갈아타 마루가메역에서 내렸다. 비는 내리지 않지만 구름이 끼어 있었다.

마루가메성이 시선을 잡아 끌었다. 역 근처에는 시청과 법원이 있고, 회사원들도 눈에 띄었다. 지사는 심호흡을 했다. 고향을 떠나 도쿄로 간 지 벌써 11년인가.

빨간 차 한 대가 멈추고 운전석에서 여자가 내렸다.

"혹시 마쓰오카 선생님?"

"네?"

"아, 저는 가가와 제2법률사무소의 아나부키 에이코라고 해요. 사무소가 어딘지 모르실 것 같아서 마중 나왔어요."

"아아, 그렇군요."

"사무소까지 모셔다 드릴게요."

고맙다고 인사한 뒤 조수석에 탔다.

"선생님, 되게 젊으셔서 놀랐어요."

"젊은 거 빼면 시체죠, 뭐."

아나부키는 자신의 직장인 법률사무소에 대해 이것저것 알려주었다. 아무래도 좋은 사람 같아서 지사는 마음이 좀 놓였다.

가가와 제2법률사무소는 마루가메 시내의 한 건물에서 영업 중이었다.

쇼와*시대에 세워진 허름한 흰색 철근콘크리트 주택으로, 벽면에는 금이 갔고 유리창에 흰색 테이프로 가가와 제2법률사무소라고 붙여놓았다. 이름은 훌륭하지만 결코

♦   1926~1989년까지 일본에서 사용된 연호.

규모 있는 법률사무소는 아니다.

자동문이 빌빌거리며 열렸다. 부당 대출이자 환급 청구라는 낡은 광고가 붙은 칸막이 너머에는 기억하는 것보다 나이를 먹은 얼굴이 있었다. 커다란 몸뚱이에 비해 작은 얼굴. 펜 끄트머리로 귀를 긁적이며 준비서면을 작성 중인 듯했다.

"오랜만이네요, 구마 선배."

말을 걸자 구마 히로키는 작은 동물처럼 주변을 두리번두리번 살폈다. 지사가 손을 크게 흔들자 그제야 알아차린 모양이었다.

"지사 왔구나."

구마는 얼굴에 주름이 잡힐 만큼 활짝 웃으며 지사를 맞이했다.

"잘 왔어. 유아 추락 사건 재판에서 이긴 거, 나도 들었어. 정말 대단해. 나는 이제 발치도 못 따라가겠는걸."

"에이, 저는 딱히 한 일이 아무것도……."

"자자, 다들, 마쓰오카 선생님이 오셨어."

구마가 목소리를 높이자 여기저기서 폭죽이 뺑뺑 터졌다. '마쓰오카 선생님, 환영합니다'라는 현수막이 무죄판결을 얻어냈을 때처럼 걸려 있었다.

"좀 더 멋지게 환영해주려고 했는데 너무 빨리 왔어."

구마를 비롯해 가가와 제2법률사무소 사람들은 지사를 환영해주었다. 젊은 사무원 중에는 악수나 사인을 요청하는 사람도 있었다.

얼굴 가득 웃음을 띤 노인의 사진 앞에는 쑥뜸처럼 생긴 만주◆가 공양물로 올려져 있었다. 뻐드렁니에다 어쩐지 종잡을 수 없는 분위기도 한몫해 노인은 마치 만담꾼처럼 보였다.

가가와 제2법률사무소는 사건 당시 히라야마의 변호를 맡은 고 요시다 구주로 변호사가 설립한 곳이므로 협력을 요청하러 왔다. 잠시 도움을 받으러 왔을 뿐인데 예상치도 못한 환영을 받아 지사는 낯이 간지러웠다.

잠시 후 초로의 남자가 성큼성큼 사무소로 들어왔다.

"구마 선생, 젠쓰지 절에 불공을 드리러 갔다가 잡쉬보라고 사 왔어."

민사소송에서 도움을 받은 답례라며 초로의 남자는 돌빵이라고 부르는 딱딱한 과자를 책상에 한가득 내려놓았다.

"뇌물이네."

사무원들이 웃으면서 구마 주위로 다가왔다.

"우와, 이렇게나 많이. 아무리 저라도 다 못 먹을 것 같

◆   밀가루 반죽에 고구마나 밤 앙금을 넣어서 만든 화과자.

은데요."

한 사무원이 혼자 먹을 생각이냐고 놀리자 다들 웃었다. 구마는 지사의 초등학교 선배다. 나이는 다섯 살 차이다. 단체 등교를 할 때, 조장을 맡아 아이들을 잘 돌본 기억이 난다. 모두가 구마 형, 구마 오빠 하며 친밀하게 대했던 것이 인상적이었다.

그 후에 자세한 이야기를 듣고 나서, 구마가 차로 본가 근처까지 태워다 주었다. 구마는 지사가 다녔던 초등학교에서 개교 이래 최고의 영재라는 평판을 들었다. 실은 판사가 되고 싶었지만, 사법연수원 시절에 아무래도 안 되겠다는 것을 깨달았다고 한다.

"열 살에는 신동, 열다섯 살에는 수재로 불렸지만 스무 살이 지나자 보통 사람이 됐지. 지사처럼 어른이 되고 나서 능력을 발휘하는 사람이 진짜로 대단한 거라니까."

"에이, 무슨 말씀을. 구마 선배가 더 대단한걸요."

"뭐, 나는 이 정도면 괜찮다고 생각해. 페어튼같이 큰 사무소에서 머리 좋은 사람들과 경쟁하는 건 내 주제에 안 맞아. 위통에 탈모까지 올걸."

지사는 웃음을 지었다.

"가가와 제2법률사무소는 참 좋은 곳 같아요."

"뭐, 그렇지. 하지만 법률사무소라는 느낌은 안 들잖아?"

구마는 딴청 부리듯이 말을 돌렸다.

같은 법률사무소라도 각각 분위기가 많이 다른 법이다. 페어튼은 방대한 판례 자료를 구비해두었고, 각 분야에 따라 변호사 사무실을 기능적으로 분류했으며, 서고 검색 시스템도 충실하다. 수많은 변호사, 사무원, 전문가 중에는 이름을 모르는 사람이 더 많다. 한편 여기는 자기 집처럼 편안한 분위기다. 알고 지내는 법률가에게 고민을 상담하는 느낌이라고 하면 될까.

"그나저나 재심 관련해서는 뭘 어쩌려고?"

구마가 운전대를 조작하며 물었다.

"일단 히라야마 사토시와 접견을 해보려고요."

대학생 때 지사는 원죄를 해소하는 활동에 자원봉사자로 참가한 경험이 있다. 수많은 변호사가 역할을 철저히 분담해서 활동을 이끌었다. 기나긴 싸움 끝에 결국 지방법원에서 재심 청구를 받아들였다. 자신은 아무것도 하지 않았는데도 지사는 흥분을 억누를 수 없었다.

한편 아야가와강 사건은 그런 열기와는 거리가 멀다.

덧붙여 지사가 자원봉사자로 참가한 사건은 원래부터 원죄일 가능성이 높은 사건이었다. 그런데도 검찰은 고등법원에 즉시 항고했고, 항고가 기각되자 그제야 재심에 들어가 무죄판결이 나왔다. 하지만 그사이에 피고인은 병으로 사망해 무죄판결을 직접 듣지 못했다. 이렇듯 재심 무죄판결은 너무나 높은 벽이라 할 수 있다.

우체국 앞에서 말을 꺼냈다.

"아, 여기서 세워주세요, 구마 선배."

차를 세운 구마가 조금 걱정스러운 얼굴로 바라보았다.

"사무소 사람들 앞에서는 말 안 했지만, 지사, 그런 일이 있었는데……. 괜찮겠어?"

지사는 고개를 숙였지만 금세 웃음을 되찾았다.

"네, 제가 하고 싶어서 맡은 일이니까요."

"그렇구나. 힘든 일 있으면 뭐든지 말해. 무리하지 말고."

고맙다고 인사하고 구마와 헤어졌다.

마루가메시 교외에 있는 사누키우동집 '달마당'에는 불이 켜져 있었다. 보통은 저녁이 되기 전에 닫는데 오늘은 예외일까. 1년 만의 귀성이어서 부모님에게는 연락을 했지만, 어쩐지 바로 가게에 들어가지 못하고 안을 엿보았다. 결코 넓지 않은 가게에 단골손님과 이웃 들이 있었다. 어머니가 바쁘게 주문을 받고 아버지가 기다란 조리용 젓가락을 든 채 우동을 삶는 모습이 보였다.

"뭐 하는교?"

누가 말을 걸어서 흠칫 놀랐다. 사누키 사투리의 인사말에 돌아보자, 퇴근길인지 작업복을 입은 낯익은 중년 남자

두 명이 놀란 표정을 짓고 있었다.

"지사 아니냐?"

손가락으로 가리키기에 무심코 고개를 끄덕였다.

"역시 맞네. 이야, 진짜 장하다. 요전에 뉴스에 나온 거 봤어."

지사가 대답하기도 전에 머리에 띠를 두른 남자가 입을 열었다.

"돌아오긴 왔는데 막상 들어가려니 쑥스럽지? 그 마음 나도 안다. 자자, 망설이지 말고 쑥 들어가."

떠밀리다시피 지사는 가게로 들어갔다. 어서 오세요, 라는 아버지의 굵직한 목소리에 어머니의 허스키한 목소리가 섞였다.

"사장님, 지사가 금의환향했어."

띠를 두른 남자의 말에 가게에 있던 손님들이 일제히 지사 쪽으로 눈을 돌렸다. 잠시 후에 앞치마 차림의 어머니가 잘 왔다며 미소를 지었다. 한 박자 늦게 박수와 함께 커다란 환성이 쏟아졌다.

"고생 많았어, 지사."

"아이고, 우리 선생님이 오셨군."

"지사, 훌륭한 어른이 됐구나."

안경을 쓴 손님이 기분이라며 맥주를 잔뜩 주문했다. 손님이 차례차례 다가왔다. 아무래도 아버지가 오늘 돌아온다고 손님들에게 귀띔한 모양이다.

"지사한테 부탁하면 내 빚도 없애주려나."

"에이, 아무래도 그건 안 되지."

오랜만에 만나는 고향 사람들은 모두 흘러간 세월에 맞게 나이를 먹었지만, 어릴 적과 다름없이 따뜻했다. 초등학교 시절에 봤던 기억밖에 없는 사람은 정말 많이 컸다며 놀라워했다.

"휴, 고마 무야겠다. 이제 가입시다."

오후 10시. 신나게 먹고 마시던 손님들이 드디어 돌아갔다. 덧붙여 고마 무야겠다는 말은 그만 먹어야겠다는 뜻의 사투리다. 가입시다는 갑시다라는 뜻. 정말로 고향에 돌아왔다는 실감이 들었다.

시끌벅적한 축하연이 끝났다.

몇 년 만에 가게 주방에서 설거지를 하고 있으니, 어머니가 주름살 잡힌 얼굴로 웃었다.

"늦게까지 붙잡아놔서 미안해. 내일도 일 나가봐야 하잖아."

"응, 하지만 괜찮아. 어째 기분 좋네."

본가에 돌아와서 안심한 건지, 오랜만에 이쪽 말을 쓴 기분이었다.

접시를 정리하고 싱크대 배수구에 베이킹 소다를 뿌린 후 앞치마를 벗었다. 다 끝났다.

"조사할 일이 있어서, 일단 일주일. 그 후로도 몇 번 자러 올 거야."

"중요한 일을 맡은 거지? 정말로 괜찮겠어? 아, 미안. 일 이야기는 안 하기로 약속했는데."

"걱정해줘서 고마워. 괜찮아, 걱정하지 마."

"건강하게만 지내렴. 엄마는 그거면 돼."

지사는 응, 하고 고개를 끄덕였다. 아버지는 묵묵히 우동 국물을 우리는 작업을 하고 있었다. 과묵한 편이지만 가게 손님에게 들어서 안다. 아버지가 딸을 제일 생각한다는 것을. 잘 지내셨어요, 하고 작게 말하자 아버지는 돌아보지 않고 그래, 하고 작게 답했다.

가게 안쪽으로 들어가서 불단의 조부모님께 인사를 드린 후 2층에 있는 방으로 향했다. 책상, 헬로키티 소품, 귀여운 동물 인형, 어린 시절 잠들기 전에 어머니가 읽어준 그림책과 만화책이 고스란히 남아 있었다.

새삼스레 역시 고향 집은 좋구나 싶었다. 정말로 마음이 차분해졌다. 지역별로 변호사가 편중된 상태이기도 해서, 실은 페어튼 같은 대도시의 대형 법률사무소가 아니라 이런 시골에서 곤경에 처한 사람들을 위해 일하고 싶었다.

언젠가 돌아오자. 지사는 그렇게 마음먹고 이불을 덮어썼다. 말린 지 얼마 안 됐는지 햇볕 냄새가 났다. 그러고 보니 옛날부터 이불은 아버지가 말렸다. 아빠 고마워, 하고 속으로 중얼거렸다. 내일은 드디어 히라야마를 만난다. 지금은 눈앞에 있는 이 사건에 온 힘을 다해 부딪치자.

본가의 경자동차를 빌려서 잠시 달렸다.

흐린 하늘 아래, 오랜만의 드라이브다. 일단 히라야마의 자택으로 향했지만 집은 이미 철거되어 공터로 변했다. 히라야마네는 원래 승려 집안으로, 할아버지는 두붓집을 했다는 모양이다. 부모님은 히라야마가 취직한 후에 사망. 가스미라는 여동생도 있었지만, 오빠의 범죄에 충격을 받고 자살했다고 한다.

쇼핑몰에서 꽃을 사서 초등학교 쪽으로 향했다. 이케무라 아키호가 다녔던 아야가와강 초등학교는 당시엔 신축이었지만 지금은 허름해졌다. 체육 시간인 듯 체육복을 입은 아이들이 선생님과 함께 피구를 하고 있었다.

지사는 학교 근처를 천천히 흐르는 강을 따라 북쪽으로 올라갔다.

작은 다리 옆, 하천부지에 자리한 지장보살 앞에 꽃이 놓여 있었다. 지사는 차를 세우고 미끄러져 내리듯 지장보살로 다가갔다. 아야가와강 사건을 맡은 후로 꼭 한번 와보고 싶었다.

여기는 이케무라 아키호의 시신이 발견된 현장이다. 꽃을 공양하고 손을 모아 명복을 빌며 이케무라 아키호를 생각했다.

상상만 해도 눈물이 쏟아졌다. 얼마나 무섭고 괴로웠을까…… . 이런 부당한 일이 있어서 되겠는가. 그 아이는 아무 죄도 없는데. 그냥 좋아하는 그림을 그리려고 학교에 스케치북을 가지러 갔을 뿐인데. 지사가 할 수 있는 일은 그저 이렇게 명복을 비는 것뿐이었다.

잠시 후 지사는 일어섰다. 이제 접견을 하러 가야 할 시간이다.

세토 내해를 빠르게 건너 혼슈 지방에 들어섰다. 오카야마 시내를 가로질러 더 나아가자 붕긋한 산들 사이로 오카야마 교도소가 그 모습을 나타냈다.

히로시마 교정 관할 구역에 속하는 오카야마 교도소는 수감자가 천 명이 넘는 커다란 시설이다. LA 지표 수형자라고 해서, 형기가 10년 이상이고 범죄 성향이 두드러지지 않는 사람이 많이 수감되어 있다. 이런 교도소는 의외로 전국에 얼마 없어서, 초범으로 무기징역 판결을 받은 히라야마는 자연스레 오카야마 교도소에 수감되었다.

"아, 변호사님이시군요. 여기 기입해주세요."

면회 신청은 이미 했다. 주차장에 차를 댄 지사는 절차를 밟고 교도관의 안내를 받아 접견실로 향했다.

경찰서에서 접견해본 적은 몇 번 있지만, 교도소에서는 처음이다. 변호사이므로 지인이나 친족이 면회할 때와 달리 교도관은 입회하지 않는다. 히라야마와 지사를 가로막는 건 구멍이 송송 뚫린 투명한 아크릴판뿐이다.

이윽고 맞은편 작은 방에 살빛이 하얀 남자가 들어왔다. 까까머리에는 흰머리가 섞여 있다. 흐리멍덩한 눈만이 인상적인 밋밋한 얼굴이다. 사진으로 본 히라야마는 깎지 않은 수염이 삐죽삐죽하니 자못 범죄자같이 생겼었지만, 실제로 보니 평범한 중년 남자였다.

이 공간에 히라야마와 단둘뿐. 뻔히 알고 있는 사실이 새삼 고개를 쳐들었다. 공포심이 슬슬 들러붙었다. 꼼짝도 할 수가 없었다. 입을 열려고 했지만 말이 나오지 않았다. 면회 종료를 알리는 벨이 눈에 들어왔다.

안 된다. 적어도 웃자. 그렇게 생각하고 웃음을 끌어냈지만, 얼굴은 영하의 온도에서 얼어붙는 장미꽃처럼 굳어 갔다. 아무리 원죄를 주장한다고는 하나, 죄 없는 여자아이를 유괴해 살해한 혐의로 수감된 남자, 그리고 분명 그는⋯⋯.

뭘 하는 거야. 뭣 때문에 여기 왔지? 아니, 애당초 뭣 때문에 변호사가 됐어?

히라야마가 의아한 듯이 지사의 얼굴을 들여다보았다. 지사는 이래서는 안 된다는 생각에 구두 뒷굽으로 복사뼈를 힘껏 찼다. 아프다. 하지만 그 덕분에 드디어 안녕하세요, 하고 목소리가 나왔다.

"페어튼 법률사무소에서 나온 마쓰오카 지사라고 합니다. 재심을 받을 수 있도록 노력하겠습니다. 잘 부탁드립니다."

히라야마는 졸리는 듯한 눈으로 머리를 꾸벅 숙였다.

"잘 부탁드립니다."

얌전해 보이는 사람이라는 것이 첫인상이었다.

"재심 청구를 진행하기에 앞서 한 가지 확인하고 싶어요."

히라야마는 말없이 고개를 끄덕였다.

"단도직입적으로 묻겠습니다."

지사는 히라야마를 똑바로 바라보았다.

"히라야마 씨, 이케무라 아키호를 유괴해서 살해했나요?"

히라야마는 표정의 변화가 거의 없이 아니요, 하고 대답했다. 거짓말 탐지기 검사가 아니니까 반응을 본들 아무것도 알 수 없지만 물어보고 싶었다.

"몰카를 찍었다는 소문이 있는데, 그건 어떤가요?"

"사실무근입니다."

"알겠습니다. 무죄 변호로 가도록 하죠. 그러기 위해서는 사실 확인도 필요하니 히라야마 씨에 대해 이것저것 물어봐야 합니다. 하지만 일방적으로 이야기해달라고 하면 불공평하겠죠. 일단 제 이야기부터 할게요."

피고인과 조금이나마 거리를 좁히고자 지사는 자기소개를 시작했다.

"어릴 적에는 공부를 잘하지 못했어요. 변호사를 꿈꾼 건 대학교에 입학한 후부터였죠. 약한 입장에 있는 사람들을 위해 일하고 싶어서 졸업하고 나서도 열심히 공부했어요."

지루한 수업을 받는 학생처럼 히라야마는 턱에 손을 댄 채 맞장구 한 번 없이 이야기를 들었다.

"히라야마 씨는 왜 학교에서 일을 하고 싶으셨나요?"

"딱히 이유는 없습니다. 일자리가 그것밖에 없어서요."

당시 교직원이었던 아버지의 연줄이었다고 히라야마는 대답했다. 취직 후 부모님이 잇달아 돌아가셔서 사건 당시 히라야마는 여동생과 단둘이 살았던 모양이다.

"잡역부 일은 재미있었나요?"

"아니요, 그다지."

조사한 바에 따르면 히라야마의 근무 태도는 보통이었다. 무단결근 같은 문제를 저지르지는 않았지만, 적극적으로 나서서 뭔가를 하지도 않는 유형이었다. 다만 수영장 탈의실을 엿본다는 소문이 돌았고, 몰카를 찍는 게 아니냐고 경찰에 신고가 들어가기도 했다. 소아성애자. 결국 진상은 밝혀지지 않았지만 무슨 생각을 하는지 모르는 남자라는 것이 교직원들의 평판이었다.

형사들이 어떻게 생각했는지도 알 만하다. 요 부근에서는 그 밖에도 소녀가 실종된 사건이 두 건 더 발생했다. 히라야마의 이야기에 따르면 그중 한 건으로 경찰에게 의심받았다고 한다. 이케무라 아키호가 다니는 초등학교에 근무하고 소아성애자라는 소문이 도는 잡역부. 게다가 사망추정시각에 소재가 불분명했다……. 뭔가 그림이 그려졌고, 그 구도는 점차 뚜렷해졌으리라.

"사건 이야기로 들어갈게요. 히라야마 씨, 사건이 발생했을 때 뭘 하셨죠?"

"드라이브요."

히라야마는 한숨을 섞어 대답했다. 지사는 묵묵히 고개를 끄덕였다. 히라야마는 진술 조서를 쓸 때는 유괴살해 혐의를 인정했지만, 공판 때 진술을 번복했다. 사건이 발생한 시간대에는 정처 없이 드라이브를 했다고 한다. 그것 가지고는 알리바이가 성립되지 않는다.

한동안 판에 박힌 대화를 나누다가 접견을 마치기로 했다.

"변호사님, 변호를 맡아주시는 건 기쁘지만, 솔직히 어렵겠죠?"

"그런 말씀 마시고 기운 내세요."

"뭐, 앞으로 십 몇 년 더 있으면 내보내줄지도 모르겠네요. 그때까지 기다리는 수밖에 없겠죠."

신원 인수인이 있느냐 없느냐에도 달렸지만, 요즘은 무기징역수가 출소하는 데 보통 30년 이상 걸린다. 엄격한 심사를 거쳐 출소한다 해도 가석방이므로 영원히 보호관찰사에게 신세를 져야 한다. 앞으로 몇 번 더 접견을 올 테고, 변호 활동은 이제부터 시작이다. 지사는 면회 종료를 알리는 벨을 눌렀다.

"그런데 그때까지 살아 있을 수 있을까요."

그런 말을 남기고 히라야마는 등을 돌렸다. 아직 마흔여섯 살인데 묘하게 심약했다. 한 번 더 기운 내라고 격려했지만 아무 반응도 없었다.

실제로 만나보니 그냥 얌전한 남자라는 인상이었다.

하기야 달리 흉악한 살인범과 직접 이야기를 나눈 적이 없으니 비교는 불가능하다. 히라야마에게서 제일 많이 느껴지는 감정은 체념이었다. 히라야마는 근본적으로 체념에 지배당하고 있는 것처럼 보였다. 하나 그것만으로는 정말로 살인을 저질렀는지 저지르지 않았는지 알 수가 없다.

날이 저물자 지사는 본가에서 운영하는 우동집 '달마당'으로 돌아갔다.

"아, 왔니?"

차를 타고 다녔는데도 피곤해 죽을 것 같았다. 일주일 안에 뭔가 진전이 있으면 출장을 연장, 없으면 일단 끝내기로 약속했다. 아직 첫날이지만 이런다고 뭔가 얻을 수 있을까. 목욕하고 나서 조사한 내용을 돌아보았다.

가능하면 유죄의 증거가 된 머리카락으로 다시 DNA 감정을 받아보고 싶었다. 당시 도입되었던 MCT118 유전자 검사법은 미덥지 못하다. 히라야마의 차에서 발견된 이케무라 아키호의 머리카락은 정말로 그 아이의 것이었을까. 하지만 이유도 없이 DNA를 재감정하기는 힘들다.

그렇다면 자백은?

취조 단계에서 자백한 것도 히라야마에게 유죄판결이 내려진 이유 중 하나다. 히라야마는 체포된 지 12일 만에 자백했고, 그 후에 진행된 현장검증에서 시신을 버린 장소를 지목했다. 이는 범인만이 알 수 있는 '비밀의 폭로'와 유사하게 취급되어 유죄판결에 영향을 주었다. 하지만 히라야마가 자백에 이르기까지의 과정에는 의문도 있다. 이를 어떻게 써먹을 수는 없을까.

돌파구 삼아 DNA 재감정을 청구해 차에서 발견된 머리카락은 이케무라 아키호의 것이 아니었음을 증명한다. 그 방법밖에 없을 것 같았다. 수많은 난관을 돌파해야 한다. 무죄를 인정받기까지 몇 년이나 걸릴까. 막막하니…… 고생길이 훤했다. 첫날부터 암초에 걸린 듯한 기분이었다.

침대에 눕자마자 잠기운이 몰려왔다.

피곤하기도 했지만 고향집은 편하다. 마음이 안정돼서 수면제를 먹지 않아도 푹 잘 수 있을 것 같았다. 지사는 깊은 잠에 빠져들었다.

그날 밤, 꿈을 꾸었다.

지사는 똑바로 누워 천장을 올려다보고 있었다.

여기는 어디일까……. 왜 이런 곳에서 자고 있었을까. 잘 모르겠지만 여기 있으면 안 된다. 그런 불안감만 느껴져 침대에서 빠져나왔다.

바로 근처에서 여자아이의 비명이 들렸다. 역시 맞다. 여기 있으면 안 된다. 분명 죽임을 당한다. 여기에는 괴물이 산다.

지사는 집을 빠져나와 산길을 달렸다.

뒤에서 목소리가 들렸다. 돌아보자 부리부리한 눈에 입

이 커다란 괴물이 있었다. 코는 펜싱 칼처럼 뾰족하고, 강철 같은 눈썹을 치켜세웠다. 염소 뿔보다 커다란 엄니가 두 개 돋은 큼지막한 입에서는 침이 폭포수처럼 줄줄 흘렀다. 지사는 달렸다. 살려줘!

"지사! 지사."

이름을 부르는 소리에 겨우 눈을 떴다. 어머니가 걱정스럽게 내려다보고 있었다. 아버지도 걱정이 가득한 얼굴로 문 뒤편에 서 있었다.

"역시 안 나았구나."

식은땀을 흠뻑 흘렸다. 또 그 꿈을 꾸었다. 다른 방에서 자던 부모님이 온 걸 보면 분명 소리를 질렀을 것이다. 오늘은 수면제를 먹지 않았다. 게다가 제일 안심이 되는 고향 집이다. 그런데도 또 이 악몽을……. 몇 년이 지나도 놓여날 수 없는 걸까.

지사는 땀에 젖은 얼굴을 양손에 묻었다.

3

아리모리 요시오는 자동차 사고에 관련된 자료를 뒤적이며 하품을 했다.

창밖을 보자 부리가 노란 새가 커다란 나무에 둥지를 만들고 있었다. 화조풍월. 예전에는 이런 새에 아무 흥미도 없었지만, 이제는 약간 흥미가 생겼다. 이번에 지인들과 난생처음으로 고토히라야마산에 버드 워칭을 하러 가기로 약속했다.

연금을 수령하는 나이가 점점 높게 조정되는 지금 같은 시대에 경찰관은 참 좋겠다는 소리를 자주 듣는다. 확실히 다른 직업에 비하면 정년퇴직 후에도 여러모로 일거리가 있다. 경무부에 오래 있었던 동기는 딱히 대단한 업무를 맡은 적이 없는데도 병원에 근무하며 유유자적하게 지내고 있다. 하지만 아리모리는 현재, 피해자를 지원하는 민간단체에서 일하고 있다. 자원봉사이므로 급여는 나오지 않는다.

자료를 책상에 내려놓자 문을 두드리는 소리가 났다.

"네, 들어오세요."

마흔 살 전후로 보이는 부부가 들어왔다. 남편이 아내를 부축한 채 느릿느릿 걸어와 의자에 앉았다.

자료에 따르면 이 부부는 초등학생 아들을 교통사고로 잃었다. 술을 마시고 운전하다 사고를 낸 가해자는 위험 운전 치사상죄로 실형을 선고받았다.

아리모리는 주전자에 우린 차를 두 사람에게 따라주었다.

"올해 겨울은 참 추웠는데, 요즘은 조금 따뜻해진 것 같네요."

취조실에서 피의자를 대할 때처럼 하잘것없는 화제로 대화의 물꼬를 텄다. 아내는 고개를 푹 숙이고 있을 뿐이고, 남편이 사건에 대해 이야기했다.

"······그렇게 돼서 아들은 학교 수영장으로 향하던 길에 트럭에 치여 목숨을 잃었습니다. 벌써 1년이 다 되어가는데도 믿기지가 않아요."

"정말 힘드셨겠습니다."

아리모리는 공감을 표하며 이야기를 들었다.

"그놈, 처음에는 저희 아들이 갑자기 튀어나왔다고 주장했습니다. 하지만 경찰이 철저하게 조사해준 덕분에 저희 아들에게는 아무 잘못도 없다는 사실이 밝혀졌죠. 놈이 음주운전을 했다는 것도요. 그러자 갑자기 놈은 대번에 꼬리를 내리더군요."

남편은 어금니를 악물었다. 반성문을 받아도 마음은 전혀 누그러지지 않았다. 오히려 이제 와서 무슨 수작이냐는 분노에 휩싸여 반성문을 찢어버렸다고 한다.

"용서할 수 없는 인간입니다."

아리모리가 고개를 깊이 끄덕이자, 남편은 정말 그렇다며 눈구석을 눌렀다. 내내 고개를 숙이고 있던 아내가 드디어 고개를 들어 아리모리를 보았다.

"사고가 난 날에 아들은 머리가 조금 아프다면서도 수영장에 갔어요. 괜찮으냐고, 쉬는 편이 낫지 않겠느냐고 물었지만 괜찮다고 우겼죠. 여름방학 동안 꼭 25미터를 쉬지 않고 헤엄치고 싶다면서……."

아내는 말하는 도중에 울음을 터뜨렸다. 남편이 등을 문질러주었다. 그 모습이 아리모리에게는 너무나 아프게 와닿았다. 아리모리도 33년 전에 교통사고로 딸을 잃었다. 부부의 모습은 그때의 자신과 완전히 똑같았다. 지금도 그날을 잊을 수가 없다.

"지금도 죄스러워요. 그때 제가 오늘은 쉬라고 억지로라도 말렸으면 이런 일은 없지 않았을까 싶어서."

당신 잘못이 아니라고 다독여주기는 쉽다. 하지만 그런다고 부부가 짊어진 고통이 사라질 만큼 단순한 상황이 아니다. 아리모리는 정성껏 이야기를 듣고, 교통사고 피해자의 자활 그룹도 소개해주었다.

"감사합니다."

1시간쯤 이야기한 후 부부는 상담실을 떠났다.

좀 더 도움이 될 만한 말은 없을까 늘 고민한다. 지원원 연수 때 정성껏 들어주는 것이 얼마나 중요한지 거듭 배웠는데, 배운 대로 하고 있는 걸까. 하지만 생각 외로 고마워하는 사람이 많아서 다행스럽다. 아리모리도 교통사고로 딸을 잃었으므로, 피해자의 마음에 공감할 수 있기 때문인지도 모른다. 이렇듯 동병상련의 관계에 있는 사람을 도우면 자신도 도움을 받는다는 기분이 든다.

피해자 단체의 활동에 힘입어 십수 년 전부터 피해자 지원의 필요성이 인정되었다. 아리모리가 일하는 피해자 지원 센터도 그 일환이다.

그날도 퇴근 시간까지 범죄 피해자들과 상담을 했다.

"아리모리 씨, 수고 많으셨어요."

"오, 벤 씨, 다음에 한잔하러 가자고."

건물 경비원과도 어느덧 친해졌다.

정년까지 계속한 경찰 생활은 경감 직책을 받고 끝났다. 결국 평범한 형사의 삶이었지만 후회는 없다. 잘 따르는 후배도 많이 생겼고, 지금도 생활이 충실하다.

현재 아리모리에게 가족은 없다. 유일하게 마음에 걸리는 건 한 피해자 유족이다. 범인은 이미 체포돼 실형 판결을 받았지만, 그런다고 그녀의 마음에 생긴 상처가 치유되지는 않았다.

주차장으로 가자 50대 후반 여자가 나무 위를 쳐다보고 있었다.

"할미새인가요?"

아리모리가 말을 걸자 여자는 돌아보고 픽 웃었다.

"아니요, 오목눈이예요."

또 틀렸나. 그렇다기보다 처음부터 맞힐 생각 없이 그녀가 웃기를 기대한 마음도 있다.

처음 만난 뒤로 20년이 넘게 지났다. 형사와 피해자 유족이라는 최악의 조합이었다.

"아리모리 씨, 새 이름을 참 못 외우시네요."

"아이고…….. 요번에 경찰 퇴직자 모임 사람들과 고토히라야마산에 버드 워칭을 하러 가기로 했는데요. 이래서는 걱정이군요. 야간에 날다람쥐를 구경하는 여행이라면 그나마 따라갈 수 있을 것 같습니다만."

사실 새에는 전혀 흥미가 없었다. 21년이나 이 여자, 이케무라 도시에의 이야기에 맞추어주다 보니 이렇게 됐다. 평생 낫지 않을 상처를 짊어진 그녀가 자살하지 않도록. 아주 조금이나마 마음이 회복되도록.

공통의 화제가 있어도 말주변이 좋은 편은 아니라 대화는 끊기기 일쑤다. 하지만 그런 단절에서도 어쩐지 부드러운 분위기가 풍겼다.

"그럼 또 뵙겠습니다."

"네, 안녕히 가세요."

지원 센터를 뒤로하고 집으로 향했다. 이미 밖은 캄캄했다.

이케무라 도시에는 21년 전에 딸을 잃었다. 학교에 두고 온 스케치북을 가지러 가겠다며 나간 딸 아키호는 당시 겨우 일곱 살. 결국 아키호는 돌아오지 않았다.

아야가와 서에 수사본부가 설치되고, 경찰의 위신을 건 수사가 시작됐다. 아리모리는 수사1과 형사로서 아야가와 서의 이마이 다쿠야라는 형사와 함께 사건을 쫓았다. 눈여겨본 건 히라야마 사토시라는 잡역부였다.

아야가와 초등학교에서는 속옷과 수영복, 체육복을 도난당하는 사건이 많이 발생했고, 학생들과 학부모 사이에서는 히라야마가 몰카를 찍는다는 소문이 돌았다. 또한 얼마 전 다른 곳에서 소녀가 실종되는 사건이 두 건 발생했는데, 그중 한 건과 관련해 히라야마를 보았다는 목격 증언도 들어왔다. 이런 사정도 한몫하여 수사본부에서는 곧 히라야마에게 수사의 초점을 집중했다.

체포된 후 히라야마는 한동안 혐의를 부인했다. 국선변호사로 배정된 지역의 늙은 변호사가 구류를 중지하라고 시끄럽게 요구했지만, 당연히 그런 요구는 받아들여지지 않았고 얼마 지나지 않아 히라야마는 자백했다.

재판에서 진술을 번복하고 다시 혐의를 부인했지만 그런 주장이 통할 리 없다. 히라야마에게는 무기징역이 내려졌다. 범행의 잔인성과 유족의 고통을 고려한다면 사형이

타당하겠지만, 피해자가 한 명이고 몸값 요구도 없었으니 사형은 무리였다.

　도시에는 당시 서른일곱 살. 결혼은 일찍 했지만 좀처럼 아이가 생기지 않아 고생하다 간신히 얻은 외동딸이었다. 사건 당시 쉰 살이 넘었던 남편은 충격을 받아서인지 몇 년 못 가 세상을 떠났다.

　도시에는 딸이 스케치북을 가지러 갈 때 따라가지 않은 걸 몹시 후회하며 자살을 시도했다. 손목을 그은 것을 발견하고 아리모리가 병원으로 옮기자, 왜 죽게 놔두지 않았느냐고 감정을 폭발시킨 걸 기억한다.

　도시에는 그 후 유족 단체에서 가해자에게 엄벌을 요구하는 운동을 벌이다, 몇 년 전부터 피해자 지원 센터에서 일하고 있다. 아리모리는 현역일 때부터 도시에를 지탱하는 건 자기 역할이라고 생각해왔다. 하늘이 내려준 생명을 사용하는 방법, 행복의 본질은 저마다 다르다. 죽지 말라고 하는 건 쓸데없는 참견일지도 모른다. 그래도 살아가기를 바랐다.

　슈퍼에서 반찬거리를 샀다. 저녁은 늘 혼자 먹는 나날이다. 삶의 마지막 보금자리로 정한 곳은 전원 풍경이 펼쳐진 다카마쓰시 교외의 작은 단독주택이다. 산비둘기 울음소리가 들린다. 아무도 없는 집에 다녀왔습니다, 인사를 하고 들어갔다.

 사 온 반찬 외에, 무절임을 채 썰어 프라이팬에 볶아 좋아하는 단무지볶음을 만들었다. 아리모리가 유일하게 만들 줄 아는 요리다. 이런 생활에도 어느덧 익숙해졌다. 아리모리는 이미 고희에 가까운 나이고, 몸 여기저기가 약해졌지만 이 생활 패턴은 죽을 때까지 계속될지도 모른다.

 녹화해둔 세계의 진귀한 들새를 다루는 방송을 별생각 없이 보고 있자니, 휴대전화에 연락이 왔다. 확인하자 화면에 '세토구치 노리오'라는 이름이 떠 있었다. 아리모리에게 지금 일을 소개해준 전직 검사장이다. 받으려는데 전화가 끊겨서 아리모리가 전화를 걸었다.

 "아아, 아리모리 씨."

 세토구치는 금방 받았다.

 "금방 끊어서 미안해. 지금 바빠?"

 "아니요, 그냥 들새 방송을 보고 있었습니다."

 도시에처럼 세토구치와도 21년을 알고 지낸 사이다. 아야가와강 사건 당시 세토구치는 다카마쓰 지검에서 삼석 검사였다. 중요한 사건은 전부 세토구치가 처리했다. 자기는 빨간 벽돌파♦가 아니라며 출세에 흥미가 없는 듯 행동

♦ 일본 법무성에서 오래 근무한 검찰관을 가리키는 말. 법무성 옛 본관의 외벽에 빨간 벽돌을 사용한 데서 유래했다. 일본의 검찰총장은 대부분 빨간 벽돌파다.

했지만, 검사장으로 퇴직했으니 생각보다는 녹록지 않은 인물이다.

하지만 말 그대로 아야가와강 사건 때는 열혈 검사였다. 현장을 우선시하고, 정의를 실현하기 위해 몸을 던지는 의협심도 있었다.

"센터 일은 어때? 내근이 많아서 몸이 근질근질하겠어."

"아니요, 언제까지나 청춘은 아니니까요. 옛날 생각하고 섣불리 밖에 나갔다가는 큰코다칠지도 모르죠."

"우리도 나이를 먹었군."

이런 잡담이나 하려고 세토구치가 전화를 할 리 없다. 바로 본론에 들어가지 않는 건 오히려 중요한 용건을 숨기고 있기 때문이다. 아리모리 생각에는 그랬다.

"그런데 세토구치 씨, 무슨 일입니까? 제가 할 수 있는 일이라면 뭐든지 하겠습니다."

"당장 해줬으면 하는 일이…… 있는 건 아니야. 아리모리 씨도 알아두는 편이 좋을 것 같아서."

"무슨 일인데요?"

재촉하는데도 세토구치는 약간 뜸을 들였다. 텔레비전에서 들리는 에콰도르의 들새 울음소리가 시끄러워서 소리를 없앴다.

"아야가와강 사건이야. 재심 청구가 있을지도 몰라."

아리모리는 미간에 주름을 잡았다.

"재심 청구? 이제 와서요?"

그 사건은 베테랑 변호사가 담당했다. 인권을 부르짖는 케케묵은 노인인데, 얼마 전에 죽었다고 들었다.

"마야마 겐이치가 재심을 목표로 움직이기 시작했어."

아리모리는 말없이 휴대전화를 움켜쥐었다. 몽상가인 그 노인과는 달리 합리적이고 현실을 따지기로 소문난 마야마가 움직인다? 뭔가 쥐고 있는 걸까. 세토구치는 현재 페어튼 법률사무소 소속 변호사이므로 이런 유의 정보는 확실했다.

"아리모리 씨, 이마이는 어떻게 지내나?"

"이제 젊지도 않은데 호스트 같은 생활을 한다고 들었습니다. 꽤 예전에 들은 소식이라 지금은 어떻게 지내는지 모르겠지만요."

이마이는 아야가와강 사건 때 아리모리와 팀을 이루어 히라야마에게 자백을 받아낸 형사다.

"그렇군. 뭐, 녀석은 문제없겠지. 걱정되는 건 아리모리 씨, 당신이야."

걱정된다는 말에 조금 화가 났다. 아리모리는 왜냐고 물었다.

"기분 나빴나. 미안해. 당신 능력을 의심하는 건 아니야.

녀석과 달리 당신은 좋은 사람이라서 걱정이라는 거지. 이마이는 자기한테 불리할 소리를 할 리 없어. 녀석은 그런 인간이야. 하지만 정의감으로 똘똘 뭉친 당신은……."

세토구치가 무슨 말을 하고 싶은 건지 알았다. 아리모리가 추궁을 당해 속내를 드러내지는 않을까 무서운 것이다. 그래서 못을 박으러 전화했으리라.

"걱정하지 마십시오, 세토구치 씨."

끼어들어 말하자 세토구치는 말을 얼버무렸다.

"저는 말 안 할 겁니다. 히라야마는 이케무라 아키호를 죽였어요."

"알았어. 뭐, 아무튼 그런 상황이니까 유념하고 있어."

전화가 끊겼다. 아리모리는 휴대전화를 책상에 내려놓고 소파에 천천히 앉았다. 세월의 흐름은 빠르다. 아야가와강 사건으로 목숨을 잃은 이케무라 아키호가 살아 있다면 서른 살 가까운 나이다.

형사로서는 복 받은 인생을 살았다고 생각한다. 하지만 오점이라 불러야 할 일이 딱 하나 있다. 아야가와강 사건 당시의 수사 방법이다.

하지만 아리모리는 확신한다. 히라야마가 이케무라 아키호를 죽였다고. 설령 수사에 문제가 있었을지언정 진실은 흔들리지 않는다. 이제 와서 재심 청구가 받아들여져 만에 하나라도 히라야마가 무죄판결을 얻어낸들 누가 기뻐한다는 말인가. 이케무라 도시에의 얼굴이 떠올랐다. 도시에에게 슬픔을 줘서는 안 된다. 세토구치가 못을 박지 않더라도 그 일은 무덤까지 가지고 갈 작정이다.

텔레비전 화면에서 이름도 모르는 들새가 소리 없이 울고 있었다.

4

신호에 걸려서 멈췄을 때 고개를 들어 백미러를 보았다.

안경을 조금 내리자 흰자위에 핏발이 가득했다. 유리창으로 고개를 돌리며 크게 하품을 해서 조금이나마 뇌에 산소를 공급했다. 옆에 선 트럭 운전기사 아저씨가 하품하는 모습을 보았다.

창피해할 여유는 없다. 요 나흘간 하루밖에 제대로 잠을 자지 못했다. 수면 부족이다. 고향 집에 있는데도 잠을 못 잤다. 악몽이 무서워서 금방 깨어난다. 안 돼. 지금 이런 생각이나 할 때가 아니다. 일에 집중해야 하는데…….

스마트폰에 연락이 왔다.

지사는 차를 도롯가에 대고 화면을 켜 확인했다. 가가와

제2법률사무소의 구마였다.

"지사, 그쪽은 어때?"

"틀렸어요."

"그렇구나. 역시나. 이쪽도 소득이 없었어."

요 나흘간, 지사는 아야가와강 사건에 대해 조사했다. 히라야마는 사건 당시 드라이브를 했다고 주장했다. 지사는 히라야마가 드라이브를 했다는 구간을 돌아다니며 조사했다. 하지만 이미 예전 변호사 요시다 구주로가 철저하게 조사했으므로 새로운 정보는 딱히 없었다.

"구마 선배, 나머지는 제가 어떻게든 할게요."

"필요한 것 있으면 언제든지 말해. 협력할 테니까."

고맙다고 인사하고 전화를 끊었다.

알리바이에 관한 새로운 증거를 찾으려니 막막했다. 하지만 진술 조서에는 분명 이상한 점이 있었다. 바로 자백한 시기다. 히라야마는 11일째까지 내내 범행을 부인하다가, 12일째에 갑자기 자백했다. 이 점이 실마리가 될 것 같았다.

지사는 다시 히라야마를 만나러 오카야마 교도소로 향했다.

사실을 제일 잘 아는 사람은 피고인 본인이기도 하다. 따라서 피고인과의 의사소통은 아주 중요하다. 초면이라 어쩔 수 없었을지도 모르지만, 지난번 접견 때는 형식적인 대화만 나누었을 뿐 히라야마의 본심을 파고들지 못했다. 흉악한 유괴살인범……. 어쩌면 히라야마가 두려워서 그와 똑바로 마주하지 못하고 도망치는 건지도 모른다. 이래서는 안 된다. 편견을 없애고 완전히 새로운 마음가짐으로 임해야 하는데…….

수속을 마치고 면회실로 가자 히라야마가 먼저 기다리고 있었다.

전에 만났을 때처럼 살짝 고개 숙여 인사했지만, 하품을 참는 것처럼 보였고 시선도 다른 곳을 향했다.

"히라야마 씨, 안타깝지만 알리바이는 입증하기가 어려울 것 같아요."

"쩝, 그렇습니까."

이미 알고 있는 불합격 통보를 듣는 것 같은 태도였다.

지사는 한숨을 쉬고 싶은 기분을 억누르고 다시 입을 열었다.

"히라야마 씨, 한 가지 더 물어볼게요. 아야가와강 사건이 일어났을 무렵에 다른 유괴사건도 발생했는데요. 아시죠?"

"그랬던가요? 잘 모르겠는데요."

더는 못 참겠다는 듯이 히라야마가 하품을 했다. 그러더니 짧은 흰머리를 손가락으로 잡고 뽑으려고 했다.

"히라야마 씨, 왜 이렇게 건성이신 거죠."

지사는 발끈해서 언성을 높였다.

"이럴 거면 왜 재심을 청구하려고 하신 거예요?"

"저번 변호사 영감님이 의욕이 넘치는 바람에 등을 떠밀렸다고 할까요."

뭐지, 이 대답은……. 잡역부도 일자리가 그것밖에 없어서 택했다더니만, 이런 일에서까지 수동적인 건가.

"히라야마 씨, 부디 성실히 답변해주세요. 이런 계집애가 어떻게 재심을 받아내겠냐고 걱정하시는 건 알겠어요. 하지만 이건 당신의 인생이 달린 일이라고요."

"네, 압니다."

"그럼 왜 진심으로 이야기하시지 않는 거죠?"

강하게 다그치자 히라야마는 잡고 있던 흰머리를 쑥 뽑았다.

"당신이 진심으로 이야기를 하지 않기 때문입니다."

"네?"

지사는 히라야마의 얼굴을 바라보았다. 히라야마는 지사 말고 뽑은 머리카락을 보고 있었다. 검은 머리가 뽑혔는지 원죄였나, 하고 중얼거렸다.

"그게 무슨 말씀이시죠? 저는 진심으로 히라야마 씨를

대하고 있는데요."

지사는 가슴에 손을 댔다. 그런 지사에게 히라야마는 냉랭한 시선을 던졌다.

"목숨을 걸고 그렇게 말할 수 있겠습니까."

히라야마는 뽑은 머리카락을 구멍 뚫린 아크릴판에다 훅 불었다.

"변호사님, 진심을 감추고 있죠? 그래서 저도 진심으로 말할 기분이 안 드는 겁니다."

지사는 잠시 할 말을 잃었다.

히라야마가 엉뚱한 소리를 해서가 아니다. 오히려 그의 말이 현재 지사의 심정을 기막히게 알아맞혔기 때문이다. 히라야마는 지사의 마음을 꿰뚫어 보고 있는 걸까.

"히라야마 씨, 왜 그렇게 생각하시는 거죠?"

"당신과 이야기하고 있으면 마치 형사에게 취조를 당하는 기분이에요. 보통은 변호사님을 만나면 어디까지 진심인지와는 별개로 저를 구하고 싶다는 마음이 보입니다. 그게 일이니까요. 하지만 당신에게서는 오히려 저에 대한 적개심이 느껴져요."

지사는 조용히 눈을 감았다.

대답을 듣자 속이 후련했다. 히라야마의 말대로다. 자신은 지금 일반적인 변호사와는 다른 이유로 여기에 와 있다.

"히라야마 씨……."

지사는 안경을 벗었다. 핏발 선 눈을 크게 뜨고 히라야마를 응시했다.

"저는 당신을 도우러 온 게 아니에요."

히라야마의 반쯤 벌어진 입에서는 아무 말도 나오지 않았다.

"제가 여기 온 건 저 자신을 위해서예요. 21년 전, 요 부근에서는 아야가와강 사건 말고도 유괴로 추정되는 사건이 잇달았죠. 다카기 유카라는 일곱 살 여자애도 동일범이 유괴한 것 아니냐는 소문이 돌았어요. 경찰도 그 사건으로 당신을 추궁했죠? 그리고 한 건 더……."

지사는 토끼같이 빨간 눈을 감고 21년 전에 있었던 일을 떠올렸다.

주민회에서 축제를 연 날이었다. 여덟 살이었던 지사는 연노란색 유카타를 입고 친구와 함께 공원에 갔다. 부모님은 축제에 내놓을 요리를 만드느라 '달마당'에서 몹시 바쁘게 일했다. 결코 큰 축제는 아니었지만 공원에는 솜사탕이나 금붕어 건지기 등의 노점도 차려졌다.

주민회장 아저씨가 술집에 맥주를 추가 주문해달라고 급히 심부름을 시켰다. 지사는 알겠다고 고개를 끄덕이고 친구와 함께 근처 술집으로 향했다. 하지만 친구가 도중에 화장실에 가서 혼자 남았다. 지사가 전신주 근처를 지나칠 때 갑자기 누가 팔을 꽉 잡았다. 그 직후에 캄캄해졌다. 뭘까 하고 생각할 틈은 없었다.

의식을 되찾았지만 세상은 여전히 캄캄했다. 아무것도 보이지 않았다. 하지만 소리는 희미하게 들렸다. 라디오 소리였다. 흔들리고 있었다. 차를 타고 어딘가로 가고 있다는 걸 알았다. 깨어났는데 왜 아무것도 보이지 않을까. 숨쉬기가 힘들었다. 처음에는 뭐가 뭔지 알 수 없었지만, 지금 돌이켜 보면 눈가리개를 했던 것이다. 손발도 묶였고, 입에는 수건 같은 것으로 재갈을 물렸다. 유괴당했다. 무서워서 몸이 굳어버렸다.

오랫동안 차를 타고 간 후, 지사는 짐짝처럼 어딘가로 옮겨졌다. 이불같이 부드러운 곳에 눕혀진 기억은 난다. 무서워 죽을 것 같았다. 잠시 후 가까이에 누군가 있다는 걸 깨달았다. 여자아이가 낑낑거리는 소리가 들렸기 때문이다. 분명 자기처럼 끌려온 아이 같았다.

공포 속에서 지사는 몸을 비비 틀었다. 한동안 그러고 있자니 뭔가에 걸렸고, 힘을 주자 손을 묶은 끈이 풀렸다. 자유로워진 손으로 눈가리개를 벗었다. 재갈도 빼고 발을 묶은 끈을 풀었다. 하지만 어두운 방에서 그 괴물이 가만히 바라보는 것만 같은 불안감은 여전했다.

밖은 캄캄했다. 잠시 후 가까운 방에서 여자아이의 목소리가 들렸다. 괴로운 듯한 목소리. 여기 있어서는 안 된다. 그렇게 생각한 지사는 방을 빠져나가 손으로 더듬더듬하며 다른 방에 들어갔다. 부엌 같았다. 가스레인지 옆에 조그마한 창문이 있었다. 달빛이 희미하게 새어 들었다. 지사는 힘껏 발돋움했다. 손이 닿지 않았다. 어둠에 눈이 익숙해지자 쓰레기통이 보였다. 쓰레기통을 발판 삼아 갈색으로 변색된 창문을 끼이익 열었다. 조금밖에 열리지 않았지만 억지로 머리를 쑤셔 넣었다. 고양이처럼 몸을 쭉 빼내고 밖으로 털썩 떨어졌다. 축축한 풀의 감촉. 조금 굴렀지만 아프지는 않았다.

가까운 방에 있던 그 아이는 어떻게 될까. 한순간 그런 생각이 머리를 스쳤지만, 금방 거품이 꺼지듯이 사라졌다. 지사는 달렸다. 유채꽃 같은 노란 꽃이 피어 있었던 건 기억난다. 캄캄한 길을 힘껏 달렸다. 아니, 달렸는지 걸었는지 그것조차 모르겠다. 모르겠지만 죽을힘을 다해 앞으로 나아갔다. 결국 지쳐서 쓰러졌고 경찰에게 발견됐지만, 그조차 기억에는 없다.

"21년 전, 저는 유괴당했어요."

지사는 핏발 선 눈으로 히라야마를 노려보았다.

"그리고 그때 다른 여자아이도 같은 집에 감금돼 있었고요. 히라야마 씨, 저는 당신이 저를 유괴한 게 아닌가 줄곧 의심했어요. 아니, 지금도 의심하고 있죠."

지사는 북받치는 감정을 억누르듯 심호흡을 한 번 했다.

"처음으로 접견을 하러 왔던 날, 제가 어릴 적에 공부를 잘하지 못했다고 했죠. 실은 그런 사건이 있었던 탓에 공부를 하고 싶어도 할 수 없었다는 뜻이었어요."

사건을 겪은 후 지사는 학교에는 거의 가지 않고 정신건강의학과에 다녔다. 부모님과 지인들이 잘 다독여준 덕분에 10대 중반에야 다시 학업을 재개할 수 있었다. 뒤처진 만큼 더 열심히 공부해 겨우 대학에도 들어갔다.

왜 내가 그런 일을 당해야 했을까. 하지만 살아서 돌아왔으니 그나마 다행이다. 그렇게 스스로를 타이르며 살아왔다. 하지만 더는 그렇게 살고 싶지 않다. 유괴당했다는 사실은 사라지지 않는다. 없었던 셈 치고 뚜껑을 덮어도 받은 상처는 평생 지워지지 않는다. 그러니 과거와 싸우고 싶었다. 결판을 내고 싶었다.

괜찮겠느냐고 부모님은 늘 걱정했다. 마음이 망가졌던 어린 시절에 비하면 훨씬 좋아지기는 했지만, 아직도 괴물에게 쫓기는 악몽을 꾸었다. 괴물의 특징은 늘 똑같다. 부리부리한 눈에 피노키오 같은 코, 염소를 한입에 삼킬 수 있을 만큼 커다란 입……. 형사들은 그게 범인의 얼굴이냐며 술렁거렸다. 몽타주도 만들었지만 일치하는 얼굴은 없었다. 왜 늘 똑같은 괴물이 나오는지는 지금도 불확실하다. 히라야마의 얼굴과 비교해봐도 닮지는 않았다.

괴물은 어릴 적에 어머니가 읽어준 그림책《우락부락 염소 삼 형제》에 나오는 트롤과 비슷하게 생겼다. 무서운 트롤은 염소를 잡아먹으려다 오히려 뿔이 커다란 염소에게 당한다. 아야가와강 사건의 변호를 맡은 것도, 자신을 괴롭혀온 괴물과 정면에서 싸울 기회라고 생각했기 때문이다. 이제 더는 도망치고 싶지 않았다.

"히라야마 씨, 저는 당신의 누명을 벗기고 싶은 게 아니에요. 저를 유괴한 범인을 찾아내고 싶을 뿐이죠. 괴물과 맞붙어서 해치우고 싶어요.《우락부락 염소 삼 형제》의 용감한 염소처럼."

지사는 핏발이 선 눈을 똑바로 뜨고 히라야마를 쏘아보았다.

"당신이 그때 그 유괴범이라면 사형당하길 바라요. 하지만 누명을 썼다면 진범이 세상을 활개치고 있는 셈이죠. 그것만은 용납할 수 없어요. 그래서 그걸 확인하고 싶어서 여기 온 거예요. 전부 저 자신을 위해서죠."

전부 털어놓은 지사는 거칠어진 호흡을 가다듬었다. 변호사로서 가져서는 안 될 동기다. 하지만 어떻게 생각하든 상관없다. 이대로 본심을 숨기고 변호 활동을 계속할 수 있을 것 같지는 않았다.

면회실에 잠시 침묵이 흘렀다. 진심을 밝히려던 히라야마도 지사의 고백에 압도당한 듯 입을 열지 않았다. 마야마가 어떤 노림수를 가지고 이 사건을 지사에게 맡겼는지는 모른다. 당사자라는 걸 알고 맡겼을까. 하지만 그런 건 아무래도 상관없었다. 지사는 오직 자기 자신의 과거와 결별하기 위해 여기에 왔다.

1분쯤 지나서 드디어 히라야마가 입을 열었다.

"……처음일지도 모르겠네요."

그 목소리에 맞춰 지사는 "네?" 하고 물었다.

"사건 이후로 아무도 저와 진심으로 마주하지 않았습니다. 저를 범인이라고 단정한 형사와 검사는 물론이고, 변호사 영감님도요. 정상 증인◆이 되어준 중학교 담임선생님도 실은 저를 의심했고요……."

"저도 마찬가지예요. 히라야마 씨. 당신이 저를 유괴한 범인이라면 사형을 당해도 싸다는 생각이니까요."

그렇겠죠, 하고 히라야마는 쓴웃음을 지었다.

"하지만 적어도 당신은 거짓말을 하지 않고 저를 대해줬

◆　형사재판에서 피고인에게 정상참작의 여지가 있음을 호소하기 위해 법정에 서는 증인을 가리킨다.

습니다. 그게 처음이라는 거예요. 무고하다고 믿습니다. 다들 제게 그렇게 말하죠. 하지만 믿는 척할 뿐이라는 걸 금방 알게 돼요. ……거짓말, 거짓말, 거짓말. 이제 거짓말은 필요 없습니다."

히라야마는 지사의 핏발 선 눈에 뒤지지 않을 만큼 강하게 번뜩이는 눈빛을 던졌다.

"변호사님, 저는 안 그랬습니다."

히라야마가 아크릴판에 얼굴을 가까이 댔다.

지사는 바로 입을 열지 않고 치뜬 눈으로 히라야마를 보았다. 머리를 가볍게 쓸어 올리고 나서 드디어 말을 꺼냈다.

"그건 이케무라 아키호를 죽이지 않았다는 말씀이신가요?"

"그것뿐만이 아니고요. 다카기 유카도 유괴하지 않았습니다. 아무도 죽이지 않았어요……. 물론 당신을 유괴한 것도 제가 아닙니다."

히라야마는 지사를 똑바로 바라보았다.

"나는 무고해!"

지사는 일어서서 흉내 내듯 히라야마의 눈동자에 얼굴을 가까이 댔다.

먼저 눈을 깜박이면 지는 것도 아니건만, 두 사람은 눈한 번 깜박이지 않았다. 이렇게 해서 범인인지 아닌지 알 수 있다면 아무도 고생하지 않는다. 그래도 지사에게는 히라야마가 거짓말하는 것처럼은 보이지 않았다.

지사가 천천히 숨을 내쉬자 멈춰 있던 시간이 드디어 흐르기 시작했다.

"알겠습니다. 그럼 전부 있는 그대로 알려주세요. 당신이 불리해질 만한 일이라도 전부 솔직하게 대답하셔야 해요. 아시겠죠."

히라야마는 고개를 끄덕이고 조용히 자세를 바로 했다.

그리고 처음과는 딴 사람처럼 모든 질문에 성실하게 답변했다. 깊은 생각을 거쳐 거짓 없이 내놓는 대답으로 느껴졌다.

"또 올게요, 히라야마 씨."

인사를 남기고 오카야마 교도소를 뒤로했다.

드디어 진정한 의미에서 재심 무죄판결을 향한 변호 활동이 시작된 것 같은 기분이었다. 히라야마는 지사가 꺼내놓은 진심에 마침내 진심으로 답했다. 하지만 아직 확실히는 모르겠다. 히라야마가 그 괴물인지 아닌지, 진짜 괴물은 어디에 있는지. 지사는 운전대를 움켜잡았다.

2장      바늘구멍과 낙타

1

아야가와강 사건 조사에 나선 지 이레째. 거의 아무것도 알아내지 못하고 시간만 허무하게 지나갔다.

지사는 구마가 운전하는 차를 타고 간온지시로 향하는 중이었다.

기한인 일주일이 지나 지사는 오늘 도쿄로 돌아간다. 일주일쯤 조사해봤지만 역시 까다롭다. 하지만 과거를 밝힌 후로 지사는 일단 히라야마가 무고하다고 믿어보기로 했다.

"어때? 돌파구는 보였어?"

조금 진지한 표정으로 구마가 물었다.

"분명 정황만 보면 어렵기는 해요. 하지만 불리한 증거는 의외로 적더라고요. 하나는 취조 중의 자백. 또 하나는 뭐니 뭐니 해도 히라야마 씨의 차에 있었던 머리카락. 이 두 가지를 무너뜨리는 게 중요해요."

"그렇겠지. 두 난관을 돌파하면 이길 수 있어."

"일단 첫 번째, 그 진술조서 부자연스럽지 않아요?"

"응, 내 생각도 그래. 히라야마 씨는 체포되고 나서 일관되게 무고함을 호소했지. 아주 완고하게 부정했어. 그런데 12일째에 느닷없이 자백을 했단 말이야."

경찰의 취조는 장기간에 걸쳐 이루어진다. 진상 규명을 위해 당연한 일로 여겨지지만, 외국과 비교하면 생각지도 못할 만큼 길다.

"인간은 장기간 압박을 당하면 그 상황에서 벗어나고자 A라고 생각해도 B라고 말하는 경향이 있어요. B라고 대답하면 불리해질 줄 알면서도 당장의 고통에서 벗어나는 게 우선인 거죠."

"이건 살인죄야. 중벌이 예상되는데 거짓말로 눈앞의 불부터 끄려고 할까?"

"아닐 것 같죠? 하지만 이건 심리학적으로도 충분히 가능한 일이에요."

"그런가. 난 잘 모르겠군."

"하지만 그것보다 더 마음에 걸리는 일은 체포되고 11일째에 히라야마 씨의 여동생이 자살했다는 거예요."

"마음은 이해가 가. 오빠가 살인범이라면 자살하고 싶어 질 만도 하지."

"아니요, 그런 뜻이 아니라 자백한 시기요. 여동생이 자살한 다음 날에, 갑자기 자백했다고요. 이상하지 않아요?"

지사의 설명에 구마는 운전대를 고쳐 잡으며 으음, 하고 앓는 소리를 냈다.

"아마도 히라야마 씨는 당시 여동생의 자살에 충격을 받아 얼이 나간 상태 아니었을까요. 그때 형사들이 빈틈을 파고들었다……."

쇼와시대나 그 이전처럼 노골적으로 폭력을 행사해 자백을 받지는 않았겠지만, 그렇듯 얼이 나간 상태라면 심리는 남이 시키는 대로 움직이기 쉽다. 숙련된 형사라면 당근과 채찍을 조합해 교묘하게 유도할 수 있다.

"하지만 글쎄. 그 정도로 재심 청구를 받아들여줄지는 의문인데."

"네, 제 생각도 그래요."

"그럼 역시 안 되잖아."

구마는 쓴웃음을 지었다.

"관건은 DNA 감정이에요. 히라야마 씨는 자기 차에 아키호의 머리카락이 있을 리 없다고 했어요."

히라야마의 말에 따르면 차에는 여동생밖에 안 태웠다고 했다. 학교에서 아키호와 접촉한 적도 없었다고 덧붙였다. 모근이 남아 있는 머리카락이 우연히 옷에 묻었다가 히라야마의 차에 떨어졌을 가능성도 없다.

"그 말을 믿는다면 유죄를 나타내는 증거로 채택된 머리카락은 다른 사람 것이라는 뜻이에요. 즉, 재감정만 한다면 충분히 이길 승산이 있죠. 당시 감정법에 문제가 있다는 건 널리 알려진 사실이니까요."

"MCT118이었던가?"

지사는 네, 하고 고개를 끄덕였다. 21년 전, 각지의 과학수사연구소에서는 MCT118 검사법으로 DNA를 감정했다. 원죄 사건으로 유명한 아시카가 사건을 통해 이 감정 방식은 정확도가 낮다는 사실이 뚜렷이 드러났는데, 과거 아야가와강 사건에서도 같은 감정 방식이 사용됐다.

드디어 차가 간온지시에 진입했다.

내비게이션에 따라 교외로 가서 '후쿠이에'라는 문패가 달린 집 앞에 멈췄다. 크고 작은 선인장 화분이 많았다.

"여기 같네."

초인종을 누르자 예순 살 전후로 보이는 남자가 나왔다. 후쿠이에 요시히로. 몇 년 전까지 과학수사연구소에 근무했다. 지사보다 키가 조금 더 크고, 머리를 뒤로 빗어 넘겼다. 움푹 팬 눈에 머리가 크다.

"안녕하세요, 후쿠이에 씨. 변호사 마쓰오카라고 합니다. 이쪽은 구마 변호사고요."

"아아, 들어와요."

후쿠이에를 따라 응접실로 들어갔다. 이렇다 하게 눈길을 끄는 장식품은 없지만 깔끔하게 청소를 해놓았다.

부인이 차와 과자를 가져왔다.

"이야기는 대강 들었지만, 너무 기대는 하지 말게."

후쿠이에는 못을 박듯이 말하고 차를 후루룩 마셨다.

"알아요. 그냥 솔직하게 말씀해주시면 됩니다."

아야가와강 사건 때 히라야마의 차에서 발견된 머리카락의 DNA를 후쿠이에가 소속된 부서에서 감정했다. 후쿠이에는 실제로 감정에 참여했다.

"머리카락을 감정한다지만 중요한 건 모근이야. 머리카락은 죽은 세포지. 머리카락으로도 감정 못 할 건 없지만, 정확도가 많이 떨어져. 모근은 요컨대 피부조직이니까 DNA 감정이 가능하지."

그건 알고 있는 내용이다.

"머리카락이 저절로 탈락할 때는 모근까지 빠지지 않아. 그 당시 머리카락에는 모근이 남아 있었지. 즉, 잡아당겨서 뽑힌 거야. 차 안에서 큰 다툼이 있었던 거겠지."

지사는 유괴당했을 때가 떠올랐다. 자신은 금방 의식을 잃어서 저항하지 못했지만 이케무라 아키호는 어땠을까.

"후쿠이에 씨, 저희가 묻고 싶은 건 당시 도입된 감정법인 MCT118에 대해서입니다."

구마가 말을 꺼냈다. 즉시 후쿠이에의 눈빛이 날카로워졌다.

"문제가 있다는 사실은 알려졌지만, 솔직히 어떻습니까?"

"어떻느냐니?"

"현재의 감정법으로 재감정하면 결과가 달라질 가능성이 있겠습니까?"

잠시 고개를 숙이고 있던 후쿠이에가 무거운 표정으로 얼굴을 느릿느릿 들었다.

"있지. 충분히."

후쿠이에는 준비한 봉투에서 자료를 꺼냈다. 그는 당시부터 이렇게 부정확한 감정법은 무의미하다고 과학수사연구소 소장을 만나 담판했다는 모양이다. 자료에는 MCT118의 문제점이 자세하게 적혀 있었다. 어느 정도 알고는 있었지만 전문가가 보증하자 불신이 더욱 커졌다.

"문제는 당시의 DNA가 남아 있느냐는 건데요. 채취한 증거를 다 사용했으므로 재감정은 불가능하다는 게 검찰이 자주 사용하는 방법인데……."

"전부 다 쓰지는 않았어."

후쿠이에가 지사의 말을 막았다.

"되도록 전부 소진하는 걸 피하는 게 이런 일에 종사하는 사람의 도리지. 어쩔 수 없이 다 쓸 때도 있지만, 이때는 분명 남아 있었어. 보관도 확실히 했고. 만약 다 사용해서 재감정을 할 수 없다고 한다면, 틀림없이 증거를 은닉했다는 뜻이야. 내가 법정에 서서 증언할 의향도 있네."

"정말이세요?"

커다란 머리가 위아래로 움직였다. 됐다. 히라야마의 말대로라면 차 안에 이케무라 아키호의 머리카락이 남아 있을 리 없다. 재감정만 승인되면 승산은 충분하다.

잠시 더 이야기를 나눈 후 두 사람은 후쿠이에의 집을 나섰다.

"희망이 보이는데, 지사."

"네, 하지만 이제부터가 시작이죠."

DNA를 재감정하려면 높은 벽을 넘어야 한다. 의뢰한다고 덥석 받아들여주지는 않는다. 변호인이 청구하는데도 통과되지 않는다니 이상한 일이지만, 이것이 현재 일본의 사법제도다.

그러나 후쿠이에라는 지지자는 든든했다. 단순히 재감

정의 필요성에 대해 긍정해주었기 때문이 아니다. 경찰에 소속된 과학수사연구소 사람 중에도 공정함을 갈망하는 이가 있다는 사실에 안도했기 때문이다.

구마가 사카이데역까지 차로 바래다주었다.

"그럼 또 올게요."

"응, 꼭 이기자."

플랫폼에 도착하자 〈세토의 신부〉의 멜로디가 들렸다. 지사는 마린 라이너를 타고 도쿄로 향했다.

기한인 일주일은 오늘로 끝난다. 이제 마야마를 만나 경과를 낱낱이 보고해야 한다. 재심 청구를 목표로 더 움직일지는 마야마의 판단에 달렸다.

지사는 구석 자리에서 휴대용 육법전서를 꺼내 형사소송법 제435조 페이지를 펼쳤다.

> 재심은 다음과 같은 경우, 유죄가 선고된 확정판결에 대해 유죄를 선고받은 자의 이익을 위해 청구할 수 있다.
>
> 1. 원판결의 증거로 채택된 증거 서류 또는 증거물이 확정판결에 의하여 위조 또는 변조였음이 증명됐을 때.
> 2. 원판결의 증거로 채택된 증언, 감정, 통역 또는 번역이 확정판결에 의하여 허위였음이 증명됐을 때.

3. 유죄를 선고받은 자를 무고한 죄가 증명됐을 때. 다만 무고에 의해 유죄가 선고된 때에 한한다.

4. 원판결의 증거가 된 재판이 확정판결에 의하여 변경됐을 때.

5. 특허권, 실용신안권, 의장권 또는 상표권을 해한 죄로 유죄가 선고된 사건에서, 그 권리의 무효 심결이 확정됐을 때 또는 무효 판결이 났을 때.

6. 유죄를 선고받은 자에게 무죄 혹은 면소를 선고하거나, 형을 선고받은 자에게 형의 면제를 선고하거나, 또는 원판결에서 인정한 죄보다 가벼운 죄를 인정해야 할 명백한 증거가 새로이 발견됐을 때.

7. 원판결에 관여한 재판관, 원판결의 증거로 채택된 증거 서류의 작성에 관여한 판사 또는 원판결의 증거로 채택된 서면을 작성하거나 진술을 한 검찰관, 검찰 사무관 또는 사법경찰 직원이 피고 사건에 대해 직무와 관련된 죄를 저질렀음이 확정 판결에 의하여 증명됐을 때. 다만 원판결을 선고하기 전에 재판관, 검찰관, 검찰 사무관 또는 사법경찰 직원에게 공소가 제기됐을 경우는 원판결을 선고한 법원이 그 사유를 알지 못할 때에 한한다.

재심 청구 규정이다. 재심에 대한 형사소송법 규정은 의외로 적다. 여러모로 충분치 못하다고 지적되는데, 변호인은 보통, 6항 '명백한 증거가 새로이 발견됐을 때'를 위주로 변호 활동에 나선다.

아야가와강 사건도 마찬가지다. 현재 공격 방법은 부자연스러운 자백과 21년 전의 DNA 감정이 틀렸을 가능성이다. 이것만 가지고 마야마가 조사를 계속하라고 할까. 아주 미묘한 상황이다. 다만 지사가 제일 확실하다고 믿는 건 히라야마의 진지한 눈이었다. 히라야마의 눈동자에서 티 없는 반짝임을 느꼈다. 지사는 히라야마가 무고하다고 생각한다.

마침내 신칸센이 도쿄에 도착했다.

스마트폰으로 마야마에게 연락했다. 지금 본부에 있으니 오라고 했다. 도쿄역 바로 옆이라 이동하기는 편하다. 지사는 35층으로 올라갔다.

"아아, 마쓰오카 선생님, 들어가세요."

비서가 시니어 파트너 룸에 들여보내주었다.

"고생 많았어. 자, 앉아, 앉아."

지사는 인사하고 의자에 살짝 걸터앉아 이번 조사 결과를 정리한 보고서를 꺼냈다. 하지만 마야마는 펄럭펄럭 넘겨보더니 금방 비스킷을 먹기 시작했다. 마야마의 사무 처리 능력을 평범한 사람이 헤아릴 수야 없겠지만, 저렇게 금방 내용을 다 이해했을까.

"밀가루였어."

마야마가 뜻 모를 소리를 했다. 지사는 어떻게 반응해야 할지 몰라 입만 반쯤 벌렸다.

"마쓰오카 씨, 내가 판사였던 시절에 뭐가 제일 힘들었 는지 아나?"

지사는 잠깐 생각하는 척하다가 아니요, 하고 대답했다.

"졸음이야. 졸려서 참을 수가 있어야지. 8시간을 자도 못 견딜 만큼 졸려. 왜일까? 판결을 잘못 내린다면 죽어서 사죄할 각오로 임하는데도 졸음이 몰려와. 뇌에 병이 생겼 나 싶어 의사에게 물어도 봤지만, 검사해도 모르겠다더군. 눈꺼풀에 눈을 그릴까 진지하게 고민했을 정도야."

재심과는 별 상관없는 이야기에 헛웃음으로 비위를 맞 추었다.

"왜 졸리는 건지 내 나름대로 철저하게 분석했지. 식후에 졸릴 때가 많아서 처음에는 혈당 문제인가 싶었어. 하지만 빵을 조금만 먹어도 졸리는 반면, 배불리 먹어도 졸리지 않 을 때도 있는 등 명확한 법칙성은 없었지. 하지만 나는 포 기하지 않았어. 분명 음식이 원인일 거라 생각했지. 일이나 운동과의 관계, 음식 종류와 섭취량, 음식의 성분까지 철저 하게 조사한 결과 밀가루 알레르기라는 걸 알아냈어."

"밀가루를 먹으면 졸리는 건가요?"

"응. 아주 희귀한 사례라나 봐. 미국의 연구 기관에서 내 혈액 샘플을 부탁했을 정도라니까."

그래서 밀가루가 들어가지 않은 비스킷을 먹는 건가. 밀가루만 먹어도 잠들 수 있다니 불면증으로 고생하는 지사로서는 부러울 따름이지만, 지금 문제는 그게 아니다.

"자기가 생각한 바를 철저하게 조사하는 게 중요하다, 내가 하고 싶은 말은 그거야. 마쓰오카 씨, 보고서를 읽어보니 히라야마가 무고하다고 생각하는 것 같은데?"

"네, 그건, 맞습니다."

"그럼 낙타가 바늘구멍에 들어가게 해야지."

지사는 앗, 하고 작게 중얼거렸다.

"재심을 청구하도록 하지."

조사 기한을 연장할 줄 알았는데, 벌써 재심 청구라니. 아직 불충분하지 않을까. 그러나 더 조사한들 아무 진전도 없을지 모른다. 재심이라는 굳게 닫힌 문을 두드려볼 가치는 있다. 낙타가 바늘구멍에 들어간다는 표현은 성서에 나온 말이지만, 재심에 관여하는 사람들이 몹시 어려운 상황에 비유해 자주 사용한다.

"6항에 더해 7항을 활용하면 돼."

"네? 7항이요?"

"응. 형사소송법 제435조에 명기된 재심 청구 규정 말이야. 상황을 보건대 히라야마는 분명 형사들에게 폭행을 당했겠지. 취조 환경도 열악해. 이건 특별 공무원 폭행 능학죄에 해당할 가능성이 있어. 조건에 있는 확정판결은 아니지만, 이걸로 소송할 수는 있어."

이 정도로 괜찮을까. 지사는 불안했지만 마야마에게서는 자신감이 보였다.

"DNA도 공정한 입장에서 감정을 받을 수 있도록 내가 힘써볼게. MCT118 검사법이 사용된 사건에서 재감정을 요청한 선례가 많이 있으니까. 남은 건 증인인데. 당시 취조를 맡은 형사들을 불러내서 위법성을 인정시키고 싶어. 아리모리라는 전직 형사는 버거울 것 같지만, 두려워하지 말고 싸워야 해. 놈들이 앞세우는 정의에 기죽어서는 안 돼. 진실이 승리해야 하는 법이니까."

마야마가 주먹을 불끈 쥐었다.

"경찰의 정의는 범인을 체포하는 것, 검찰의 정의는 재판에서 지지 않는 것, 내가 있던 법원의 정의는 법적 안정성. 딱 잘라 말해 전부 그 하나만으로는 아무 의미도 없어. 변호인의 정의도 마찬가지야. 그런 건 통하지 않는데도 뻔하디뻔한 변호를 해놓고, 부당한 판결이니 뭐니 부르짖을 뿐 현실에는 눈길을 주지 않지. 모두가 정의에 매몰되는 바람에 무고하고 약한 사람만 눈물을 흘려……. 힘든 싸움이

될 거야. 하지만 왜곡된 사법과 썩어빠진 정의에 새바람을
불어넣자고."

평소 초연한 태도의 마야마가 처음으로 엄니를 드러낸
것 같은 기분이었다. 지사는 마음이 뒤흔들렸다. 재심 무
죄판결. 이걸 쟁취하는 게 아무리 힘든 길이라도 나아가
는 수밖에 없다. 지사는 그렇게 생각하며 고개를 크게 끄
덕였다.

2

운전 중에 어린아이가 튀어나와 급브레이크를 밟았다.

아이 엄마가 연신 고개를 숙이며 사과했다. 양손으로 축
구공을 든 소년은 어쩐지 불만스러운 눈치였지만, 엄마의
등쌀에 떠밀려 머리를 꾸벅 숙였다. 식은땀이 났지만 보아
하니 다치지는 않은 듯하여 다행이었다.

잠시 '이륜용'이라고 적힌 정지선을 보고 있으니, 뒤에
있던 성질 급한 운전자가 경적을 울렸다. 아리모리는 허둥
지둥 가속페달을 밟았다.

세토 내해를 등지고 교외로 차를 몰았다. 바다와 산이
가까이 있다. 좁다란 산간 도로를 나아가자 선종 계열의

작은 절이 보였다. 차를 세운 아리모리는 준비한 꽃을 들고 아리모리 집안의 묘지로 향했다. 한동안 들르지 않은 탓에 꽃을 공양하는 통이 미끌미끌하니 지저분해졌다. 삼각 지붕을 인 수돗가에서 수세미로 벅벅 문질러 씻었다.

"신수가 훤하시군요, 아리모리 씨, 젊어 보이세요."

절의 주지가 말을 걸었다. 아리모리보다 십여 살 젊은 주지는 주름투성이인 아리모리에 비하면 피부도 탄력이 있다. 스무 살이나 어린 아내를 얻었다고 들었고, 앞으로 단카이세대♦가 슬슬 저세상으로 갈 테니 먹고살 걱정도 없으리라. 참 편한 팔자다.

"나이를 먹었어. 아까도 어린아이가 튀어나왔을 때 반응이 늦었다니까. 옛날 같았으면 사륜용 정지선에서 멈췄을 텐데."

요 부근의 교차로에는 이륜용과 사륜용 정지선이 그려져 있는데, 사륜용이 더 뒤쪽이다.

"면허라도 반납하시게요?"

"아직 그 정도는 아니야. 차가 없으면 어떻게 나다니겠나. 영업하느라 고생이 많겠지만, 주지 스님 신세를 지려면 아직 멀었어. 너무 재촉하지 마."

♦   1947~1949년에 태어난 일본의 베이비 붐 세대를 가리키는 말.

찻잔에 적힌 장수 비결 비슷한 소리를 하고 주지와 헤어졌다. 요전에 건강검진을 받았을 때도 혈압과 간 수치가 조금 안 좋았을 뿐, 큰 문제는 없었다. 인생의 목적은 딱히 없지만 당분간은 이 세상에 있을 작정이다.

붓순나무 꽃을 공양하고 향을 피운 후, 국자로 묘비에 천천히 물을 끼얹었다.

아리모리는 33년 전에 세상을 떠난 딸을 생각하며 두 손을 마주 모았다.

더운 여름날의 이른 아침이었다. 다녀오겠다며 라디오 체조 카드를 목에 걸고 집을 나선 딸은 난폭하게 운전하던 운송 트럭에 치여 목숨을 잃었다. 카드를 건 목이 엉뚱한 방향으로 꺾여서 도저히 살 수 없다는 걸 알면서도, 소식을 듣고 달려간 아리모리는 필사적으로 딸의 이름을 불렀다.

이렇게 부조리한 일이 있어서 되겠는가. 현실감 없는 죽음 앞에 아리모리는 속수무책으로 서 있었다. 눈물은 흐르지 않았다. 절규도 나오지 않았다. 하지만 구급차가 도착하고 구급대원이 현장을 보자마자 체념한 표정을 지었을 때, 현실임이 느껴져 절규했다.

아내는 아리모리를 탓했다. 아내는 여름방학 라디오 체조가 뭐 그리 중요하냐고 말했지만, 아리모리는 당연히 참여해야 한다며 더 자고 싶다는 딸을 억지로 깨웠다. 트럭 운전자에게 분노를 폭발시키려 해도, 운전자 역시 전신주를 들이받고 사망했다. 나흘간 한숨도 못 자고 일했다고 한다. 지금이라면 과로사라고 부를 만한 일이다.

평소 화를 거의 내지 않던 아내가 딸을 라디오 체조에 보낸 아리모리에게 한 달 가까이 화풀이를 했다. 아리모리는 자기를 탓하지 말라고 거꾸로 화를 내기도 했다. 그러던 어느 날, 살면서 낼 화를 그 시기에 전부 다 냈다는 것처럼 아내가 전철에 몸을 던졌다. 지금 돌이켜 보면 왜 아내의 고통을 받아들이고 지탱해주지 못한 걸까. 하다못해 아내만이라도 구했어야 했는데. 내내 그런 회한을 품고 지내왔다.

휴대전화에 연락이 와서 생각이 멈췄다.

전직 검사 세토구치다. 평소처럼 금방 전화가 끊겼다. 전화 요금을 절약해야 할 만큼 돈에 쪼들리지도 않을 텐데. 쓴웃음을 지으며 어쩔 수 없이 전화를 걸었다.

"세토구치 씨, 무슨 용건입니까."

"아무래도 진심으로 재심을 청구하려나 봐."

세토구치가 설명했다. 페어튼 법률사무소의 변호사가 마야마의 지시를 받아 해당 지역의 촌 동네 법률사무소와 손잡고 히라야마의 재심 청구를 계획하고 있다고 한다.

"무슨 사유로요? 새로운 증거가 나올 것 같지는 않은데요."

"특별 공무원 폭행 능학죄로. 시효가 성립됐으니 죄를 물을 수는 없겠지만, 당신은 재심 청구심에 증인으로 소환되겠지."

"그 정도 취조로 폭행이라고요?"

확실히 폭행이 없었던 건 아니다. 이마이는 지나친 면이 있었다. 하나 그 정도로 확정판결이 뒤집혀서야 재판에 무슨 의미가 있겠는가.

"그런 걸 인정해주리라고 생각하는 걸까요?"

"저쪽도 그걸로 이기겠다는 마음은 아니겠지. 분명 그걸 계기로 재심을 청구하고, DNA 재감정까지 밀고 나가려는 심산이야."

"DNA 재감정? 아, MCT118이니까……."

과연, 재심을 청구하는 순서로서는 틀리지 않으리라. 재감정까지만 밀고 나가면 승산은 있다. 변호인 측이 그렇게 생각해도 이상하지는 않다.

"담당 검사가 내 후배라 이야기는 해놨어."

"알겠습니다. 하지만 그 정도라면 겁낼 필요는 없겠군요."

그렇지, 하고 세토구치도 동의했다.

"재감정해도 우리는 지지 않아. STR 검사법이든, 미토콘드리아 DNA를 사용한 검사법이든 지지 않지."

아리모리는 고개를 끄덕였다. 이렇게 몇 번이고 못을 박는 걸 보니 세토구치는 내심 불안한지도 모른다. 하지만 자신은 흔들리지 않는다.

"그런데도 못 믿으시겠나 보군요, 세토구치 씨."

"아니, 당신 걱정은 안 해. 나도 99.9퍼센트 이긴다고 생각하고. 마음에 걸리는 건 마야마가 움직였다는 거야."

페어튼의 보스라. 소문으로밖에 모르지만 상당한 수완가라고 들었다.

"놈은 사고방식이 보통 사람과는 다르거든. 마야마라면 생각지도 못한 방법을 쓸지도 몰라. 조심하는 게 최고지."

패배가 용납되지 않는 검사로 살아온 세토구치다운 걱정이었다. 하지만 적을 과대평가하다 자멸하는 것이 더 무섭게 느껴진다. 오히려 사정이 그렇다면 일부러라도 재심 청구에 응해 이쯤에서 철저하게 박살 내는 편이 나을지도 모른다. 분명 세토구치도 비슷한 생각이리라.

"걱정하지 마세요. 정석대로 싸워서 정석대로 이기면 그만입니다."

잘 부탁한다고 말하고 세토구치는 전화를 끊었다. 아리모리는 휴대전화를 탁 접었다. 아내와 딸이 잠든 무덤을 바라보며 눈을 가늘게 떴다.

"둘 다 조금만 더 기다려줘."

처자식에게 말하고 나서 아리모리는 묘지를 뒤로했다.

세토 내해까지 차로 달렸다.

33년 전 모든 것을 잃은 후로 아리모리는 일에만 매달려 살았다. 성실하게 살아가는 사람의 행복을 무자비하게 빼앗아놓고 달아나려는 자, 자신의 권리만 호소하고 피해자를 무시하는 자, 반성하는 척하며 속으로는 낄낄대는 자를 절대로 용서하고 싶지 않았다.

유괴돼 살해당한 이케무라 아키호는 딸의 죽음을 상기시켰다. 나이도 비슷했고, 시신을 발견했을 때 한눈에 죽었음을 알았기 때문이다. 이 아이에게 무슨 죄가 있나? 왜 이렇게 부조리한 일이 생기는 걸까. 진심으로 범인을 용서할 수 없었다.

그 무렵 아야가와강 사건 이외에도 유괴로 추정되는 사건이 가가와현에서 발생했다. 하나는 만노정에서 다카기 유카라는 소녀가 실종된 사건, 또 하나는 마루가메시에서 발생한 유괴사건이다.

마루가메에서 유괴된 소녀는 자기 힘으로 탈출했다고 증언했다. 자작극일 가능성도 있지만 아리모리는 그렇지 않다고 본다. 그렇다고 이런 촌 동네에 소녀를 노리는 악마가 몇 명이나 있을 리도 만무하다. 분명 세 건 다 히라야마의 짓이다.

세토구치는 걱정이 심해서 탈이다. 마야마라는 남자를 아주 높이 평가하는 모양이지만, 자신이 입을 열지 않는 이상 아무 문제 없다.

아리모리는 슈퍼에서 반찬과 무절임을 사서 집으로 돌아갔다. 벽 앞에 거무스름한 경자동차 한 대가 서 있었다. 노부부가 사는 옆집에는 손님이 자주 찾아오는데, 그들의 가족일까. 이쪽에 차를 대지 말았으면 하지만 괜히 불평했다가 관계가 악화되면 귀찮다.

일단 목욕부터 할까 생각하며 현관문 문손잡이에 손을 뻗었을 때 목소리가 들렸다.

"실례합니다."

돌아보자 뿔테 안경을 낀 젊은 여자가 이쪽을 올려다보고 있었다.

"아리모리 요시오 씨 맞으시죠?"

옷깃에서 빛나는 배지를 보고 변호사인 걸 알았다.

"저는 페어튼 법률사무소 소속 변호사 마쓰오카라고 합니다."

페어튼의 변호사? 그렇다면 이 여자가 히라야마 사토시의 변호인인가. 기껏해야 아직 20대 중반으로밖에 보이지 않는다.

"21년 전, 아리모리 씨가 히라야마 씨를 체포해서 자백을 받아내셨죠?"

"네, 뭐, 그렇습니다."

"단도직입적으로 여쭐게요."

여자가 단호한 표정으로 안경 위치를 바로 했다.

"그때 적법하지 않은 취조를 하셨나요?"

정말로 단도직입적이다 싶어 아리모리는 속으로 쓴웃음을 지었다.

"당신은 무리한 취조로 히라야마 씨에게 자백을 받아냈어요. 그리고 앞뒤가 맞도록 증거에 맞춰서 히라야마 씨를 유도했죠. 아리모리 씨, 당신은 결코 나쁜 사람이 아니에요. 정말로 인정미 넘치는 형사였다고 들었습니다. 부디 진실을 말씀해주세요."

아리모리는 김이 확 샜다. 세토구치가 그렇게 경계하기에 얼마나 유능한 변호사가 찾아올까 싶었는데, 이런 아가씨가 집을 급습하는 게 전부라니. 정에 호소하는 작전을 쓰는 걸 보니, 그것밖에 방법이 없다는 걸 알고 있는 것이리라.

"죄송합니다만 드릴 말씀이 없군요. 재판 기록을 읽어보시죠. 그게 전부니까요."

실례하겠다고 말한 후 문을 열고 현관으로 들어가 문을

닫으려고 했다. 하지만 젊은 여자 변호사가 발을 넣어서 문이 닫히는 걸 막았다.

"한 가지만 더요. 당시 발생했던 다른 유괴사건에서, 히라야마 씨 외에 수상한 인물에 대한 정보는 없었나요?"

귀찮은 여자라고 생각하며 아리모리는 고개를 돌렸다. 없지는 않았다. 하지만 다카기 유카 실종사건도 이케무라 아키호 유괴사건도 아니라 구조된 소녀의 유괴사건에 대한 정보였다. 목격 정보를 바탕으로 몸집이 작은 남자에 대해 수사했지만 실마리를 잡지 못했다. 일련의 사건과 관련성이 있는지 없는지조차 불확실했기에 그대로 묻혔다.

"글쎄요, 잘 모르겠는데요."

억지로 문을 닫았다. 여자 변호사는 돌아가지 않고 현관 앞에서 버텼지만, 아리모리와의 소모전에 지쳤는지 1시간쯤 후에 겨우 모습을 감추었다.

목욕을 하고 저녁을 먹었다. 좋아하는 단무지볶음을 만들었지만, 그 여자 변호사 탓에 맛은 전혀 느껴지지 않았다.

다음 날 피해자 지원 센터에서 전화 상담 업무를 마친 후 아리모리는 방을 나섰다.

복도를 나아가자 이케무라 도시에가 우두커니 서서 창밖을 바라보고 있었다. 시선 끝에는 꼬랑지가 기다란 새가 있었다.

"오목눈이로군요."

돌아본 도시에가 웃음을 지었다.

"맞았어요. 드디어 외우셨네요."

"그 후에 도감에서 할미새와 오목눈이를 찾아보고 전혀 다르다는 걸 알았죠. 더는 창피를 당하기 싫어서요."

대화가 활기를 띠어서 기뻤다. 두 사람은 새에 관해 잠시 이야기를 나누었다. 들새를 다루는 방송을 보며 조금 공부했기에 아리모리도 어느 정도는 이야기를 따라갈 수 있었다.

재심 청구에 대해 알려줘야 할까. 아리모리는 이야기를 나누는 내내 고민했다. 결국은 알게 된다. 잠자코 있다가는 조금 서먹서먹해질 것이다. 질 리 없으니까 쓸데없는 걱정을 하지 않도록 미리 말해주기로 했다.

"그런 연유로 아무래도 아야가와강 사건의 재심 청구심이 열릴 것 같습니다. 아, 지금 바로 재판을 다시 한다는 게 아니고요. 청구심은 재심을 할지 말지 결정하는 협의 같은 거예요. 상대는 피고인의 권리만 호소하는 무뢰한이지만, 유죄는 확실합니다. 걱정하지 마세요."

"그런가요."

도시에는 조금 불안한 목소리로 답했다. 형사의 버릇인

지, 그만 변호인 측을 멸시하는 말투를 쓰고 말았다.

그보다 문제는 도시에의 심정이다. 기껏 무기징역 판결이 내려져 히라야마가 수감되었는데, 이제 와서 다시 문제 삼는단 말인가. 화가 나는 것이 당연하다. 다시는 히라야마를 생각하기도 싫을 텐데 불쾌하리라. 그렇게 생각했지만 도시에의 표정은 생각보다 밝았다.

"아리모리 씨, 굴뚝새라고 아세요?"

"어, 아니요. 아직 공부가 부족해서요."

"저희 남편은 굴뚝새를 아주 좋아했어요. 가족끼리 캠핑을 갔을 때 아키호에게 의기양양하게 가르쳐줬죠. 조그마한데 커다란 소리로 운다고. 아키호랑 비슷하다고. 아키호는 뾰로통한 표정을 지었는데 그게 또 얼마나 귀여운지, 진짜 굴뚝새랑 닮았어요."

재심 청구 이야기를 대수롭지 않게 끝내고 들새 이야기로 돌아갔다. 하지만 거기에는 아리모리도 몰랐던 과거가 담겨 있었다. 생각해보면 도시에는 생전의 아키호에 대해 말한 적이 없었다. 이번이 처음일지도 모른다.

"아리모리 씨, 늘 마음 써주셔서 정말 고마워요. 아리모리 씨를 믿을게요."

"이케무라 씨."

"히라야마가 증오스러워요. 아키호를 그런 꼴로 만들어

놓고 자기가 안 그랬다니 정말 화가 나네요. 그런데 히라야마가 범인 맞죠? 틀림없죠?"

"그것만큼은 자신 있습니다. 결정적인 증거가 없다는 이유로 짐승보다 못한 짓을 한 인간에게 죄를 묻지 못해서야 어떻게 정의라고 할 수 있겠습니까."

"네, 옳으신 말씀이에요."

"그렇게 말씀해주시는 것만으로 충분합니다. 정말 감사합니다."

이만 가보겠다는 말을 남기고 아리모리는 지원 센터를 나섰다.

어느덧 어두워진 하늘에 달이 흐릿하게 떠 있었다. 아리모리는 지원 센터를 한 번 돌아보았다. 가령 내가 적법하지 않은 취조를 했다고 인정하면 도시에는 어떻게 될까. 내 탓에 히라야마라는 괴물이 풀려난다. 그런 불의를 두 눈 뻔히 뜨고 용납해서야 되겠는가.

도시에에게 고통을 줄 수는 없다. 도시에는 지금 간신히 평온한 삶을 되찾았다.

히라야마는 살인자다. 그 괴물을 가두어놓기 위해서는 그럴 수밖에 없었다. 아리모리는 고개를 쳐드는 양심의 가책을 억지로 짓눌렀다.

3

예상대로 21년 만의 재회에 극적인 전개는 없었다.

히라야마를 취조한 형사 아리모리 요시오를 직접 만나 호소한들 그가 입을 열 리 없다. 또 다른 형사 이마이 다쿠야는 구마가 만나러 갔지만 마찬가지이리라. 지사도 양심에 기대할 만큼 어수룩하지는 않다.

세 사건은 분명 동일범의 소행이다.

다카기 유카 실종사건, 마쓰오카 지사 유괴사건, 이케무라 아키호 유괴살해사건……. 고작 석 달 동안 10킬로 권내에 소녀를 노리는 범죄자가 두 명이나 나타나리라고 보기는 힘들다. 모방범일 가능성도 있지만, 십중팔구 동일범이다. 그렇다면 세 사건 중 어디에서 실마리를 찾아도 진범으로 이어진다.

지사는 자신이 유괴된 사건의 범인을 찾아내, 그 범인과 아야가와강 사건의 관련성을 증명할 수 없을까 생각했다.

자신이 유괴된 사건에는 목격 정보가 있다고 들었다. 지사가 술집에 심부름하러 갈 때, 차에서 내려 같은 방향으로 걸어간 수상한 인물이 목격됐다. 목격자는 주민회장과 또한 사람. 그들에게 다시 접촉해 범인의 특징을 물어보고 싶었다.

요전에 '달마당'에 왔었던 띠를 두른 남자의 집으로 향했다. 사전에 연락하지 않았지만 흔쾌히 만나주었다.

사정을 설명하자 남자는 굵은 팔로 팔짱을 끼며 몇 번이고 고개를 끄덕였다.

"그렇구나. 그 사건을 파헤치려 하다니, 그건 뭐랄까."

"걱정하실 테니 저희 부모님께는 말씀하지 마시고요."

"물론이지. 이야, 참 장하다."

협력할게, 하고 남자는 감탄하며 당시를 돌이켰다.

"내가 본 사람은 조그마한 남자였어."

"조그마했다고요? 몸집이 많이 작았나요?"

몇 번이나 거듭 묻자 남자는 굵은 털이 수북한 팔을 긁적긁적하며 틀림없다고 단언했다.

"얼굴은 기억하세요?"

지사는 얼굴 사진 몇 장을 꺼냈다. 히라야마의 사진도 섞어두었다. 스물다섯 살이었던 21년 전에 찍은 사진이다. 당시 신문에 사용되지 않은 사진 중에서 실물에 제일 가까운 사진을 골랐다. 하지만 남자는 으음, 하고 고개만 갸웃거렸다.

"미안해. 워낙 옛날 일이고, 멀리서 봤거든."

21년이나 지났다. 확실한 정보는 많지 않다.

"특징은 없었나요? 복장이라든가, 차종이라든가."

지사는 더 자세하게 물어보았지만, 범인의 범위를 더 좁힐 수는 없을 것 같았다. 몸집이 작은 남자……. 히라야마는 키가 168센티다. 몸집이 작다고 할 수 있을까. 지사가 히라야마를 보았을 때는 중간 몸집에 중키라는 느낌이었다.

분명 경찰도 이 정도 탐문 조사는 했다. 히라야마와 그 남자를 결부시켜 추궁하려 했을 것이다. 하지만 '몸집이 작은 남자'와 실제 히라야마의 키에는 차이가 있다. 그렇기 때문에 지사가 유괴당한 사건의 정보는 무시한 것 아닐까.

각본에 어긋나는 불리한 정보에는 눈을 감는다. 이것이 경찰의 방식이다. 몸집이 작은 인물의 정체를 알면 아야가와강 사건에 연결될지도 모르지만, 현재 상태로서는 힘들었다.

가가와 제2법률사무소로 가자 사무원 아나부키 에이코가 맞아주었다.

"죄송해요, 구마 선생님은 아직 안 오셨어요."

차와 진주알만 한 크기의 귀여운 과자를 가져왔다. 살짝 단맛이 도는 파스텔컬러 과자가 혀끝에서 녹았다. 옛 추억을 자극하는 오리이라는 이름의 명과다. 아나부키가 친척 결혼식에 갔다가 답례품으로 받아 왔다고 한다. 아나부키는 구마를 매우 칭찬했다.

"그 선생님은 진짜 성실하다니까요. 벌써 30대 중반인데

사귀는 여자도 없는 모양이에요. 아까워라."

고생하는 느낌을 받았지만, 벌써 결혼한 줄 알았다.

"마쓰오카 선생님은 그런 예정 없어요?"

"그런 예정이라니요?"

"남자친구라든가, 결혼이라든가."

"어? 아니요, 그건……."

"정말로요?" 아나부키가 히죽히죽 웃었다.

계란 한 판이 코앞인데 한 번도 남자와 사귄 적이 없다고
는 도저히 말 못 한다. 게다가 지금은 제일 열심히 일해야
할 때다. 지사가 난감해하는데 구조선처럼 스마트폰에 연
락이 왔다. 마야마였다. 지사는 즉시 전화를 받았다.

"좋은 소식이야."

마야마가 알려준 소식에 지사는 무심코 소리를 질렀다.
너무 의외라 믿기지 않는 심정이었다. 재차 확인했지만 틀
림없다고 했다.

전화를 끊는 것과 동시에 구마가 돌아왔다.

"무슨 일이야?"

"마야마 선생님이 DNA 재감정에 대해 연락 주셨어요."

구마는 흐음, 하고 관심 없다는 듯이 가방을 내려놓았다.

"재감정할 수 있으면 좋겠지만 대등한 형국이 아니니까.
검찰은 재감정을 인정하지 않을걸."

"그런데 승인이 날 것 같아요."

"어? 그래?"

"무슨 이유인지 검찰이 협력적이에요. DNA 재감정을 의뢰할 감정인은 유명한 의학박사고요. 당시 감정의 문제점을 지적하고, 재감정을 요구하는 분이죠. 그리고 재심 청구심을 담당할 재판장님 말이에요. 알아보니 공평한 감각을 지니신 분이라, 감이 나쁘지 않아요. 획기적인 판결도 내리셨더라고요."

지사는 흥분한 목소리로 말했다.

"그럼 우리로서는 잘 풀리는 거네."

"그렇죠. 무서울 정도로."

"됐다! 희망이 보여."

구마가 주먹을 불끈 쥐었다. 옆에서 아나부키가 싱글벙글 웃으며 손뼉을 쳤다.

검찰의 의도는 모르겠지만, 아무래도 DNA는 재감정을 할 것 같다. 재심 청구심은 보통 재판처럼 자유롭게 방청할 수 있는 법정에서 열리지 않는다. 비공개된 자리에서 법원, 검찰, 변호인 측이 삼자 협의 형태로 진행한다. 다만 진행 과정은 보통 공판과 똑같다. 증인신문도 있다. 변호인 측은 통상 열 명 정도의 변호인단으로 재심 청구심에 임하지만, 이번에는 지사와 구마 둘뿐이다.

"일단 이번에는 취조 단계에서 자백한 게 쟁점이 될 테니까, 아리모리와 이마이라는 두 형사를 물고 늘어져야겠지."

"맞아요. 긴 싸움이 되겠죠."

"좋아, 그럼 당장 시뮬레이션을 해보자고. 지사가 형사 역할, 내가 변호사로서 공격할게."

"알겠어요. 입장을 바꿔가며 빈틈을 메우도록 해요."

두 사람은 본 경기에 대비해 시뮬레이션을 진행했다. 책상을 붙여서 그럴싸한 법정을 급조했다. 사무원들도 협력해 저마다 역할을 맡았다. 페어튼 같은 대형 법률사무소에는 본격적인 모의 법정이 있고, 전직 검사와 전직 경찰관도 있으므로 진짜 못지않은 시뮬레이션이 가능하다. 하지만 여기서 그 정도 수준은 불가능하다. 연극 티가 넘치는 모의 법정이 되었다.

"취조할 때 자백을 강요하지는 않았습니까?"

구마의 신문은 그렇게 세련됐다고는 할 수 없었다. 형사 사건에서 증인신문은 극히 중요하지만, 전문적으로 연구해서 신문의 기술을 닦는 법률사무소는 결코 많지 않다. 그러니 지방의 사정은 어떨지 능히 상상이 간다. 지사는 자기가 신문을 맡는 수밖에 없겠다고 마음먹었지만, 자기가 맡아도 아리모리와 이마이를 무너뜨릴 자신은 없었다.

사회적인 입장과 인품에도 달렸지만, 실제 공판에 강하냐 약하냐, 배짱이 두둑하냐 그렇지 못하냐도 증인으로서 중요한 요소다. 그렇다면 어떤 의미에서 형사는 프로 증인이다. 아리모리와 이마이는 지금까지 법정에서 증언한 경험이 있다.

"어, 전화 왔네. 누구지, 이 번호……."

구마에게 전화가 와서 모의 법정을 일단 중단했다.

페어튼에서 열린 모의 법정에서도 형사를 상대로는 고생했지만, 여기서도 힘들기는 매한가지였다. 모의 법정을 되풀이하면서 서서히 이미지가 굳어졌다. 전에 만났을 때 그런 태도로 나왔으니, 아리모리는 적법하지 않은 취조에 대해 결코 인정하지 않으리라. 자백이 부자연스러웠다고 아무리 물고 늘어져도 시치미를 떼고 달아나리라 예상된다. 어렵겠다는 것이 솔직한 감상이었다.

"마야마 선생님이셨어. 열심히 하라고 나한테도 직접 격려를."

"그래요?"

"지사, 어떻게 할래? 계속할까?"

"일단 여기까지 하죠. 이미지가 대강 잡혔으니 히라야마 씨를 다시 만나보고 올게요."

"이길 거야. 분명 어떻게든 되겠지."

구마는 미소를 지으며 엄지손가락을 들어 보였다. 아무 근거도 없는 격려지만, 지사는 고맙다고 인사한 뒤 가가와 제2법률사무소를 나섰다.

세토 내해를 건너고 1시간쯤 걸려 오카야마 교도소에 도착했다.

지사는 수속을 마치고 바로 히라야마와 접견했다. 히라야마는 의자에 느릿느릿 앉았다.

지사는 지금까지 일이 어떻게 진행됐는지 히라야마에게 전달했다. 재심 청구심이 열린다고 알리자 히라야마는 가느다란 눈으로 지사를 올려다보았다.

"그 정도로 이길 수 있을까요?"

히라야마가 의문을 품는 것도 당연하다. 하지만 DNA를 재감정할 것 같다고 하자 몸을 앞으로 조금 기울였다.

"경찰과 검찰은 믿을 수 없습니다."

"마음은 이해가 가요. 엉터리 같은 감정이었으니까요. 하지만 지금은 정확도가 예전과 비교도 되지 않을 만큼 높아졌어요."

"그건 압니다. 경찰이나 검찰이 주도하는 감정을 믿을 수 없다는 거예요."

"안심하세요. 수사기관이 아니라 신뢰할 수 있는 전문가가 감정서를 써주실 테니까요. 저희로서는 그야말로 바라던 인선이에요."

설명을 했지만 히라야마의 얼굴에서는 그다지 희망찬 표정을 찾을 수 없었다. 못 믿는 마음은 잘 안다. 지사는 지난번에 히라야마를 접견했을 때 자신의 속내를 전부 털어놓았다. 그러자 히라야마도 진심으로 응했다고 생각한다. 이제는 그를 믿는다.

"히라야마 씨, 한 가지만 부탁할게요."

히라야마가 말없이 고개를 들었다.

"전에도 말씀드렸지만 저는 제 위주로 움직이고 있어요. 변호를 맡은 건 당신을 구하기 위해서도, 정의를 실현하기 위해서도 아니에요. 제게는 저를 유괴한 범인을 용서할 수 없다는 마음밖에 없어요. 저는 진심만 말하고 결코 거짓말은 하지 않을게요. 히라야마 씨도 거짓말은 하지 마세요. 약속해주시겠죠?"

히라야마가 네, 하고 대답했다.

"당시 자백을 하신 건 여동생이 돌아가셔서 충격을 받은 탓 아닌가요?"

히라야마는 짧은 머리카락을 잡더니 그렇습니다, 하고 작게 대답했다.

"재판에서는 왜 그 사실을 주장하지 않으셨나요?"

조서와 사실을 대조해보면 확연히 드러난다. 얼이 나간 상태에서 조종당하다시피 자백했다. 누가 봐도 명백하다. 하지만 히라야마는 공판에서 진술을 부인하고 나서도 이 사실에 대해서는 입을 열지 않았다.

"말해야 합니까."

지사는 얼굴을 가까이 대고 네, 하며 고개를 끄덕였다. 히라야마는 한숨을 쉬더니 눈을 감고 어금니를 꽉 깨물었다. 저주의 말을 작게 내뱉은 것처럼 들렸지만, 잘 모르겠다. 나온 것은 아리모리와 이마이라는 두 형사의 이름이었다.

"놈들은…… 순 악질입니다."

움켜쥔 주먹이 바들바들 떨렸다.

"적법하지 않은 취조를 당하셨죠."

히라야마는 떨리는 목소리로 긍정했다. 흔적이 남지 않도록 교묘하게 폭행했으며, 죽이겠다고 위협했음을 밝혔다. 현장검증 때도 아리모리가 눈짓으로 지시했고, 등을 떠밀며 어디인지도 모르는 이케무라 아키호의 시신이 있었던 곳까지 유도했다고 한다.

"나중에 요시다 변호사님께 들었습니다. 가스미는 자살하기 전에, 제가 자백했다는 말을 듣고 충격을 받았대요. 그렇지만 그때 저는 아직 자백하지 않았습니다. 놈들은 거짓말을 해서 가스미를 죽음으로 몰아넣은 겁니다."

진짜라면 너무나 끔찍한 이야기다. 다만 증거는 없는 모양이다.

"놈들만큼은 죽어도 용서할 수 없어요."

마치 온몸의 수분이 모조리 증발한 게 아닐까 싶을 만큼 히라야마의 하얀 피부가 붉은빛을 띠었다. 극심한 분노가 느껴졌다. 이게 연기일까. 도저히 그렇게는 보이지 않았다.

이 이야기가 진짜라면 틀림없이 특별 공무원 폭행 능학죄에 해당한다. 역시 히라야마는 무고하다고 지사는 생각했다.

"반드시 재심을 얻어낼게요."

잘 부탁드린다는 작은 소원을 받아 들고 지사는 오카야마 교도소를 뒤로했다.

차를 몰아 시코쿠 지방으로 향했다. 작은 섬들을 내려다보며 고속도로를 달렸다.

이 부근에서 자랐지만 지사는 세토 내해에 대해 잘 모른다. 유괴되기 이전의 기억은 별로 없고, 사건이 일어난 후에는 집에 틀어박혀 많은 시간을 보냈기 때문이다. 조금씩 일상생활을 되찾았지만, 늘 피로를 달고 살았다. 수면이라는 회복 수단을 악몽에 점령당해 제대로 쉬지 못했기 때문이리라.

만약 히라야마가 누명을 썼단 걸 증명하면, 경찰이 과거의 사건도 재수사해줄까.

문득 그런 생각이 들었지만 부질없이 느껴지기도 했다. 지금까지 원죄로 밝혀진 사건의 진범이 붙잡힌 적은 거의 없다. 하나 살인사건의 시효는 이제 폐지됐다. 원칙상으로는 영원히 진범을 쫓을 수 있으니, 경찰을 움직이기 위해서도 일단은 히라야마의 누명을 벗기는 것이 지름길이다.

"어서 오세요. 아아, 지사구나."

집으로 돌아가자 부모님이 평소처럼 맞아주었다.

저녁을 먹은 후 목욕을 하고 나오자 구마에게 전화가 왔다. 최종 확인을 마친 후 구마는 왠지 민망하다는 듯이 말을 머뭇거렸다.

"왜 그러세요?"

"어, 재심이 개시되는 게 결정되면 밥이라도 같이 먹을까 해서."

"좋네요. 재심 청구심의 승리 축하 파티, 크게 한판 벌이죠."

엇, 하고 구마의 말문이 막혔다.

"아, 그게 아니라…… 어떻게 말하면 좋을까. 우리 둘이서만."

"에이. 둘이서 축하하자니, 그런 쩨쩨한 소리 하지 말고 다 함께 해요."

"어엉, 다 함께?"

"재심이 개시되는 건 엄청난 일이니까요."

"그, 그렇지. 사무원들도 다들 고생했고. 이제 지사도 사무소 사람들과 친해진 것 같아서 다 함께 식사라도 한 번 하면 좋겠다 싶었던 참이야. 하하."

구마는 어쩐지 난감한 듯한 목소리를 남기고 전화를 끊었다.

출세에는 흥미가 없고, 페어튼에서 평생 일하고 싶은 마음도 없다. 오히려 여기 고향에서 힘든 사람들을 위해 변호사로 일할 수 있으면 얼마나 멋질까. 하지만 지금은 눈앞의 재심 청구심이 중요하다. 싸우자. 괴물을 해치우기 위해. 그리고 내 인생을 살기 위해.

그날 아침은 비명과 함께 찾아왔다.

부모님이 걱정스러운 표정으로 머리맡에 서 있었다. 고열에 시달리고 난 것처럼 온몸에 땀이 흥건했다. 또 악몽을 꾸었다.

"꼭 잠을 자야 해서 약을 먹었더니만."

그렇게 변명했지만 실은 약을 먹지 않았다.

"지사, 다시 심해진 것 아니니?"

"미안해, 삼자 협의가 10시 반부터라 준비해야겠어."

옷을 갈아입겠다며 부모님을 방에서 쫓아냈다. 지사는 채비를 마치고 서둘러 아침을 먹었다. 조금 일찌감치 집을 나섰다.

국도 11번을 타고 다카마쓰 지방법원으로 향했다. 정말로 찜찜한 꿈이다. 하필이면 이런 날에 꿀 것까지는 없지 않은가. 하지만 자꾸 생각해본들 아무 도움도 안 된다.

다카마쓰 지방법원에 도착하자 전화가 왔다.

페어튼 법률사무소의 수장, 마야마다. 바로 전화를 받자 고상한 바리톤이 들렸다. 이런 시간에 전화를 걸다니 압박밖에 안 되지만, 그만큼 마야마도 신경 쓰고 있다는 뜻인지도 모른다. 열심히 하겠다고 밝게 말하고 전화를 끊었다.

"좋은 아침, 지사."

입구에서 구마가 맞이해주었다.

일찍 온다고 왔건만, 구마는 더 일찍 왔다. 어제 잘 잤느냐고 묻기에 잘 잤다고 대답했다. 지독한 꿈을 꾸었지만 잠은 잤으니 거짓말은 아니다.

"잠을 잤구나. 다행이야. 나는 뜬눈으로 밤을 새웠어."

둘 다 너무 일찍 왔으므로 다시 전술을 확인했다. 하지만 새삼스러운 느낌이었다.

"아리모리 형사는 돌부처 같은 사람인가 봐. 나도 이야기를 나누고 왔지만, 반대로 이마이는 경망스러운 성격이

고. 다만 정에 약한 면이 있는 것 같으니, 어떻게든 무너뜨
릴 수 있으면 좋겠는데."

구마에게는 미안하지만 지사는 별로 기대하지 않았다.
히라야마의 이야기에 따르면 지위는 아리모리가 위였지만,
직접 폭력을 행사한 건 이마이다. 이마이는 악감정으로 똘
똘 뭉쳤다고 했다. 결국 의지할 수 있는 건 DNA 재감정
뿐이다. 아키호의 머리카락이 아니라고 판명되면 모조리
뒤집을 수 있다.

마침내 시간이 다가와서 지사는 구마에게 시계를 보여
주었다.

"삼자 협의장, 법정이 아니지?"

"네, 회의실이에요."

지방법원으로 들어가자 휑뎅그렁했다. 직원에게 물어봐
4층의 한 방으로 향했다. 이런 곳에서 사람의 인생이 좌우
된다고 생각하자 먹먹한 기분이 몰려왔지만, 그런 감상이
나 품고 있을 때가 아니다.

문을 연 회의실은 마치 취업 면접장 같았다. 긴 의자가 있
고, 옆쪽 의자에는 이미 검사가 앉아 있었다. 나이는 구마
보다 조금 더 들어 보였지만, 머리는 꽤 많이 벗어졌다. 검
사는 두 사람을 보고 가볍게 고개를 숙였다.

검찰 측의 반대편에 위치한 변호인석에 앉았다. 한복판

에 증언대 같은 자리가 있었다. 이윽고 판사 세 명이 방으로 들어왔다. 셋 다 법복이 아니라 양복 차림이다. 피고인과 방청인이 없다는 것과 장소가 다르다는 것만 빼면 법정과 동일하므로 팽팽하게 긴장된 분위기가 감돌았다.

"자, 시작할까요."

재판장이 부드럽게 말을 꺼냈다. 지사는 왼쪽 가슴에 살짝 손을 대 두근거리는 심장을 진정시켰다.

4

다카마쓰 지방법원에 도착하는 것과 거의 동시에 허름한 차가 들어왔다.

운전대를 잡은 사람은 이마이 다쿠야였다. 아리모리처럼 증인으로 불려 나온 것이다.

젤을 발라서 세운 투 블록 머리, 턱수염, 검은 양복. 아무리 형사를 그만뒀다고는 하나 평상시의 기생오라비 같은 차림새로 올 줄은 몰랐다. 키가 훤칠하게 크고 동안이기는 하지만, 이제 젊지 않은데 젊어 보이려고 애쓰는 것 같아 딱했다.

"아리모리 씨, 오랜만입니다."

형님뻘 조폭이라도 만난 것처럼 이마이가 고개를 꾸벅 숙였다.

"자랑하던 페라리는 어쩌고?"

"팔아치운 지 한참 됐는걸요. 먹고살기가 워낙 쉽지 않아서 말이죠."

이마이는 한숨을 섞어서 말하고 모습을 감추었다. 뭐, 기분은 이해가 간다. 이런 성가신 일은 얼른 끝내고 싶다는 얼굴로 보였다. 빨리 끝내고 싶다는 마음은 아리모리도 마찬가지였다.

이마이와는 다른 증인실에서 잠시 쉬다가 호출을 받고 삼자 협의가 열리는 회의실로 향했다. 실내에는 판사 세 명과 검사, 덩치가 큰 변호사, 그리고 예전에 찾아왔던 조그마한 여자 변호사가 있었다. 지금까지 법정에는 몇 번 출두했지만, 재심 청구심은 처음이다. 그러나 할 일은 다를 바 없다. 평소처럼 담담하게 이야기하면 된다.

"증인은 성명과 직업을 말씀하세요."

재판장의 인정 질문에 아리모리는 긴장하지 않고 대답했다.

"아리모리 요시오, 피해자 지원 센터에서 지원원으로 일하고 있습니다."

재판장은 여기로 부른 이유를 간단히 설명했다. 변호인

측에서 당시의 수사에 의문을 제기했다. 자백의 임의성, 더 나아가 현장검증 때 히라야마가 시신이 있는 곳을 가리켰다는 사실에 대한 임의성이 문제가 된다고 한다.♦

"변호인, 질문하세요."

재판장의 말에 마쓰오카라는 여자 변호사가 일어섰다.

"재심 청구인인 히라야마 사토시에 대한 특별 공무원 폭행 능학죄가 재심 청구 이유 중 하나입니다. 당시 증인이 피의자 취조를 주로 담당했죠?"

특별 공무원 폭행 능학죄라……. 아리모리는 속으로 맞는 말이라고 생각했다. 당시도 양아치 같았던 이마이가 폭력으로 히라야마를 몰아세웠고, 아리모리도 그런 방식을 용인했다.

"네, 그렇습니다."

"적법하지 않은 취조는 없었습니까?"

솔직히 그건 적법하지 않은 취조라 해도 할 말이 없다. 하지만 그 정도 불의와 히라야마의 죄를 적발하지 않는 불의를 비교한다면, 후자가 전자를 완전히 능가한다.

"진술은 자발적이었습니다."

아리모리는 아무렇지도 않게 대답했다.

♦   여기서 '임의성'은 고문, 폭행, 협박의 강제력에 영향받지 않고 본인 의사로 행함을 뜻한다.

"12일째도 적법했나요?"

"12일째의 취조 시간도 적법하기는 합니다만, 지금 생각하면 약간 길었던 것 같네요."

취조 시간 등 확실한 사실 부분은 모조리 인정한다. 하지만 반드시 지켜야 하는 선은 지킨다. 불리한 부분은 모르겠다고 답변한다. 감정에 치우치지 않고, 쓸데없는 말을 하지 않는다. 단순하지만 그것이 답변할 때의 기본이다. 그리고 그 기본은 상대가 어떤 마술 같은 화술을 지니고 있어도 달라지지 않는다. 질문자는 약하다. 이쪽이 태연함을 유지하는 한 어쩔 방도가 없다.

"주목해야 할 점은 11일째까지와 그 이후의 진술이 달라졌다는 겁니다. 재심 청구인은 12일째에 태도를 바꾸어 자백을 시작했고, 기다렸다는 듯이 모든 혐의를 인정했습니다. 증인은 취조관으로서 이 점이 이상하지 않았습니까? 왜 한사코 부인하다가 갑자기 자백했을까요?"

대답할 길이 얼마든지 있는 질문이다. 실수할 여지는 없다. 하지만 방심시켜놓고 공격에 나설 작정인지도 모른다.

"이상하다고는 생각지 않았습니다. 용의자가 갑자기 태도를 바꾸는 건 종종 있는 일이라서요. 자백한 이유까지는 모르겠습니다."

"11일째에 재심 청구인의 여동생이 자살했습니다."

마쓰오카라는 여자 변호사는 여동생의 죽음으로 히라야 마가 얼이 나간 상태를 취조관이 이용했기 때문에 자백한 것이라고 주장했다.

"여동생의 죽음과 자백, 당연히 관계가 있다고 봐야 하 지 않겠습니까."

히라야마가 왜 갑자기 자백했는지 아리모리도 명확한 답 은 모른다. 하지만 자기 가족이 죽었을 때만 아픔에 민감 해지다니, 그런 이중적인 태도가 어디 있는가. 그 악마가 여동생이 죽은 것 정도로 동요해서 유괴살해라는 중죄를 자백할 리 없다. 한순간 그렇게 주장하려다가 그만두었다.

이 여자는 혹시 감정을 흔들어서 난타전으로 유도하려는 게 아닐까. 쓸데없는 소리는 하지 않는 편이 현명하다.

"뭐라고 대답을 드려야 할지 난감하네요. 저희의 끈질긴 취조가 마침내 결실을 맺었다고밖에 설명할 길이 없지 않 겠습니까."

감정이야말로 가장 큰 적이다. 말발에 휘둘려서 깜박 입 을 잘못 놀리면 이야기에 오류가 생길 수도 있다.

"그때 히라야마 씨가 얼이 나간 상태라고는 생각지 않았 습니까?"

"저희는 기계적으로 진술을 기록할 뿐입니다."

힘들겠다고 아리모리는 여자 변호사를 동정했다. 사실

변호인 입장에서는 속수무책이리라. 그건 이 변호사가 무능하기 때문이 아니다. 증거가 부족하기 때문이다. 이런 신문으로는 결코 진실에 다가갈 수 없다는 건 그녀도 내심 알고 있지 않을까. 알면서도 이렇게 묻는 수밖에 없다.

길고 무익한 공방전 후, 여자 변호사의 표정에서 피로가 엿보였다. 눈이 충혈됐다. 패배가 느껴지자 막막함을 억누를 수 없는 걸까.

"증인은 정의에 대해 어떻게 생각합니까."

예상치 못한 질문이 날아들었다.

"증인은 성실한 형사였다고 들었습니다. 저도 그렇게 생각하고요. 아리모리 씨, 당신은 사실 본인이 적법하지 못한 취조를 했다는 걸 알고 있어요. 한편으로 히라야마 사토시가 범인이라고도 확신하죠. 악인을 놓쳐서는 안 된다는 정의감, 또는 적법하지 못한 취조라는 불의를 범할지라도 피해자를 위해 악인을 놓쳐서는 안 된다는 정의가 더 중요하다. 지금도 그런 마음가짐으로 이 자리에 서 있는 것 아닙니까?"

여자 변호사가 충혈된 눈으로 아리모리를 똑바로 바라보았다. 그녀의 짐작은 백 퍼센트 옳다. 그 이상도 이하도 아니고, 아리모리의 속마음을 정확하게 알아맞혔다. 하지만 자신이 그걸 인정할 리 없다. 속마음을 들키면 지는 게

임이 아니다. 정에 매달리는 식으로 나오면 게임 오버. 패배 선언이나 마찬가지다.

"변호인 측의 주장은 사건과 관계가 없습니다."

검사가 딱하다는 듯이 이의를 신청했다.

"이의를 인정합니다. 변호인은 추상적인 질문을 삼가세요."

죄송합니다, 하고 여자 변호사는 고개를 숙였다. 결국 변호인 측에는 아리모리의 온정에 호소하는 방법밖에 없었던 것이다. 세토구치도 그 점을 걱정했다. 하지만 기우에 지나지 않는다. 이쪽에서는 이대로 담담하게 헛된 질문을 받아넘길 뿐이다.

"아리모리 씨, 폭행으로 자백을 받아내신 건 아닌가요? 부디 저, 마쓰오카 지사의 눈을 보고 답변해주세요."

의외의 말이었다. 이런 상황에서 왜 뜬금없이 자기 이름을 강조하지? 안경이 어울리는 귀여운 여자지만, 수수하게 생겼고 화장기도 없다. 그런데 마쓰오카 지사······. 마침내 그 이름이 떠오르자 온몸에 전류가 흘렀다.

희귀한 성씨가 아니라서 별생각 없이 흘려들었는데, 이름까지 똑같다. 설마······. 그러고 보니 그 당시 소녀의 모습이 남아 있다. 세 명 중 한 명. 정말로 그때의······. 아리모리는 동요를 숨기고자 온몸의 근육에 힘을 주었다.

"아리모리 씨, 부디 진실을 말씀해주세요."

"재판장님, 변호인은 진술을 강요하고 있습니다."

"이의를 인정합니다."

재판장도 검찰 측의 이의를 인정했다. 지사는 죄송합니다, 하고 답했다. 하지만 아리모리의 마음속에 생긴 혼란은 가라앉지 않았다. 아리모리는 당시 경찰이 발견해 보호한 소녀에게 사정을 들었다. 그때의 소녀가 변호사로서 지금 자기 앞에 서 있다. 그녀는 21년간 어떤 심정으로 살아왔을까. 그녀의 호소를 연기로 치부할 수는 없다.

제일 놀라운 점은 지사가 자신을 유괴했을지도 모르는 남자를 변호하고 있다는 것이다. 무슨 생각이지? 그 정도로 히라야마가 누명을 썼다고 믿는 건가. 아니면 실은 의심하면서도, 의심스러울 때는 피고인에게 유리하게, 라는 변호사의 정의를 실천하는 걸까. 어느 쪽이든 심상치 않다. 평정심을 유지하려고 애썼지만 아무래도 쉽지 않았다.

"증인은 질문에 답변하세요."

재판장의 재촉에 고개를 들었다. 마쓰오카 지사를 생각하느라 질문이 머릿속에 들어오지 않았다. 무슨 질문이었느냐고 묻자 지사는 한 번 더 말했다. 현장검증에 대해서다. 아키호의 시신을 버린 장소를 히라야마 본인이 지목했다는데, 거기에 유도는 없었는가. 그런 질문이었다.

"그건⋯⋯."

아리모리는 말을 머뭇거렸다. 피의자와 함께 진행하는 현장검증을 통해 시신이나 결정적인 물증이 발견될 때도 있다. 이 사건처럼 이미 시신이나 물증이 발견됐을 때는 그 장소를 밝히지 않고 피의자에게 지목시키기도 한다. 이럴 경우는 진범밖에 모르는 사실을 알고 있었던 셈이므로 혐의가 더욱 짙어진다. 히라야마도 그랬다.

당시 히라야마는 자백한 후 몽롱한 상태로 현장검증에 임했다. 처음에는 엉뚱한 곳으로 가려고 했다. 그 모습을 보고 아리모리는 이 마당에 와서도 일부러 틀리려고 하나 싶어 못마땅한 얼굴로 시신이 있었던 하천부지로 가도록 재촉했다.

"여동생의 죽음으로 충격을 받은 피의자의 심리를 이용해, 스스로 수사원을 데려간 것처럼 교묘하게 그곳으로 유도한 것 아닙니까?"

지사의 지적은 옳다. 그때 히라야마는 자백하고 마음이 약해진 상태였다. 마음이 약해진 피의자는 의도한 대로 유도할 수 있다.

마음이 약해졌다는 의미에서는 지금의 아리모리도 그럴지 모른다. 겁에 질려 벌벌 떨던 소녀가 어른이 되어 이곳에 변호인으로 서다니, 어지간해서는 생각지도 못할 일이다. 분명 말로는 다할 수 없는 어려움을 겪었으리라. 이것이 세토구치가 걱정했던 마야마의 전술인가. 진지함이 가득한 지사의 충혈된 눈에 기가 눌려 아리모리는 질문에 그렇다고 답할 뻔했다.

하지만 그때 다른 소녀의 얼굴이 문득 떠올랐다.

죽은 이케무라 아키호의 얼굴이었다. 입을 캐미솔로 틀어막힌 채 하천부지에 버려진 그 아이의 시신이 떠올랐고, 그것이 자기 딸의 시신으로 바뀌었다.

히라야마는 범인이다. 모두가 그렇게 확신했다. 변호사니 학자니 하는 사람들이 과거의 사건에 대해 멋대로 지껄이지만, 그들은 진짜 현장을 모른다. 피땀 흘리며 범인을 쫓은 수사원들이 보기에는 히라야마 말고 달리 범인이 없었다.

히라야마가 딸의 몰카를 찍었다고 호소한 부모가 있었다. 다카기 유카 실종사건 수사 때는 한 노인이 히라야마가 데려가는 걸 봤다고 증언했다. 그때 히라야마를 체포했다면 이케무라 아키호 사건을 막을 수 있지 않았을까.

"증인의 정의를 관철하기 위해 전부 앞뒤를 짜 맞춘 것 아닙니까? 하지만 그 정의야말로 진실을 은폐해 악이 횡행하게 된 원인 아닐까요?"

어릴 적에 상처를 입어 많이 힘들었으리라. 어쩌다 보니 지금은 히라야마가 누명을 썼으며 진범은 따로 있다고 믿는지도 모른다. 하지만 히라야마라는 악마의 말을 믿고 놈을 풀어준들 지사의 상처는 낫지 않는다. 오히려 히라야마가 다시 한번 본인이 저지른 짓을 똑똑히 인정해야 치유되지 않을까. 지사는 방향을 잘못 잡았다. 히라야마의 변호인이 아니라, 히라야마를 몰아붙이는 검사가 되어야 했다.

즉시 기분이 바뀌면서 심장박동이 안정됐다.

"유도하다니요? 그런 적 없습니다."

아리모리는 자신만만한 목소리로 그렇게 증언했다. 공세에 나섰던 지사가 그 한마디에 말문이 막혔다. 그렇다……. 이렇게 방어하면, 지사의 주장은 통할 리 없는 호소에 그친다. 신문이라기보다 애원이나 호소에 가깝다.

마음이 한 가지 색으로 칠해졌다. 고수하던 길이 아주 잠깐 다른 색깔로 변했다가 원래 색깔을 되찾았다.

그 후로 지사는 공격 방법을 바꾸어 다른 진술에서 돌파를 꾀했지만, 각오를 굳힌 아리모리에게는 전혀 통하지 않았다. 아리모리는 그저 담담하면서도 진지한 답변으로 모든 질문을 받아냈다.

"변호인 측에서는 이상입니다."

아쉬움이 어린 표정으로 지사는 자리에 앉았다. 선전은 했다. 이 자리에 있던 누구도 모르겠지만, 분명 한 번은 아리모리의 마음을 흔들었다. 하지만 결국은 그게 전부였다.

검찰 측의 반대신문이 끝났을 때, 이미 정오가 지난 시간이었다. 오후 1시부터 재개하기로 하고 삼자 협의를 일단 마쳤다.

밖으로 나와 하늘을 올려다보며 크게 숨을 내쉬었다. 자신은 그 아이의 호소를 뿌리쳤다. 분명 마야마는 지사를 이용해 아리모리의 마음을 뒤흔들고자 했으리라. 어느 정도는 성공했다. 뭐, 잘되면 횡재라는 마음으로 마야마는 작전을 세웠을 것이다.

전원을 켜자 휴대전화가 진동했다.

"아리모리 씨, 어땠어?"

끝나는 시간을 가늠한 것처럼 세토구치가 바로 전화를 걸었다. 걱정도 팔자라며 아리모리는 가볍게 웃었다. 아무 문제도 없다고 말하자 세토구치는 안도의 한숨을 내쉬었다.

"마쓰오카 지사, 그 아이가 담당이라는 이야기는 못 들어서 진땀 좀 흘렸지만요."

사정을 설명하자 세토구치는 놀란 듯 외마디를 내질렀다. 아무래도 몰랐던 모양이다.

"미안해. 내 조사가 부족했군."

"저도 한 번 만났으면서 못 알아봤는걸요. 뭐, 결과적으로는 문제없었으니까요."

"잘 버텼어. 아 참, 그건 그렇고……."

세토구치는 아야가와강 사건의 DNA 재감정 결과를 알려주었다.

"그렇군요, 알겠습니다."

"오늘 도쿄는 날씨가 좋아. 그쪽도 그런가?"

안심했는지 세토구치가 갑자기 날씨 이야기를 꺼냈다.

아리모리는 잘 모르겠다는 식으로 말하고 통화를 마쳤다. 다카마쓰 지방법원 바깥 하늘에는 구름 한 점 없었다. 하지만 맑은 하늘과는 반대로 아리모리의 마음에는 먹구름이 감돌고 있었다.

5

수확이라 할 만한 건 전혀 없었다.

오전 중에 아리모리를 신문한 지사는 체념을 한 번 맛보았다. 아리모리 요시오라는 전직 형사는 성실하고 참된 사람이라는 평판이었다. 하지만 그런 그조차, 유괴사건의 피해자인 지사가 질문자로 나서도 무너지지 않았다.

다카마쓰 지방법원 근처에 상점가가 있다. 지사와 구마는 상점가 식당에서 점심을 먹었다. 지사는 식욕이 없어서 주문한 우동을 대부분 남겼다. 한편 구마는 정식을 우걱우걱 먹어치웠다.

재판장에게 주의를 받고 물러났지만, 아리모리에게 던진 질문은 사실이라고 생각한다. 히라야마에게 들은바, 아리모리는 틀림없이 적법하지 않은 방법으로 취조와 수사를 강행했다. 본인도 그걸 알면서 그렇게 거짓말을 한 것이다. 한편 히라야마의 범행이라고 아리모리가 확신하는 것도 사실이리라. 그렇지 않다면 이렇게까지 나오지는 않는다. 피해자를 위해, 사회정의를 위해, 목숨 걸고 이 거짓말을 관철하는 것이 자신의 사명이라 믿는 것이리라.

"정의라는 놈이 제일 큰 악이야."

식사를 마친 후 서류를 정리하면서 구마가 중얼거렸다.

"믿는 바를 위해 목숨을 건다……. 그런 식으로 미화하는 거지."

확실히 그렇다. 하지만 여기서 싸움을 그만둘 수는 없다.

"아직 신문이 남았어. 이마이는 감정적인 사람이니 잘 공략하면 어떻게든 될지 몰라. 아무튼 오후에도 힘내자."

"네, 그렇죠. DNA 재감정도 있으니까요."

그렇게 답했을 때 지사의 스마트폰에 연락이 들어왔다.

화면을 확인하니 마야마였다. 지사는 즉시 전화를 받았다.

"이럴 때 알려야 할지 망설였지만, 결과가 나왔으니 알고는 있어야 할 것 같아서."

머리카락 DNA 재감정 결과라고 한다. 생각보다 빨랐다. 하지만 어쩐지 마야마의 목소리에는 힘이 없었다.

"결과부터 말할게. 틀림없었어."

"네? 그 말씀은."

"히라야마의 차에서 발견된 머리카락 DNA를 STR 검사법으로 재감정한 결과, 이케무라 아키호의 것이 틀림없다고 판명됐어."

머리를 얻어맞은 것 같은 충격이 느껴졌다.

눈앞에 있던 구마가 시야에서 사라졌다. 이게 무슨…….

유일한 희망이 거기 걸렸는데. 이래서는 싸울 수 없다. 차 안에 남아 있던 머리카락이라는 결정적인 물증을 뒤집어야 길이 열릴 텐데.

"처음부터 어려운 싸움이었을지도 몰라. 충격이 심할 테니 자네는 이만 쉬어. 뒷일은 구마에게 맡기도록 해."

자네는 잘했어……. 마야마가 힘없이 칭찬해주었다. 통화를 마친 후에도 지사는 스마트폰을 손에서 놓을 수가 없었다. 마침내 시야에 빛깔이 되돌아오자, 구마가 걱정스레 이쪽을 바라보고 있었다.

"설마 재감정 결과가, 글렀어?"

지사는 천천히 고개를 끄덕였다. 구마는 창밖의 푸른 하늘을 보며 한숨을 쉬었다. 절대적인 증거는 뒤집히지 않았다. 오히려 21년의 세월을 거쳐 정확도가 훨씬 높아진 감정법으로 당시의 증거가 옳았음이 증명됐다. 더구나 신뢰할 수 있을 만한 사람이 검사를 맡았다. 설령 검찰의 압력이 있더라도 절대로 굴복하지 않을 사람이. 그러니 감정 결과는 확실하다. 정말로 최악이다. 거짓말하지 않겠다고 약속했으면서……. 히라야마는 역시 범인이었나.

　── 아니, 그게 아니다.

　지사의 머릿속에 다른 생각이 떠올랐다. 그 생각이 다른 생각을 흡수하며 단숨에 커졌다. 그렇다. 아직 끝나지 않았다. 이 가능성이 남아 있다.

　"오후에 이마이의 증인 신문은 내가 할게."

　구마의 말이 어쩐지 멀게 들렸다. 지사가 아무 대답도 하지 않자 구마는 걱정스러운 듯 얼굴을 들여다보았다. 하지만 걱정할 필요 없다. 정신은 맑고 사고력도 예리하다. 그 머리카락은 이케무라 아키호의 머리카락, 그건 확실한 사실이다. 한편 히라야마의 말도 거짓이 아니다. 그렇다면 진실이 어디에 있는지는 명백하다.

　"아니요, 아직 싸울 수 있어요."

　"……지사."

　"괜찮아요. 이 정도로는 주저앉지 않아요."

증인이 있는 대기실 앞을 지나칠 때, 지사는 매서운 눈으로 그쪽을 노려보았다. 히라야마의 말을 믿는다는 극히 애매한 전제 조건이 딸렸지만, 지금 지사에게는 진상이 보인다.

"구마 선배, 경찰이 증거를 날조한 게 분명해요."

"날조?"

"네, 머리카락을 뽑아서 히라야마 씨의 차에 놓아둔 거죠."

구마가 입을 떡 벌렸다. 그렇다. 이게 분명 진실이다. 저절로 탈락한 머리카락에는 모근이 없으므로 DNA 감정이 불가능하다. 모근이 남아 있는 머리카락이 히라야마의 차에 있었다면, 시신에서 뽑아서 고의로 놓아두었다고 보는 편이 자연스럽다.

이 추리의 또 다른 근거는 지사 본인의 기억이다. 자신이 유괴당했을 때는 금방 의식을 잃었다. 만약 동일범이라면 마찬가지로 저항을 먼저 차단하고 데려가지 않았을까. 피해자가 저항하다 머리카락이 뽑혔다는 추측은 아무래도 수긍이 가지 않는다.

지사는 삼자 협의장으로 돌아가서 검사와 판사를 기다렸다.

눈을 감고 지금까지의 경위와 21년 전 사건의 진상을 생각했다. 경찰은 틀림없이 날조했다. 그리고 날조한 사실에 맞추어 진술조서를 썼다. 그렇게까지 한 이상, 히라야마가 범인이라는 증거는 사실 존재하지 않는다고 봐야 한다. 분명 무고하다.

괴물이라는 말을 들리지 않을 목소리로 중얼거렸다.

지사는 지금까지 자신을 유괴한 인물이 괴물이라 생각해 왔다. 지금도 그 생각은 변함없다. 하지만 정의를 지키는 척하며 히라야마를 범인으로 꾸민 존재 또한 괴물이리라. 범죄자와는 다른 유의 괴물이 이 세상에는 존재한다. 싸우고 싶다. 그리고 해치우고 싶다. 오전의 싸움에 이어 재감정 결과 때문에 극히 어려운 상황에 몰리기는 했지만, 투지는 꺾이지 않았다. 오히려 가슴속에서 격한 분노가 활활 타올랐다.

재판장을 비롯한 판사 세 명과 검사가 들어왔다.

"자, 재개할까요."

투 블록 머리에 양복 차림의 증인이 입장했다. 이마이 다쿠야. 분명 이 남자가 히라야마에게 자백을 강요한 중심인물이다.

"변호인, 질문하세요."

"그럼 묻겠습니다. 증인은 당시 일련의 사건이 발생했을 때, 범인을 꼭 체포하고 싶다는 마음으로 노력했죠?"

물론입니다, 하고 이마이는 대답했다.

"당시 아이가 막 태어났거든요. 제 아이에게도 일어날 수 있는 일이라는 생각에, 어떻게든 꼭 잡아넣어야겠구나 싶었죠."

구마가 조사한 바에 따르면 이마이는 젊은 나이에 결혼했지만 이미 이혼했고, 그 후로 아이와는 만나지 않은 모양이다.

"그래서 의심스러운 재심 청구인, 히라야마 사토시에게 폭행을 가해 자백을 얻어냈습니까?"

이마이는 때라도 밀듯이 목 주변을 문질렀다.

"그런 적 없습니다. 자발적으로 자백했어요."

"11일째까지는 완강하게 범행을 부정하던 재심 청구인이 12일째에 느닷없이 자백으로 돌아섰는데, 부자연스럽다고는 생각지 않았나요?"

"그거야 히라야마한테 물어봐야겠죠. 저희는 진술을 기계적으로 기록할 뿐이니까요. 아아, 물론 저희가 작성한 조서는 나중에 읽어주지만요."

아리모리와 완전히 똑같은 설명이다. 기계적이라는 표현까지 동일하다.

"현장검증에 대해 묻겠습니다. 이마이 씨는 현장에 동행했습니까?"

"네. 다른 수사원 몇 명과 함께요."

"그때 유도는 없었습니까?"

"전혀 없었습니다."

"증인뿐만 아니라 다른 수사원도 유도를 하지 않았습니까?"

"그럼요. 전혀 하지 않았습니다."

이마이는 '전혀'라는 표현을 되풀이했다. 지사는 히라야마의 이야기를 바탕으로 작성한, 당시 현장검증에 참가한 사람들의 위치 관계를 슬라이드로 보여주었다. 아리모리와 다른 수사원, 히라야마는 가까이 있었지만, 이마이는 현장검증 내내 떨어진 곳에 있었음을 설명했다.

"증인은 방금 현장검증 때 유도가 전혀 없었다고 증언했습니다. 하지만 증인이 있었던 위치에서 어떻게 모두를 파악할 수 있을까요? 증인의 위치에서는 보이지 않는 수사원이 많은 것 같습니다만."

괜히 세세한 부분을 파고든다는 듯이 이마이가 쓴웃음을 지었다.

"그 증언은 철회하겠습니다. 제가 하고 싶은 말은 이거예요. 강제력을 동반한 유도가 있었다면, 히라야마가 저항해서 소리를 지르거나 했겠죠? 그런 부자연스러운 일은 전혀 없었다는 뜻입니다."

"그럼 다른 수사원도 유도하지 않았다고는 할 수 없지 않을까요?"

"네, 그럴지도 모르지만, 제가 아는 한에서는 유도가 없었습니다."

부분적으로 증언을 철회시키는 데는 성공했다. 하지만 이것만으로는 안 된다. 오히려 이마이가 경계심을 품고 말았다. 방금 부자연스러운 논리에 대해 추궁하자 상당히 냉정하게 답변했다. 이 상태로 계속 신문한들 아리모리처럼 쏙쏙 빠져나간다.

"수사를 시작하고 얼마 지나지 않아 재심 청구인을 범인으로 점찍은 모양이던데요, 그건 어째서죠? 히라야마 씨를 의심할 이유가 사건 이전부터 있었습니까?"

이마이는 몇 번이고 고개를 끄덕끄덕했다.

"다카기 유카라는 여자아이가 실종되는 사건이 있었거든요. 그 사건에서도 히라야마는 의심을 받았습니다."

이마이가 조금 수다스러워졌다. 그 틈을 노리듯 지사는 질문을 퍼부었다.

"뭔가 의심할 근거가 있었습니까?"

"그 사건 때 한 노인이 히라야마를 목격했습니다. 다만 증언에 신빙성이 부족해서 히라야마를 철저하게 추궁할 수는 없었지만요."

"다카기 유카가 실종된 사건의 범인도 재심 청구인이라고 생각합니까?"

"네, 놈은⋯⋯."

이마이는 말하다 말고 입을 다물었다.

"죄송합니다. 제 억측일지도 모르니까 발언을 삼가겠습니다."

억측이라는 점을 좀 더 인상에 남기고 싶었지만, 이마이는 생각처럼 미끼에 덤벼들지는 않았다. 다만 감정 기복이 크다는 건 알았다.

"요컨대 당시 수사원들이 다카기 유카 실종사건 때 재심 청구인을 의심했으므로, 이 사건에서도 처음부터 재심 청구인을 의심하는 분위기가 흘렀다는 뜻입니까?"

"글쎄요, 저만 그랬는지도 모르겠네요."

감정을 억누르려고 하는 것을 알 수 있었다. 이 남자도 기본적으로는 아리모리와 다를 바 없다. 악을 용서할 수 없다는 마음가짐으로 움직인다. 다만 정확하게 분석하면 조금 다르게 느껴진다. 그에게 악이란 공격해도 되는 존재, 자신의 공격 욕구를 채워주는 존재 정도가 아닐까.

"사건의 범인을 잡고 싶다. 그러기 위해서 수단을 가리지 않는다. 그런 행위가 용납된다고 생각합니까?"

"아니요, 정의는 어디까지나 적법한 절차 속에서 이루어

저야 합니다."

입만 살았다 싶어 어이가 없었다. 더 공격해도 역효과이리라. 이 승부, 승산은 이미 낮다. 진실이 보이는데도 추궁할 수 없다니, 답답해서 속에 열불이 났다. 하지만 신기하게도 머리는 맑았다. 이마이는 승리를 확신하고 있으리라. 하지만 그러다 보면 꼭 방심하기 마련이다. 그 틈을 노릴 수 없을까. 평범한 방법으로는 결코 길이 열리지 않는다. 난폭한 플레이도 한 가지 방법이다. 막무가내인 줄 알지만 부딪쳐보자. 이런 놈들의 정의는 뭉개버리면 그만이다.

"그럼 이마이 씨, 저를 기억합니까?"

지사는 안경을 벗었다. 이마이는 허를 찔린 듯 눈을 끔뻑거렸다.

"네? 모르겠는데요."

"저는 21년 전, 증인과 아리모리 씨에게 조사를 받았습니다. 유괴사건의 피해자로서요."

한순간의 공백 후, 이마이의 눈과 입이 크게 벌어졌다.

"저는 저를 유괴한 진범이 누군지 알고 싶습니다! 히라야마 사토시는 범인이 아니에요."

지사는 충혈된 눈으로 이마이를 빤히 바라보았다. 이마이는 뱀이 노려보는 개구리처럼 눈을 깜박이는 것조차 잊고 잠시 굳어버렸다.

검사가 벌떡 일어섰다.

"변호인의 발언은 본건과 무관합니다."

"이의를 인정합니다."

재판장이 주의를 주자 지사는 죄송합니다, 하고 사과했다. 두 번이나 이렇게 기습적인 고백을 하다니, 변호인으로서 용납될 행위가 아니다. 징계감일지도 모른다. 하지만 재판장은 이러한 막무가내 전법을 처음 겪었는지 더는 아무 말도 하지 않았다.

이마이는 충격을 받은 듯 고개를 숙이고 있었다. 지금이 기회다. 나중에 문제가 돼도 상관없다. 온몸이 뜨거웠다. 지사는 심호흡을 하고 부드러운 어조로 이마이에게 말했다.

"재심 청구인은 11일째까지 사건에 대해 전혀 언급하지 않았습니다. 그런데 여동생이 사망한 후 갑자기 입을 열었죠. 시신을 유기한 장소도 아주 상세하게 설명했고요. 보통 같으면 기억하지 못할 일까지도요. 경찰 입맛에 맞도록 진술을 유도하거나, 조서를 작성했기 때문 아닙니까?"

이마이가 고개를 약간 들었지만, 시선은 어딘가 먼 곳을 보는 것처럼 흔들렸다.

"증인은 증거가 부족하다는 걸 자각하고 있지 않았습니까? 그러면서도 피의자를 풀어줄 수는 없다는 정의감에 휩싸였고요. 아닙니까?"

답변은 돌아오지 않았다. 이마이의 시선은 방을 떠나 훨씬 먼 곳을 향했다. 입이 반쯤 벌어졌지만 목소리는 흘러나오지 않았다. 보다 못한 재판장이 대답을 재촉하자, 모깃소리 같은 목소리가 들렸다.

"이상하다고는 생각지 않았습니다."

지사가 다시 질문하려고 입을 열었을 때, 이마이가 먼저 말했다.

"왜냐하면 제가 히라야마에게 그렇게 말하도록 시켰기 때문입니다."

조용하지만 그 목소리는 삼자 협의장에 확실하게 울려 퍼졌다. 잘못 들은 걸까. 지사는 두 귀를 의심했다. 구마가 입을 떡 벌렸다. 반대편에 앉은 검사는 놀란 나머지 엉거주춤 일어섰다. 재판장은 눈이 휘둥그레졌고, 다른 판사도 테니스 코트에서 공을 좇는 관객과 똑같은 반응을 보였다.

"말하도록 시켰다고요? 그게 무슨 뜻입니까?"

지사는 몰아붙였다. 이마이는 눈을 감고 잠시 침묵을 지키다, 천천히 눈과 입을 열었다. 단단히 각오한 표정으로 보였다.

"수사기관이 전부 날조했다는 뜻이야."

이마이의 발언에 검사의 입에서 소리 없는 탄식이 새어 나왔다.

구마는 여전히 입을 다물지 못했다. 너무나 갑작스러운 사태에 지사는 머리가 띵했다. 이건 꿈인가……. 이마이의 발언은 진실이리라. 하지만 이런 식으로 분명하게 밝힐 줄은 정말 예상도 하지 못했다.

"나도 내내 괴로웠어."

뭔가를 떨쳐내듯이 고개를 내저은 후 이마이는 천장을 쳐다보았다.

"적법하지 않은 방법으로 수사와 취조를 하더라도, 그게 악인을 붙잡을 수 있는 유일한 방법이라면 주저하지 않는다. 평생 그걸 정의로 믿고 살아왔지만, 결국 업보는 돌아오는 법이로군."

이마이가 삼자 협의와 직접적인 관계가 없는 말을 꺼냈다. 하지만 검사는 이의를 신청하지도 않고 멍하니 내버려두었다.

"증인신문으로 돌아가겠습니다. 이마이 씨, 묻겠습니다. 진술조서는 증인이 작성했습니까?"

"그래, 나와 아리모리 씨가 만들었어. 앞뒤를 맞춰서 꾸며냈지."

수사기관이 적법하지 않은 취조를 했다고 인정했다. 이것만으로도 재심 사유다. 지사는 구름 위를 걷는 것 같은 기분으로 질문을 이어나갔다.

"재심 청구인의 차에서 이케무라 아키호의 머리카락이 발견됐는데요. 전부 다 날조라면 그 머리카락은 뭡니까?"

"내가 아이의 시신에서 뽑아서 놔뒀어."

이마이가 느닷없이 양손으로 얼굴을 덮더니 우오오오, 하고 짐승 같은 소리를 내질렀다. 이제 재판관도 검사도 끼어들기를 포기한 표정으로 보였다.

"지금도 머리카락이 쑥 뽑히던 감촉이 손에 남아 있어."

이마이가 바들바들 떨리는 오른손을 바라보았다.

"떨림이 멈추지 않아."

너무나 결정적인 증언에 옆에 있던 구마가 눈을 반짝이며 지사를 올려다보았다. 이로써 재감정 결과는 의미를 잃었다. 수사원이 스스로 놓아두었다고 증언했으니까. 히라야마를 유죄로 만들었던 결정적인 증거가 우르르 소리를 내며 무너졌다.

그 후로는 우승팀이 결정된 후 남은 경기를 치르는 듯한 느낌이었다. 결코 혹독한 신문이 아닌데도 이마이는 솔선해서 대답했다. 현장의 최전선에 있었던 남자의 증언은 누구의 반론도 용납하지 않을 만큼 현실감 넘쳤다.

"이마이 씨, 현장검증 때 재심 청구인은 어떻게 시신이 있는 곳을 지목할 수 있었습니까?"

"강아지 산책이랑 똑같죠. 주인이 목줄로 묶어서 산책시

146

켰을 뿐입니다."

절묘한 비유였다. 확실히 얼핏 보면 히라야마는 자유롭게 움직인 것처럼 느껴진다. 하지만 엉뚱한 방향으로 가려하면 목줄을 당겨서 주인이 원하는 방향으로 유도한다.

"아리모리 씨는 눈짓으로 고삐를 다룬다고 했습니다."

고백은 계속됐다. 전부 지사의 억측을 뒷받침하는 내용이었다. 적법하지 않은 방법으로 취조와 수사를 진행하고 증거를 날조한 이마이는 21년 내내 괴로웠다고 한다. 지금도 이케무라 아키호의 시신에서 머리카락을 뽑았을 때만 떠올리면 오른손이 떨린다는 모양이다. 그걸 견딜 수가 없어서 형사를 그만두었다고도 증언했다.

"저는 하고 싶지 않았어요."

이마이는 푹 엎드려서 울었다.

말도 안 된다고 생각했던 광경이 눈앞에 펼쳐졌다. 변호사가 됐을 때 증인신문에서 상대의 선의를 기대해서는 안 된다. 드라마처럼 증인이 허위 증언을 번복하고 울음을 터뜨리는 일은 없다고 배웠다.

하지만 인간의 마음은 단순하지 않다. 정이 두텁다고 들었던 아리모리에게는 온정에 호소하는 전술이 어느 정도 통할지도 모르겠다 싶었다. 하지만 평판이 좋지 않았던 이마이가 자신을 희생하면서까지 경찰을 배신할 줄은 아무도 상상하지 못했다. 이마이는 직무에 충실한 성격이라 책임감으로 폭력을 행사했을 뿐, 원래는 진국인 사람일지도 모른다.

삼자 협의는 그 후로 1시간쯤 계속되다가 아직 바깥이 밝을 때 끝났다.

"또 불러주십시오. 누구 앞에서든 진실을 말하겠습니다."

이마이는 울음을 그치고 차분함을 되찾았다. 이미 마음을 굳힌 표정으로 보였다.

판사도 원죄임을 확신했으리라. 아리모리를 재신문하고, 더 나아가 당시 현장을 지휘한 상사와 담당 검사 세토구치를 소환해 진상 해명을 꾀한다는 방향으로 마무리 지었다.

보통 재심 청구가 통과돼도 재심 무죄판결까지는 갈 길이 멀다. 하지만 이 사건은 결정적인 증거였던 이케무라 아키호의 머리카락이 날조였다고 이마이가 증언했다. 재심을 개시한다고 결정되면, 검찰도 즉시 항고하기는 어려우리라. 낙타는 지금, 바늘구멍을 빠져나갔다.

긴 삼자 협의가 끝나고 두 사람은 다카마쓰 지방법원을 나섰다.

"지사, 넌 정말 대단해! 기적을 일으켰어."

진범을 밝혀내는 것이 지사가 품은 목표다. 따라서 아직 싸움은 끝나지 않았다. 그래도 기뻤다. 필사적인 마음은 통한다는 걸, 불가능을 가능으로 바꿀 수 있다는 걸 증명했기 때문이다.

"이제부터 시작이에요, 구마 선배."

새파란 하늘에는 구름 한 점 없었다. 지사는 구마의 커다란 주먹에 자신의 작은 주먹을 딱 맞부딪치고 웃음을 지었다.

3장  정의라는 이름의 죄

1

집에 돌아온 아리모리는 유리창이 깨졌다는 걸 알아차렸다.

밀짚모자를 쓰고 사이좋게 방울토마토에 물을 주고 있던 옆집 노부부는 아리모리의 모습을 보자마자 냉큼 집으로 들어갔다.

매미가 시끄럽게 우는 가운데, 집 주변에 차가 여러 대 서 있었다. 땡볕 아래, 땀뿐만 아니라 한숨도 나올 것 같았다.

"아리모리 씨, 한 말씀 부탁드립니다."

방송국 기자인지 잡지 기자인지는 모르겠지만, 대기하고 있었는지 차례차례 마이크를 내밀었다. 여자 기자가 부탁한다는 말로 이야기를 재촉했다.

"히라야마 씨에 대해 하실 말씀 없습니까?"

"사과는 하셨습니까?"

재심 청구심에서 벌어진 예상치도 못한 사태는 이미 만인에게 알려졌다.

아리모리는 몇 번 더 재심 청구심에 소환돼 지휘 계통에 대해 자세하게 조사를 받았다. 피해자 지원 센터는 당분간 쉬기로 했다.

"아리모리 씨, 당신 때문에 이렇게 된 거잖습니까."

"아무 말도 없다는 건, 반성하지 않는다는 뜻입니까?"

뭐라고 대답한들 헛수고다. 유리창은 이 녀석들이 깬 걸까. 아니, 아무리 그래도 그건 아니려나. 노려보고 싶은 기분을 억누르며 보도진을 뿌리치고 집으로 들어가 문을 단단히 잠갔다.

이래서야 완전히 가시방석이다. 삶의 마지막 보금자리로 여겼던 집이지만, 아무래도 이사 가야 할 것 같다. 일단 비닐 테이프로 깨진 유리창을 보수했다. 자업자득이라고는 하나 이렇게 될 줄은 몰랐다.

유리창 보수를 마치고 커튼을 전부 쳤다. 목욕한 후 저녁을 준비하고 텔레비전을 켰다. 마침 들새 방송이 끝나고 뉴스가 시작됐다. 아야가와강 사건의 재심이 결정됐다는 것이 주요 뉴스였다. 정말로 이렇게 될 줄은……. 기분이 안 좋아서 채널을 돌리자 익숙한 얼굴이 나왔다.

"네, 전부 제 잘못입니다."

울상을 짓고 있는 까까머리는 이마이 다쿠야였다. 사회자와 패널들이 이마이를 둘러싸고 질문을 퍼부었다. 이마이는 말을 골라가며 대답했다.

"이마이 씨, 자책하는 기분은 잘 압니다. 하지만 이번 사건은 좀 더 깊은 곳에 문제가 있어요. 아키호의 머리카락을 놓아두라고 당신에게 지시한 사람은 대체 누구입니까?"

패널로 출연한 대학교수가 파고들었다.

"만약 히라야마 씨에게 미안하다면, 그 부분을 확실히 하는 게 제일 중요하죠. 시청자 여러분의 생각도 분명 그럴 겁니다."

사회자도 장단을 맞추듯 말했다. 이마이는 괴로운 표정을 짓더니, 얼굴을 숙이고 고개를 몇 번 좌우로 살짝 흔들었다. 그리고 잠시 후에 얼굴을 들었다.

"놓아두라고 명확하게 지시받은 건 아닙니다. 하지만 여러 명이 알지 않느냐는 식으로 말했어요. 형사부장과 검사도 비슷한 소리를 했고요. 이대로는 공판을 유지할 수 없다, 증거가 꼭 필요하다고요."

스튜디오가 웅성거렸다.

"그럼 상부의 압력 때문에 날조했다는 뜻인가요?"

"그런 셈입니다."

이마이는 고개를 크게 끄덕였다.

"이제 와서 이런 소리를 한들 변명밖에 안 되겠지만, 저도 실은 그러고 싶지 않았습니다. 마음을 정한 건 당시 수사본부에서 함께 취조를 맡았던 베테랑 형사에게 등을 떠밀렸기 때문입니다. 너밖에 없다고 했어요. 정말 존경하는 분이라 기대를 저버릴 수 없다, 내가 나설 수밖에 없다고 마음먹었습니다."

아리모리는 이마이의 말을 들은 순간 피가 거꾸로 솟았다. 너밖에 없다……. 분명히 그렇게 말했다. 하지만 단순히 아야가와 서에 쓸 만한 젊은 놈은 너밖에 없다는 뜻으로, 이마이를 칭찬해서 의욕을 높일 의도로 한 말이었다.

21년 전, 히라야마의 공판이 시작되고 나서야 이마이가 이케무라 아키호의 머리카락을 차에 놓아두었다는 사실을 알았다. 검사 세토구치에게 그 사실을 듣고 깜짝 놀랐다. 그때까지 아리모리는 히라야마가 실수로 머리카락을 방치했다고 생각했다. 증거라고 믿었기에 현장검증 때 시치미를 떼려는 히라야마를 용서할 수 없어서 행동을 유도했다.

하나 그렇다고 자신의 책임이 줄어드는 건 아니다. 판

결이 나기 전에 증거가 날조됐음을 알았으니 지적할 수 있었다. 지적하지 않았던 건 경찰 조직에 충성하기 위해서가 아니라, 히라야마에게 유죄판결을 내려야 한다는 마음이 컸기 때문이다.

"너밖에 없다……. 뭐랄까, 하수인이라는 표현이 제일 적당하겠군요."

또 다른 패널인 작가가 입을 열었다.

"정말입니다. 이래서는 조직폭력배나 경찰이나 다를 바 없어요. 정말 너무하군요. 게다가 아무도 실행하라고 명확하게 지시하지는 않았어요. 여차할 때 자기는 지시한 적 없다고 발뺌할 수 있도록 달아날 길을 준비해둔 거겠죠."

사회자가 동의하고 나섰다. 이케무라 도시에도 이 방송을 텔레비전으로 보고 있을지도 모른다. 그렇게 생각하자 눈앞이 아찔해서 아리모리는 머리를 감싸 안았다.

텔레비전을 끄고 저녁을 먹으려 했지만, 위장이 아무것도 받아들이지 못했다.

보도진은 드디어 모습을 감춘 것 같았다. 일찍 자려고 불을 껐을 때 초인종이 울렸다. 외시경으로 내다보자 알고 지내는 기자였다. 악의로 가득한 취재에는 진절머리가 났지만, 그 베테랑 기자는 상냥하게 말을 붙였다. 카메라도 없고 빈손인 듯했다. 걱정돼서 찾아온 것이리라.

"당신인가, 들어와."

턱수염을 기른 기자는 실례하겠습니다, 하고 인사하고 들어왔다. 지역 신문사에 근무하는 오래된 지인이다.

"어마어마한 일이 터졌네요."

기자는 방바닥에 털썩 앉았다.

"뭐, 자업자득이지."

"지랄 맞은 사회입니다. 한 번 삐끗하면 그 사람이 아무리 지금까지 열심히 살아왔다 해도 죽어라 두드려 패거든요."

동정받기 싫어서 아리모리는 아무 대꾸도 하지 않았다.

"저는 말이죠, 아리모리 씨. 이런 때야말로 진실이 어디에 있는지 놓쳐서는 안 된다고 생각합니다. 확실히 수사 방법에 문제가 있었을지도 모르죠. 그렇다고 히라야마가 범인이 아니라니, 그건 말도 안 됩니다."

기자가 몸을 앞으로 약간 기울였다.

"당시부터 취재했으니까 잘 알아요. 다카기 유카 실종사건 때 그 영감님은 히라야마가 데려갔다고 똑똑히 증언했죠. 히라야마가 딸의 몰카를 찍었다고 말한 부모도 있었고요. 그런 악마가 이 평화로운 지역에 여럿이나 있을 리 없습니다."

나무라는 말만 들었기에 아리모리도 마음이 약간 편해

졌다. 그렇다. 날조와 히라야마가 범인이라는 사실은 다른 문제다. 히라야마 말고 달리 범인이 있을 리 없다.

"아리모리 씨, 이제부터 반격에 나서야 합니다."

"반격?"

기자가 네, 하고 자랑으로 삼는 턱수염을 문질렀다.

"재심에 대비해 히라야마가 범인이라는 새로운 증거를 확보하는 겁니다. 지금까지는 재심이 열리면 피고인에게 무죄판결이 내려지는 게 관례였죠. 하지만 이번에도 그래야 할까요? 전대미문의 재심으로 만들어버리면 됩니다."

생각지도 못한 제안이었다. 재심 청구심의 내용에 따라 검찰도 잘못을 인정하고, 실질적으로는 단기간에 재심을 시작해 무죄판결을 내리는 흐름이 정착되어 있다. 하지만 사실상 히라야마는 아직 무죄가 확정된 게 아니다.

"아리모리 씨, 그러기 위해서 확인하고 싶은 게 있습니다."

"뭔데?"

한 치의 거짓도 없는, 하고 말한 후 기자는 잠깐 뜸을 들였다.

"진심을 듣고 싶습니다. 히라야마가 무고하다고 생각하십니까?"

"그건 아니야."

아리모리는 즉답했다.

"히라야마는 살인자야. 나는 포기하지 않아."

힘 있게 말하자 기자는 고개를 크게 끄덕였다.

"그럼요. 아리모리 씨처럼 몸 바쳐 지역의 평화를 지켜온 형사가 이대로 끝나서는 안 됩니다. 저도 협력할 테니 꼭 진실을 밝혀주세요."

아리모리는 힘주어 고개를 끄덕였다.

확실히 기자의 말대로다. 명예를 회복하려면 다른 진범을 잡는 게 아니라, 역시 우리가 틀리지 않았다고 증명하는 게 제일이다. 아무리 힘들더라도 끝까지 끈질기게 물고 늘어질 테다.

잠시 이야기를 더 나누고 나서 기자는 돌아갔다. 어려울 때 친구가 진정한 친구라는 말처럼, 덕분에 용기가 조금 생겼다. 이야기하길 잘했다.

아리모리는 커튼 틈새로 드러난, 보수한 유리창을 바라보았다. 어차피 근처의 자칭 열혈한들 짓이리라. 놈들은 의분이 아니라 악을 벌하겠다는 단순한 공격 욕구에 따라서 움직인다. 하지만 잘잘못을 따질 기력은 없었다.

자신은 분명 죄를 저질렀다. 설령 사회정의를 위해서였다고 해도 용납될 수 없는 일이라는 건 잘 안다. 하지만 지금 제일 걱정되는 사람은 이케무라 아키호의 어머니 도시에다. 지금 어떤 심정일까.

보도 기자들 몰래 집을 빠져나왔다. 예약한 부동산에 도착하자 아리모리는 자리에 털썩 앉았다.

젊은 직원이 다가와서 조건을 세세하게 물었다. 빨리 입주할 수 있으면 된다고 하자, 직원은 컴퓨터 자판을 달칵달칵 두드려 임대물을 찾기 시작했다.

아리모리는 드세요, 라고 적힌 상자에서 사탕을 꺼내 입에 넣었다. 가방에는 도장과 예금통장 등 계약에 필요한 물건들이 들어 있다. 현금도 필요할 터라 아까 50만 엔쯤 인출해 왔다.

나중에 지원 센터에 갈 생각이라 새 집을 빨리 찾고 싶었다. 너무 비싸지만 않으면 조건은 아무래도 상관없다.

"이 정도면 어떠실까요?"

5분쯤 후에 젊은 직원이 임대물 세 곳을 출력해서 들고 왔다. 건축 연수 몇 년, 역에서 몇 분 등 자세한 정보가 적혀 있었지만, 집세만 비교해보고 제일 저렴한 연립주택을 가리켰다.

"알겠습니다. 그럼 보러 가실까요."

아리모리는 고개를 젓고 가방에서 도장을 꺼냈다.

"아니요, 거기로 하겠습니다."

"집도 안 보시고요?"

"네, 빨리 이사해야 해서요."

새로 살 집을 재깍 결정했다. 부동산 직원은 놀란 눈치였지만, 정말로 장소는 어디든지 상관없다. 이상한 놈들이 찾아와서 앞으로 시작할 활동을 방해하지는 않을까, 그것만이 걱정이다.

연립주택 임대 계약을 마친 후 전철을 타고 피해자 지원 센터로 향했다.

히라야마가 석방된 뒤로 도시에와는 한 번도 만나지 않았다. 이런 일이 벌어졌으니 어떤 심정일까. 지원 센터는 잠시 쉬기로 했지만, 역시 한번 만나서 이야기를 하고 싶었다. 욕을 먹어도 상관없다. 자신은 도시에를 배신했다.

지원 센터는 가와라마치에 있다. 전철에서 내려 상점가 통로를 나아갔다. 지나가던 사람 몇 명이 돌아보았다. 기분 탓일까. 보도를 통해 사건과 소문의 악덕 형사에 대해서는 알더라도, 얼굴까지는 모를 것이다.

지원 센터가 있는 건물이 보였다. 관리실에서는 알고 지내는 경비원이 하품을 하고 있었다.

"벤 씨, 이케무라 씨 오셨어?"

경비원은 눈을 마주치지 않고 고개를 꼬았다.

"글쎄요……."

말을 이으려고 하자 경비원이 일어섰다.

"아아, 잠깐 실례."

경비원은 재빨리 어딘가로 가버렸다. 그와 알고 지낸 지도 벌써 7년이건만, 전에 없이 서먹서먹한 태도였다. 연일 뉴스에서 다루니까 아리모리가 뭘 어쨌는지 알고 있는 것이리라.

3층으로 올라가 화이트보드에 적힌 일정표를 확인했다. 도시에는 지금 상담 중인 듯했다. 휴식 시간에라도 말을 걸까 싶어 잠시 기다리는데, 상담실에서 고함이 들렸다.

"내 심정을 어떻게 알겠어!"

상담하러 온 여자의 목소리다. 이번에는 크게 울기 시작했다.

"다 집어치워!"

문이 세게 열리고 눈이 부은 여자가 냅다 나왔다.

여자는 엘리베이터도 타지 않고 계단을 쌩하니 내려갔다. 기다리라며 도시에가 뒤쫓아 갔다.

아리모리도 계단으로 향했지만, 밖에서 차 문을 쾅 닫는 소리가 들렸다. 층계참 창문으로 밖을 보자 아까 그 여자가 차를 몰고 주차장을 나서는 참이었다.

피해자의 정신 상태는 아주 불안정하다. 이쪽에서 진지하게 대응해도, 사소한 단어 하나에 흥분하기도 한다. 도시에는 괜찮을까. 실은 본인이야말로 위로가 필요할 텐데도, 지원원의 임무를 다하기 위해 열심히 애쓰고 있는 것이리라.

계단 난간을 붙잡고 있자 도시에가 무거운 발걸음으로 올라왔다. 최악의 타이밍이다. 하지만 도망칠 수는 없다.

"이케무라 씨."

말을 걸자 도시에가 고개를 들었다. 아리모리는 히라야마와 관련해 사과하려고 했지만 말이 나오지 않았다. 도시에는 금방 눈을 돌리고 고개를 숙였다.

그대로 도시에는 상담실로 돌아갔다. 아리모리는 따라가려고 했지만 발이 움직이지 않았다. 떠오르는 말이 전부 변명으로 느껴졌다.

마음이 아팠다. 딸이 잔인하게 살해되고 21년이나 되는 세월이 흘러 겨우 안정된 생활을 되찾았다. 그런데 무능한 경찰 탓에 범인이 방면되다니……. 도시에는 지금 기분이 어떨까. 아리모리와는 두 번 다시 말을 섞고 싶지도 않다는 뜻일까.

── 가자. 지금은…….

머리를 깊게 숙인 후 아리모리는 힘없이 계단을 내려갔다.

도시에에게 한마디라도 좋으니 죄송하다고 사과하고 싶었다. 하지만 사과한들 도시에에게 무슨 위안이 되겠는가? 무슨 말을 해도 공허할 뿐이리라.

아리모리는 지원 센터를 나서 상점가를 천천히 걸었다.

결국 자신은 도시에에게 용서를 받고 싶었을 뿐인지도 모른다. 지금 도시에를 위해 자신이 할 수 있는 일은 결코 사죄가 아니다. 그 기자가 말했듯 이번에야말로 히라야마가 틀림없는 진범임을 증명하는 것이다.

전파상 앞을 지나쳤을 때 한 노인이 소리를 치더니 아리모리를 올려다보았다. 노인은 입을 벌린 채 이쪽과 저쪽을 바쁘게 번갈아 보았다. 아리모리는 노인의 시선이 향하는 전파상의 커다란 텔레비전을 바라보았다.

아리모리는 얼떨떨한 기분으로 그 자리에 멈춰 섰다.

"진심을 듣고 싶습니다. 히라야마가 무고하다고 생각하십니까?"

흘러나오는 인터뷰 영상에 이마이보다도 낯익은 얼굴이 커다랗게 비쳤다.

"그건 아니야."

텔레비전 화면 속에서 단언한 사람은 아리모리 자신이었다. 어제 집에서 기자와 이야기했던 내용이었다. 하지만 방송국의 입맛에 맞게 다른 부분은 잘라낸 듯, 아리모리가 히라야마에 대해 본심을 밝히는 부분만 반복해서 흘러나왔다. '아야가와강 사건으로 논란의 소용돌이에 휩쓸린 전

직 형사가 단언. 그래도 히라야마는 살인자다!'라는 자막
이 나왔다.

"히라야마는 살인자야. 나는 포기하지 않아."

화면 속 아리모리는 힘 있게 단언했다. 이게 뭐야……. 분
명 본심이지만, 이런 영상을 내보내도 된다고 허락한 적은
없다. 카메라를 숨기고 몰래 이런 영상을 찍었단 말인가. 그
리고 방송국에 팔았다. 이 새끼가! 온몸이 확 뜨거워졌다.

본인에게 허가를 받지 않았으니 아리모리는 백 퍼센트 피
해자다. 고소하면 이길 것이다. 하지만 따지고 나설 기력은
없었다. 맙소사. 그 기자는 아리모리를 팔았다. 녀석만큼
은 자기편이라고 믿었는데…….

아리모리는 고함을 지르고 싶은 기분을 꾹 참고 상점가
를 빠져나와 전철을 탔다.

이마이와 그 기자, 갑자기 딴 사람처럼 변한 지인…….
사람들의 배신에 하고 싶은 말은 산더미처럼 많았다. 하지
만 부조리함을 원망해도 아무 의미 없다. 속상했지만 어떤
의미에서 그 기자가 했던 말 자체는 옳을지도 모른다.

히라야마는 살인자다. 그렇게 확신하는 이상, 여기서 끝
낼 수는 없다. 아리모리는 전철의 진동에 몸을 맡기고 이
제부터 반격이라고 속으로 중얼거렸다.

2

찌는 듯한 더위 속에서 흰색 미니밴이 주차장을 나섰다.

가가와 제2법률사무소의 사무원이 운전대를 잡았다. 지사는 셋째 줄에 앉아 앞자리에 시선을 주었다.

검은 머리와 흰머리가 얼추 반반인 남자가 구마 옆에 앉아 있다. 차 안을 두리번두리번 둘러본다. 무직 신분. 무기징역으로 복역 중인 신세다.

"히라야마 군, 왜 그래?"

조수석에 앉은 노인이 물었다. 히라야마의 중학교 담임이었다고 한다. 히라야마의 지원자로, 아야가와강 사건의 공판에서는 정상 증인으로도 나섰다.

"그렇게 긴장할 것 없어. 보도진은 모를 거야."

히라야마는 고개를 가볍게 젓고 입매를 누그러뜨렸다.

"그게 아니라요. 별건 아닌데, 차에서 소리가 안 나는구나 싶어서."

보도진을 신경 쓰는 게 아닌 모양이다. 하이브리드 자동차에는 처음 타보는지라 조용해서 신기한 듯했다.

"21년 전에는 이런 차가 아직 거의 보급되지 않았으니까."

"저도 처음에는 깜짝 놀랐어요. 이렇게 조용하면 차가

가까이 와도 몰라서 위험하지 않을까 싶더라고요."

구마가 담임의 이야기에 맞장구를 치더니 스마트폰을 꺼내 히라야마에게 보여주었다.

"히라야마 씨, 당시에는 스마트폰이 없었죠? 통화뿐만 아니라 인터넷도 할 수 있고, 동영상도 찍을 수 있답니다."

히라야마도 흥미를 느낀 듯해서, 구마가 스마트폰 사용법을 잠시 가르쳐주었다.

"히라야마 씨도 이제부터 스마트폰이 필요하겠네요."

이윽고 미니밴은 통용문이 아니라 뒷문으로 나갔다. 통용문 쪽에서는 수많은 보도진이 히라야마가 나오기를 기다리고 있었다.

일주일 전, 재심 청구심 결과 히라야마 사토시의 재심이 결정됐다.

보통은 재심이 결정돼도 검찰이 고등법원에 즉시 항고해서 다시 몇 년이나 다투기 마련이지만, 이번에는 특별했다. 유죄의 근거는 히라야마의 차에 남아 있던 머리카락과 취조 단계에서 나온 자백. 하지만 당사자였던 이마이 다쿠야가 양쪽 다 위법행위였음을 인정했다.

그 후에 진행된 재심 청구심에서 또 다른 당사자였던 아리모리 요시오도 적법하지 않은 방법으로 수사했음을 인정했다. 다만 아리모리는 이마이에게 머리카락을 놓아두라고 명령한 적은 없다고 주장했다. 더 나아가 당시 형사부장과 담당 검사였던 세토구치 등도 청구심에 소환해 누가 이마이에게 머리카락을 놓아두라고 지시했는지, 놓아둔 사실을 알고 있었는지, 이마이의 단독 행동이었는지 등등을 쟁점으로 두고 신문했다. 그러나 지휘 계통에 대해서는 결국 밝혀지지 않고 끝났다. 그래도 이마이가 본인이 놓아두었다고 똑똑히 인정한 이상, 히라야마를 유죄로 볼 근거는 모조리 없어졌다.

"그나저나 두 분 다 정말 감사합니다. 히라야마 군이 이렇게 나올 수 있었던 건 전부 두 분 덕분이에요."

"아니요, 저는 아무것도 안 했는걸요. 지사 덕분이죠."

구마가 손을 급하게 내저었다. 담임은 지사에게 머리를 깊이 숙였다.

"지원회 회장이라면서 참 한심하네요. 정말로 아무것도 못 해줬어요. 대체 21년이나 뭘 한 거람. 히라야마 군, 미안하다."

담임이 사과하자 히라야마는 고개만 꾸벅 숙였다.

재심 자체는 아직 시작되지 않았지만, 지사의 요청도 있어 다카마쓰 지검이 요전에 형 집행정지 조치를 취했다. 형사소송법 제442조에 규정이 있다. '재심 청구에는 형의 집행을 정지하는 효력이 없다. 다만 관할 법원에 대응하는 검찰청의 검찰관은 재심 청구에 의한 재판이 있기까지 형의 집행을 정지할 수 있다.' 이 규정에 따라 집행 정지 조치가 취해졌다. 이날부로 21년에 걸친 구속이 해제돼 히라야마의 교도소 수용은 끝났다.

"히라야마 씨, 이제부터 어떻게 하고 싶으세요?"

구마가 묻자 히라야마는 글쎄요, 하고 쓴웃음으로 답했다.

"일단 가족의 무덤에 성묘를 하러 가고 싶네요. 부모님과 동생에게 빨리 이 사실을 알리고 싶어요."

"아아, 그렇구나. 그래야죠."

"실은 좀 더 일찍, 동생이 죽기 전에 전해주고 싶었지만요. 오빠의 혐의가 풀렸다고……."

구마는 고개를 끄덕였다. 지사는 서글픔이 감도는 히라야마의 옆얼굴을 보며 말을 걸었다.

"일단 무죄를 확정하는 게 중요해요."

재판에는 절차가 있으므로 재심이 당장 시작되지는 않는다. 하지만 재심이 열리면 무죄판결이 나오는 건 거의 확실하다.

재심이 결정된 후 수많은 사람들이 이 기적을 칭송했다. 유아 추락 사건 재판으로 유명해진 젊은 여자 변호사가 이번에는 원죄일 가능성이 없다고 여겨졌던 아야가와강 사건을 극적으로 재심 무죄판결로 이끈다……. 지사는 어떤 의미에서 유명인이었다. 성가시게도 취재 의뢰가 쇄도해서 난감할 지경이다.

세토 대교에 접어들었다. 히라야마는 짧은 머리카락을 잡아당기며 세토 내해의 섬들을 내려다보았다.

지사는 그 옆얼굴을 바라보다 어째선지 문득 이런 생각이 들었다.

── 정말로 이 사람이 아니었을까.

지사는 고개를 가볍게 저었다. 안 된다, 안 된다…….
변호인이 무슨 생각이람. 이것이야말로 전형적인 편견이자 원죄를 낳는 사고방식 아닌가.

얼마 전까지 대부분 사람들은 히라야마를 범인으로 여겼다. 이번에 형 집행정지가 결정됐지만, 많은 사람들은 그래도 히라야마가 범인일지도 모른다고 의심하리라. 적법하지 않은 방법으로 수사했음이 이렇게까지 확실하게 드러나도, 그게 무고함과 동등한 의미를 띠지는 않는다. 오히려 사람들 마음속에는 경찰에게 의심받는 사람은 죄인이라는 고정관념이 확실하게 존재한다.

"아는 사람은 많으니까 혹시 일하고 싶으면 얼마든지 부탁할 수 있어. 하지만 이렇게 유명해져서야 평범한 일은 어려울지도 모르겠군. 재심에서 무죄가 나올 때까지는 취재나 받으면서 느긋하게 지내고, 그다음 일은 천천히 생각해

보자고."

"지금까지 고생하신 만큼 행복해져야 마땅하죠."

담임과 구마 둘이서 이야기에 열을 올렸지만, 당사자인 히라야마는 내내 구슬퍼 보이는 얼굴이었다.

미니밴이 드디어 법률사무소에 도착했다. 주차장에 처음 보는 차가 세워져 있었다. 다녀왔습니다, 라는 구마의 목소리에 반응한 것처럼 자동문이 힘겹게 열렸다. 오랜 세월 수감됐던 히라야마를 맞이하는 만큼 지사 때처럼 요란하게 환영할 줄 알았는데, 히라야마를 맞이하는 사무소의 분위기는 비교적 차분했다.

"벌써 왔어?"

구마가 사무원 아나부키 에이코에게 묻자, 아나부키는 네, 하고 응접실에 시선을 주었다.

"응접실에 계세요."

"그렇구나, 고마워."

커다란 몸으로 앞장선 구마를 따라 지사와 히라야마도 응접실로 향했다.

문을 열자 까까머리 남자가 앉아 있었다. 구마 뒤에 있던 히라야마를 보자마자 남자는 흠칫 놀라며 일어섰다.

"무슨 말씀을 드려야 할지……."

남자는 도중에 말문이 막혔다. 이 까까머리는 전직 형사

이마이 다쿠야다. 재심 청구심 때는 기생오라비 같은 차림새였기에, 같은 사람이라는 걸 금방은 못 알아봤다. 히라야마를 취조할 때 폭력을 행사해 강제로 자백을 얻어낸 남자. 피해자의 머리카락을 히라야마의 차에 놓아두어 무기징역이 나오게 한 남자. 히라야마는 재심 청구심 전에 이마이를 두고 순 악질이라고 표현했다.

"히라야마 씨, 정말로 죄송합니다."

이마이는 무너지듯이 그 자리에 무릎을 꿇고 머리를 바닥에 조아렸다. 히라야마는 한마디도 꺼내지 않고 그 모습을 내려다보았다. 21년 전에 자신을 범인으로 단정하고 억울한 죄를 씌운 남자가 애절하게 용서를 빌고 있다. 어떤 심정일까. 속이 조금은 후련해졌을까.

"이마이 씨, 재심을 얻어낼 수 있었던 건 당신 덕분입니다. 당신이 경찰과 검찰을 적으로 돌리면서까지 수사에 숨겨진 진실을 밝히겠다는 결단을 내리지 않았다면, 재심은 어림도 없었어요."

말해야 할지 말지 망설였지만 지사는 이마이를 두둔했다. 그 상황에서 변호인 측에 유리한 발언을 하다니, 어지간한 각오 없이는 못 할 일이다. 겁쟁이 같은 정의이기는 하지만 이마이도 속으로 갈등이 많았을 테고, 아직까지도 잘못을 똑바로 인정하지 않는 당시 형사부장과 전직 검사 세토구치보다는 훨씬 낫다.

이마이는 3분 넘게 머리를 조아리고 있었다.

구마는 걱정스러운 듯 히라야마와 이마이를 번갈아 바라보았다. 히라야마는 차가운 눈으로 내려다보며 이마이의 본심을 탐색하려는 걸까.

무거운 분위기가 흐르는 가운데, 마침내 히라야마가 등을 돌렸다.

응접실에 놓인 보리차를 선 채로 들이켜고 얼음까지 와작와작 씹어 먹었다. 결국 히라야마는 이마이에게 한마디도 하지 않고 응접실에서 나갔다.

"그럼 앞으로도 잘 부탁드립니다."

담임은 히라야마를 쫓아 사무소를 뒤로했다. 히라야마가 살 집을 마루가메시에 준비했다고 한다. 이마이도 뒤늦게 나갔다.

지사는 숨을 한 번 내쉬고 자리에 앉아 차를 꿀꺽꿀꺽 마셨다.

구마가 사무소로 온 편지와 팩스를 몇 통 가져왔다. 히라야마를 격려하고 동정하는 내용이 대부분이지만, 아닌 것도 있다고 한다.

옆에서 아나부키도 정말 너무하다고 맞장구를 쳤다. 지사는 건네받은 편지와 팩스를 훑어보았다.

― 다들 히라야마를 살인자라고 생각해. 경찰이 기껏 체포했는데 또 똑같은 짓을 하면 너희들이 책임질 거야?

― 다카기 유카 실종사건 때 목격 증언이 있었는데도 히라야마가 체포되지 않았다는 뉴스를 봤어. 증거를 날조하고 싶어 하는 경찰의 마음도 이해가 되더군. 비슷한 사건이 비슷한 시기에 제각기 발생한다는 게 말이나 돼? 실은 히라야마가 범인이라는 걸 다들 알잖아.

― 경찰이 실수를 했을 뿐, 히라야마가 살인범이라는 사실은 변함없어. 그런데도 누명을 썼다며 비극의 주인공 척하다니. 이제 강연이며 책 출판으로 떼돈 벌겠네. 나가 죽어라, 빌어먹을 살인범 새끼야.

지사는 올라올 것 같은 기분이었다. 요전에 아리모리의 인터뷰가 텔레비전에 나왔다. 그는 지금도 히라야마를 범인으로 확신한다고 말했다. 비판이 방송국에 폭풍처럼 몰아쳤지만, 잘했다는 칭찬도 어느 정도 섞여 있다는 모양이다. 전부 다 당시의 경찰 관계자는 아닐 것이다. 분명 실제로는 여기 편지 내용처럼 히라야마를 범인으로 여기는 사람이 아직도 많은 것이리라.

한 번이라도 경찰의 의심을 받으면 진범이 발견되지 않는 한, 그 사람은 계속 위험인물로 여겨진다. 그건 경찰을 신뢰하기 때문이 아니다. 우리 내면에는 강한 힘을 따르고 싶은 굳은 의식이 존재하므로, 강한 힘으로 한번 사회에서 배제된 인간이 복귀하기는 상상 이상으로 어렵다.

무죄판결을 받았으니까 그 사람은 평범한 사람과 다를 바 없다……. 아무리 그렇게 생각하려 해도 보통 사람에게는 힘든 일이다. 누명을 벗고 풀려난 '흉악한 살인범'과 단둘이 하룻밤을 보내라고 하면 분명 대다수는 겁을 먹을 것이다.

"완전 무죄는 어렵네."

한숨 섞인 구마의 말에 지사도 고개를 크게 끄덕였다.

재심에서 무죄판결이 나와도 그건 변함없는 사실이다. 진범이 밝혀지지 않는 한 끝이 아니다.

"어? 지사, 벌써 가게?"

"네, 좀 들를 곳이 있어서요. 구마 선배, 다카기 유카 실종사건의 목격자가 지금 살고 있는 주소 아세요?"

"엥? 가와타 기요시 씨 주소 말이야? 알긴 아는데 왜?"

꼭 한번 만나서 이야기를 들어보고 싶다고 설명했다. 구마는 이제 와서 무슨 의미가 있느냐고 떨떠름한 표정을 지었지만 요시다 구주로가 남긴 메모에서 가와타 기요시의 주소를 찾아서 알려주었다.

또 오겠다고 인사하고 지사는 가가와 제2법률사무소를

나섰다.

창문을 열어도 차 안은 견디기 힘들 만큼 더웠다. 몸이 냉해질까 봐 참았지만 땀이 삐질삐질 나서 지사는 결국 에어컨을 틀었다.

아야가와강 사건의 진범을 밝히는 건 수사기관이 할 일이다. 변호사의 책무는 아니다. 하지만 지사에게는 다른 생각이 있었다. 아야가와강 사건의 진범과 지사를 유괴한 범인이 동일인이라면, 그자의 정체를 밝혀내는 건 자신의 삶에 꼭 필요한 일이다.

진범을 밝힐 실마리는 거의 없다. 요시다 구주로 변호사가 남긴 조사 서류를 보아도, 진범을 찾으려 애쓰기는 했지만 이렇다 하게 수상한 인물을 발견하지는 못한 듯했다. 그나마 도움이 되는 건 실종된 다카기 유카에 관한 증언이다. 당시 유카는 만노정에 위치한 공원에서 혼자 놀고 있었는데, 근처에 사는 가와타라는 노인이 유카를 데려가는 젊은 남자를 봤다고 한다.

지사는 만노정으로 차를 몰았다. 전원 풍경 저편에 산들이 늘어선 시골길을 나아갔다. 울타리를 둘러친 저수지가 몇 군데 보였다. 오래된 마을이 나오고 작은 공원이 눈에 들어왔다. 시소와 그네, 정글짐 등 공원 하면 생각나는 놀이기구들이 있었지만 노는 아이들은 없었다.

이 공원에서 마지막으로 목격된 후 다카기 유카는 실종됐다. 처음에는 근처 저수지에 빠진 것 아닐까 싶어 수색했지만 발견되지 않았다. 경찰이 탐문수사를 한 결과, 가와타라는 노인이 히라야마가 유괴하는 장면을 목격했다고 증언했다. 가와타는 지역 활동의 일환으로 아야가와 초등학교에도 드나드는지라 히라야마하고도 면식이 있었다고 한다.

시신이 발견된 것은 아니므로 명복을 빌기는 망설여졌다. 하지만 살아 있을 확률은 극히 낮다.

속도를 줄여 일방통행로를 느릿느릿 나아갔다. 과소화가 진행 중인지 빈집이 많았다. 무너진 벽돌담 너머로 가와타라는 문패를 보고 차를 세웠다. 손질하지 않은 마당에는 풀이 무성했다. 매미 소리가 시끄럽다. 검은 고양이가 물독에 가득한 탁한 물을 마시려다 지사를 보자마자 벽돌담을 넘어 달아났다.

구마의 이야기에 따르면 가와타는 혼자 산다. 나이가 이미 아흔한 살이라 제대로 된 증언을 얻기는 무리일 거라고 했다. 지붕이 있는 주차 공간에는 방문 돌보미 차량이 서 있었다. 현관의 초인종을 눌렀지만 망가졌는지 소리가 나지 않았다.

안을 들여다보자 툇마루 쪽에 간호용 침대가 있고, 돌보미로 보이는 여자가 몹시 수척한 노인에게 죽을 먹이는 중이었다.

"저기, 실례합니다."

몸무게가 노인의 두 배는 될 것 같은 돌보미가 돌아보았다.

"연락도 없이 찾아와서 죄송합니다만, 가와타 씨께 이야기를 좀 듣고 싶어서요."

"네? 누구신지는 모르겠지만."

돌보미는 보는 바와 같다는 듯이 가와타에게 고개를 돌렸다. 수척한 모습이 심상치 않았다. 나이가 많아서 그렇다기보다 많이 쇠약해진 것처럼 보였다. 지사가 명함을 주고 21년 전에 발생한 일련의 사건을 조사하는 변호사라고 설명하자, 돌보미는 미심쩍다는 듯이 고개를 기울였다.

"할아버지, 뭔가 이야기를 하고 싶다는데. 돌려보낼까?"

가와타는 금방이라도 부러질 것처럼 가느다란 팔로 천천히 손짓했다. 아무래도 이야기는 할 수 있는 모양이다. 지사는 고개 숙여 인사하고 안으로 들어갔다. 기세를 몰아 입을 열었다.

"단도직입적으로 여쭐게요."

지사가 얼굴을 가까이 대자 가와타는 입을 반쯤 벌렸다.

"가와타 씨, 21년 전에 다카기 유카를 데려가는 남자를 봤다고 하셨는데, 그 남자는 정말로 히라야마 사토시였나요?"

"아아, 아아?"

긍정인지 부정인지 잘 알 수가 없었다. 귀가 어두운지도 모른다. 지사는 큰 목소리로 다시 물었다.

"유카? 그게 누군데?"

"공원에서 유괴됐다는 여자아이요. 21년 전에."

그랬던가, 하고 가와타는 눈을 깜빡였다. 틀렸다. 이런 기본적인 사실조차 제대로 기억하지 못해서야 진범이 누구인지 따질 처지가 못 된다. 하지만 여기까지 왔는데 이대로 물러날 수는 없다. 지사는 가와타에게 얼굴을 바짝 갖다 댔다.

"21년 전에 마루가메, 아야가와, 그리고 여기서 연쇄유괴로 추정되는 사건이 발생했어요. 아시죠? 아야가와정에서 유괴된 이케무라 아키호의 시신만 발견됐지만, 그 밖에도 유괴사건이 두 건 더 일어났잖아요."

"아아, 그런 일도 있었지."

"저는 유괴됐던 아이 중 한 명인 마쓰오카 지사라고 해요."

다람쥐처럼 동그란 눈이 잠시 깜빡임을 멈췄다. 충격요법 같은 기습적인 발언에 가와타뿐만 아니라 돌보미도 군어버렸다.

"당신이 21년 전에 공원에서 목격한 인물은 정말로 히라야마 씨였나요?"

대답은 없었다. 가와타는 지사에게 시선을 고정한 채 옴짝달싹도 하지 않았다.

"부디 잘 기억해보세요. 히라야마 씨는 석방됐지만, 완전히 무죄가 된 건 아니에요. 당신이 히라야마 씨가 다카기 유카를 유괴했다고 증언한 일도 있고 해서, 히라야마 씨는 아야가와강 사건 때 경찰에게 의심받았어요."

가와타는 입을 반쯤 벌린 상태였다. 하지만 말은 나오지 않았다. 기다려도 허사라는 생각에 지사는 이야기를 계속했다.

"혹시 히라야마 씨가 어린아이들의 사진을 몰래 찍는다고 의심받는 걸 알고 계셨던 거 아니에요? 그래서 선입견 때문에 그때 본 남자를 히라야마 씨로 착각한 것 아닐까요?"

지사가 캐묻자 가와타는 눈물 맺힌 눈으로 입술을 덜덜 떨었다.

"이제 와서 그때 일을 책망할 마음은 없어요. 그냥 진실만 말씀해주세요. 당신이 본 인물이 히라야마 사토시라고 지금도 자신 있게 말씀하실 수 있겠어요? 부디 기억을……."

"이봐요. 적당히 좀 해요."

돌보미가 끼어들었다.

"상태가 안 좋아 보이는데."

확실히 이래서는 노인을 학대하는 것 같다. 가와타의 시선은 흔들리고 있었다. 입술의 떨림이 퍼져 나가서 몸도 부들부들 떨었다. 지사는 너무 지나쳤다는 생각에 사과했다. 가와타는 더 이상 말할 수 있는 상태가 아니었다. 잠시 후에 진정되자 가와타는 침대에 누워 잠들었다. 편안하게 잠든 가와타의 얼굴을 보고 지사는 가슴을 쓸어내렸다. 돌보미 말로는 심장도 많이 약해졌다고 한다.

지사가 사정을 자세하게 설명하자 돌보미는 "그랬군요" 하고 이해해주었다. 돌보미의 이야기에 따르면 가와타는 최근에 갑자기 쇠약해졌는데, 나이도 나이이니만큼 여생이 길지는 않을 거라는 모양이다.

"할아버지에게는 내가 나중에 다시 물어볼게요."

지사는 고맙다고 인사하고 가와타의 집을 뒤로했다.

잘되면 횡재라는 정도의 생각으로 찾아왔지만, 역시 수확은 없었다는 것이 솔직한 감상이다.

차를 타고 잠시 달리자 봉긋한 산의 기슭에 이나리 신사가 보였다.

몇 년 만에 오는 걸까. 지사는 차를 세우고 참배했다. 작은 신사지만 이곳은 어떤 의미에서 지사에게 운명의 장소

이기도 하다.

21년 전, 축제 날 유괴된 지사는 범인의 집에서 탈출했다. 달아나려고 헤맨 곳은 대부분 산길이었다. 숨을 만한 집 하나 없이 불빛도 보이지 않는 새카만 어둠 속에서, 풀과 나무를 헤치며 나아가는 감각만 느껴졌다. 어디를 어떻게 달렸는지는 모르지만, 지금까지 살면서 그때가 제일 피곤했다. 결국 기진맥진해서 의식을 잃었고, 동 틀 녘에 이 신사 뒤편에 있는 잡목림에서 구조됐다.

정확한 위치를 따지면 여기는 마루가메시에 이웃한 아야가와정에 해당한다. 지사의 집에서 9킬로쯤 떨어진 곳이다. 경찰은 지사의 옷에 묻은 풀과 흙 등으로 감금됐던 장소를 알아내려 한 모양이지만 결국 실패했다.

지사는 뙤약볕 아래, 수건으로 땀을 닦으며 주변을 산책했다.

역시 기억에는 없었다. 어두웠던 탓도 있어 기억나는 건 유채꽃밭 정도다. 그 밖에는 감금됐던 집의 구조, 가스레인지 옆에 어린아이가 나갈 수 있을 만한 크기의 창문이 있었던 것, 가까이에서 여자아이의 목소리가 들렸던 것, 그리고 그 괴물…….

한동안 거닐다 보니 페트병의 물을 다 마셨다. 오늘은 여기까지 하자. 언젠가 정체를 밝혀낼 수 있을까. 지사는 그렇게 생각하며 적란운을 올려다보았다.

3

잃은 것은 생각보다 컸다.

히라야마 사토시의 재심은 이미 6회 차에 이르렀다. 곧 결심을 거쳐 무죄판결이 나오리라. 재판장은 당시의 수사와 취조를 매섭게 비판했고, 수사본부 개혁의 필요성까지 언급했다. 수사기관 입장에서는 완전히 굴욕이었다. 당사자였던 아리모리는 집중 공격의 대상이 되어 형사처벌을 받을 지경에 처했지만, 간신히 위기를 모면했다. 마찬가지로 추궁을 당한 세토구치는 모르쇠로 일관하고 있지만, 페어튼 법률사무소에서 설 자리가 사라진 듯하다.

그 후로 형사 시절 동료들과는 연락이 완전히 끊겼다. 자기 입으로 말하기는 뭣하지만 나름대로 인망은 있는 편이라고 생각했던 만큼, 이렇게 차가워질 줄은 꿈에도 몰랐다.

아리모리는 휴대전화 발신 이력에서 번호를 찾아 지인에게 전화를 걸었지만 연결되지 않았다.

젠장, 또 틀렸나. 친척뻘인 경찰 동료에게 전화를 해도 연락이 없는 걸 보니, 아예 통화할 의사가 없는 모양이다.

이런 상황에서 히라야마를 몰아세울 가능성을 찾으려면 어떻게 해야 할까. 그 후로 아리모리는 내내 궁리해왔다. 이제 경찰, 법원, 매스컴 전부 아리모리의 적이다. 이케무라 도시에와는 아직 제대로 이야기를 나누지 못했지만, 도시에도 분명 아리모리를 용서하지 않으리라.

번화가인 가와라마치를 조금 걷자 비즈니스 료칸[*]이 몇 군데 보였다. 개중에는 풍속업소도 있다. 원래는 불법이지만 경찰의 묵인 아래 영업 중이다. 새삼스레 죄와 벌은 참으로 부조리하다는 생각이 들었다. 결국 잘 처신한 사람이 득을 보고, 고지식하게 애쓴 사람은 눈물을 흘리는 것이 이 사회 본연의 모습인가.

그 작은 단독주택은 춘풍장이라는 풍속업소 뒤편에 있었다. 문패에 이마이라고 적혀 있다. 여기가 이마이의 집이다. 집 안은 어둡고 차도 없다. 집을 비운 모양이다.

아리모리는 이마이가 일찍이 자주 다녔던 바로 향했다.

이마이는 배신자다. 경찰 관계자로서 지켜야 할 선을 넘었다. 그렇다고 아리모리가 배신감에 치를 떠는 것은 아니다. 표정에는 드러나지 않았지만, 녀석은 녀석 나름대로 괴로워해 왔을지도 모른다. 더구나 지금 괴로움을 공유할

---

[*]　관광용 료칸과 달리 저렴한 숙박비와 간소화된 서비스가 특징인 료칸을 가리킨다.

수 있는 사람이라고는 같은 처지에 있는 이마이밖에 떠오르지 않았다.

오랜만에 온 바는 분위기가 조금 밝아졌고 세련된 느낌이 감돌았다. 재즈 피아노 소리가 작게 흘렀다. 여자 손님도 들어오기 편한 분위기로 바꾼 것이 성공한 듯 나름대로 손님이 있었다.

카운터에는 콧수염을 기른 낯익은 바텐더가 있었다.

"좀 묻고 싶은 게 있는데."

적당히 마티니를 주문했다. 통통한 바텐더는 아리모리를 보자마자 머쓱한 표정을 지었다.

"이마이는 좀 어때?"

바텐더는 작은 목소리로 모른다고 대답했다.

"요즘은 여기 안 와요."

"경계하는 것 같은데 걱정하지 마. 경찰을 배신했다고 이마이를 제재하겠다거나 그런 생각은 없어. 오히려 녀석과 이야기를 하고 싶어. 같은 처지니까. 경찰을 그만둔 후로 녀석은 어떻게 지냈어?"

이 바텐더는 탈법 허브* 불법 유통 건으로 현역 시절의 아리모리에게 빚을 졌다. 아리모리가 이런 꼴이 된 건 알고 있

허브에 합성물질을 섞어서 만드는 신형 마약.

겠지만, 오히려 자포자기해서 당시의 일을 폭로하지는 않을까 겁을 먹었을 것이다. 바텐더는 진절머리 난다는 표정으로 한숨을 쉬었다.

"도박에 미쳐 살았죠. 이마이가 도박에 중독된 건 아리모리 씨도 알잖아요?"

말마따나 아리모리도 이마이가 도박을 얼마나 좋아하는지는 잘 안다. 너무 지나쳐서 주의를 준 적도 있었다. 형사를 그만둔 것도 도박과 관련된 빚 때문이라고 들었다.

"이마이는 결국 불법 사채에 손을 댔어요. 그래서 도망다니고 있었죠."

모르던 사실이다. 빚이 3, 4천만 엔쯤 된다는 모양이다. 바텐더는 책 한 권을 아리모리에게 내밀었다. 제목은 《정의라는 이름의 죄》. 히라야마가 석방된 후에 이마이가 낸 책이다.

'백 명의 죄인을 놓치더라도 한 명의 무고한 자를 처벌해서는 안 된다.'

형사소송법의 기본인 무죄 추정의 원칙이다. 경찰은 원죄가 발생하지 않도록 신중하게 수사를 진행하고, 세심하게 탐문을 거듭해서 사실을 확정해야 한다. 하지만 실제로는 범인 체포가 강력히 요구되는 상황에서, 수사본부가 용의자를 점찍으면 이 원

칙은 일그러진다. 그리고 일단 일그러지면 돌이킬 수 없다. 고지
식한 형사일수록 그런 경향이 강하다.

　놈의 짓이다. 만에 하나 놈의 짓이 아니라면 내가 죽음으로 책
임을 지면 된다. 이렇듯 범인을 놓치지 않는 것만이 정의가 되어
어느 틈엔가 무죄 추정의 원칙은 잊히고, 범인인지 아닌지 가려
내겠다는 자세도 자취를 감춘다. 거기에 남는 것은 정의라는 이
름의 죄뿐이다.

　정말로 이마이가 쓴 글은 아니겠지만, 아픈 곳을 찔렀다.
하지만 그의 현역 시절을 아는 아리모리로서는 네가 할 소
리냐는 기분이 들었다. 뭐, 이 문장 속에서만큼은 이마이도
자신이 쓰레기라고 반성하는 것 같지만.

　"이 책에서 형사 시절을 적나라하게 묘사했죠? 하지만
사생활 부분은 사실과 전혀 달라요. 책에는 21년간 형사
로서 정의에 대해 번민하다 이혼도 했다고 나오지만, 사실
은 이마이가 바람을 피운 게 원인인걸요. 이혼하고 나서도
데리고 다니는 여자를 얼마나 많이 갈아 치웠는지 몰라요.
히라야마가 유죄판결을 받고 나서 내내 괴로워하기는 개
뿔. 오히려 공을 세웠다는 듯이 자랑하고 다녔다니까요."

　그렇군, 하고 아리모리는 대꾸했다. 이마이가 반성하지
않는다는 것은 아리모리도 느끼고 있었다. 하지만 굳이 그

런 고백을 해서 자신을 악당으로 만드는 게 무슨 의미가 있는지 모르겠다. 겉으로 보여주는 모습과 속내는 달랐다는 뜻인가.

"그게 아까 이야기로 이어져요."

"아까 이야기?"

"네, 불법 사채. 이마이는 아주 위태로운 상황이었나 봐요. 하지만 이제는 책도 냈고 텔레비전에 출연도 하잖아요? 그렇게 해서 번 돈을 히라야마에게 사죄의 표시로 주려고 한 건 사실이지만, 상대가 받지 않겠다고 거부한 모양이더군요. 결국 빚을 갚는 데 돌려쓰지 않겠어요?"

아리모리는 마티니를 입에 댄 채 바텐더를 빤히 바라보았다.

"즉, 이마이는 경찰을 팔아넘김으로써 어떤 의미에서 이 사건의 영웅이 된 셈이에요. 불법 사채업자도 무슨 수단을 쓰든 채무자가 돈을 갚는 편이 낫잖아요? 뭐, 입으로는 양심에 눈을 떴느니 어쨌느니 그럴싸한 소리를 하겠지만, 이마이에게 이 배신은 분명 구사일생의 기회를 잡기 위한 비즈니스일 거예요."

비즈니스라는 말이 아리모리의 마음에 깊이 스며들었다. 이마이는 분명 혹독한 비판을 당할 것을 잘 알고 있었다. 하지만 우리 사회는 자청해서 죄를 인정한 자에게 의외로 관대하다. 경찰의 부정을 까발리는 선봉장을 원하는 곳들은 있다. 재심에서 히라야마가 무죄판결을 받은 뒤에도 이마이는 강연 등에서 인기가 많을 것이다.

그렇구나. 확실히 아무리 생각해도 이마이가 형사로서 정의에 대해 번민할 것 같지는 않다. 세토구치도 이마이가 이익을 위해 움직이리라고 확신했기에 배신할 걱정은 없다고 철석같이 믿었다.

그것 말고도 바텐더에게 이마이와 관련해 이것저것 물어보았지만, 그도 이마이의 연락처와 어디에 가면 그를 만날 수 있는지 잘 모르는 것 같았다.

"아리모리 씨는 너무 고지식한 게 탈이라니까."

아리모리는 마티니를 쭉 들이켠 후 만 엔짜리 지폐를 떠안기고 가게를 나섰다.

와이퍼가 바쁘게 비를 닦아냈다.

공교롭게도 비가 내리는 가운데, 아리모리는 증인으로 소환된 것도 아니건만 차를 몰아 다카마쓰 지방법원으로 가고 있었다. 오늘은 이마이가 증언을 하기 때문이다. 방청인을 추첨하느라 사람들이 길게 줄을 섰다. 결심까지 얼마 남지 않은 듯하다.

어제도 집 앞에서 기다렸지만 이마이가 돌아올 낌새는

없었다. 매스컴 대책도 겸해 아리모리처럼 이사한 것이리라. 하지만 증인으로 법정에 서는 이상, 여기 오면 만날 수 있다.

아리모리는 이마이가 나올 때까지 그의 차 앞에서 기다리기로 했다.

이마이가 정의에 눈떴다는 동화 같은 이야기보다, 바텐더의 추리가 훨씬 설득력 있다. 아리모리도 바텐더와 같은 의견이다. 하지만 본인을 직접 만나 확인해야 직성이 풀릴 것 같았다.

만약 이마이가 정말로 갱생해서 진실 추구에 눈떴다면 함께 싸울 수 있다. 분명 녀석도 히라야마를 범인으로 여긴다. 실제로 폭력을 행사해서라도 어떻게든 불게 하겠다고 나선 것도 녀석이었다.

비가 잦아들었을 무렵, 키가 큰 까까머리 남자가 우산을 쓰고 이쪽으로 걸어왔다. 이마이다. 다행히 공판은 아직 진행 중인 듯 보도진은 보이지 않았다. 아리모리는 호주머니에 손을 넣어 녹음기를 켜고 라이터를 꺼냈다.

차 앞에서 담배를 피우고 있으니 이마이가 걸음을 멈췄다.

"……아리모리 씨."

"할 이야기가 좀 있어서 말이야."

이마이는 비가 그친 것을 확인하고 우산을 접었다.

"이마이, 히라야마가 무고하다고 생각하나?"

이마이는 쓴웃음을 지으며 새끼손가락으로 귓구멍을 가볍게 후볐다.

"여기저기서 다 대답했는데요."

"난 몰라."

이마이는 한숨을 쉬었다.

"히라야마 사토시는 무고하다……. 분명 나는 그렇게 말해야겠죠. 히라야마 씨를 위해서도요. 하려고만 하면 얼마든지 그렇게 말할 수 있습니다. 하지만 그런 짓을 한 내게는 말할 자격이 없어요."

"모범 답안이 따로 없군."

비아냥거리자 이마이의 눈빛이 조금 매서워졌다. 이 녀석은 얼핏 보기에는 깊이 반성하는 것 같지만, 결국 난처한 질문에 대답을 회피한다. 지금도 변함없이 히라야마를 살인자로 여긴다는 사실을 숨길뿐더러 누군가가 할 말을 써준 것처럼 느껴지기까지 한다.

"범죄자를 체포해 치안을 지키는 게 형사의 본분이야. 너도 형사였잖아. 히라야마가 범인이라고 생각한다면, 자신의 마음에 솔직해져봐."

아리모리는 이마이에게 얼굴을 가까이 대고 담배 연기를 내뿜었다.

"그런가요. 그럼 솔직하게 말하죠. 나는 히라야마 사토시가 누명을 썼다고 생각합니다. 우리 때문에 그런 험한 꼴을 당했죠. 진범은 따로 있는데도."

"진심이냐."

확인하자 이마이는 그렇다고 답했다. 과연, 이 녀석은 녹음을 두려워하는 거다. 기자가 아리모리에게 그랬던 것처럼 몰래 녹음하지는 않을까 경계한다. 뭐, 녹음하는 건 맞지만.

"그럼 하나 더 물어보마. 연기 연습은 했나."

"연기? 그게 무슨 소립니까?"

"재심 청구심 때 고백한 것 말이야. 넌 마치 마쓰오카 지사를 동정해서 진실을 털어놓은 것처럼 연기했어. 실은 처음부터 인정할 작정이었으면서."

"그럴 리가 있겠습니까."

이마이의 시선이 흔들렸다. 형사 시절부터 녀석은 이랬다. 감정이 겉으로 다 드러난다. 예상했던 상황에는 치밀하게 대응하지만, 예상외의 상황에는 약하다. 아리모리는 연거푸 쏘아붙였다.

"빚을 갚기 위해 넌 배신자가 되기로 했어. 자신의 악행도 인정해야 하지만, 어차피 가만히 있다가는 파멸이니까. 눈 딱 감고 경찰을 배신하면 사회적으로 용서받고, 잘하면

돈도 벌 수 있다는 생각으로 도박에 나선 거야. 악당이 갱생하면 반응이 좋거든."

이마이의 얼굴이 창백해졌다. 역시 올바른 추리였다. 하지만 어디까지나 추리일 뿐 증거는 없다. 이마이는 입술이 경련할 만큼 당황했지만, 이쪽이 가진 증거가 빈약하다는 걸 알아차렸는지 조금씩 차분함을 되찾았다.

"아리모리 씨, 그렇게 생각한다면 좋을 대로 하든가요."

이마이는 가까스로 미소를 머금고 자동차 키를 꺼냈다.

"이마이, 함께 진실을 좇을 생각은 없나?"

"뭐라고요?"

"아까도 말했지만 너도 속으로는 히라야마가 살인자라고 생각하지? 한때 형사였던 자의 의지가 조금이라도 남아 있다면……."

아리모리는 이마이의 팔을 잡았다. 하지만 이마이는 오물이라도 닿은 것처럼 아리모리의 손을 뿌리쳤다. 아리모리를 바라보는 눈이 마치 사회에 잘 적응하지 못하는 자를 깔보는 것처럼 느껴졌다.

"히라야마는 무죄입니다."

이마이는 아리모리의 귓가에 대고 작게 속삭였다.

"무고하지는 않지만."

"이마이, 너 이 새끼."

아리모리는 이마이의 멱살을 잡았다. 이마이는 큰 소리로 도와달라고 외쳤다.

주차장 근처에 있던 사람들이 그 소리를 듣고 이쪽으로 향했다. 아리모리가 무심코 손을 놓았는데도 이마이는 여전히 소란을 떨었다.

시선을 돌렸을 때 이마이가 차 뒤편에 몸을 감추고 아리모리를 떠밀었다. 얼굴에는 밉살스러운 웃음이 맺혀 있었다. 녹음기가 호주머니에서 빠져나와 물웅덩이에 떨어졌다. 아리모리가 녹음기를 주우려 하자 이마이가 무릎으로 아리모리의 배를 세게 찍었다. 아리모리의 반격은 허공을 갈랐다. 아리모리는 배를 움켜쥐고 그 자리에 웅크렸다.

"괜찮으세요? 무슨 일입니까."

"이마이 씨, 어, 이 사람은."

우르르 몰려온 사람들이 아리모리와 이마이를 에워쌌다.

"죄송합니다. 괜찮습니다."

이마이는 아리모리를 두둔하는 척하며 그에게 습격당했다고 설명했다. 넌 역시 진짜 쓰레기야. 망할 놈! 아리모리는 갈라진 목소리로 외쳤다. 하지만 사람들이 누구를 편들지는 불 보듯 뻔했다. 젠장…… 쓰러진 아리모리는 답답한 심정으로 착실함의 가면을 쓴 이마이를 올려다보았다.

무릎에 배를 세게 찍혔지만, 통증은 이미 가라앉았다.

숙달된 기술이다. 상대가 쓰러질 만큼 충격을 주지만, 딱히 멍도 들지 않고 내장에도 이상은 없다. 이 무릎 찍기는 히라야마를 취조할 때도 사용했다.

아리모리는 고개를 푹 숙인 채 차에 탔다. 정의를 위해서라고는 하나, 역시 증거를 날조한 형사의 말로는 이런 걸까. 나는 평생 이 죄를 짊어지고 가야 하는 걸까. 정처 없이 차를 몰다 보니 어느 틈엔가 내비게이션에 아야가와 초등학교가 표시됐다.

요 부근에 몇 번이나 왔을까. 아리모리는 하천부지의 다리 옆에 있는 지장보살 앞에 섰다. 21년 전, 여기서 이케무라 아키호의 시신을 발견했을 때 절대로 범인을 용서하지 않겠다고 맹세했다. 그리고 범인은 분명 히라야마라고 확신했다.

하지만 지금, 이번에야말로 나는 뭘 할 수 있을까.

아무리 생각해도 떠오르지 않았다. 재심이 시작되었지만 아무것도 못 했다. 검찰은 자신들의 죄를 인정하고 사죄했다. 사죄란 요컨대 과거의 관계자들에게 모든 죄를 떠넘기고 지금의 자신들을 지키는 행위. 도마뱀의 꼬리 끊기다.

"아키호, 미안하다."

마음이 아파서 눈물이 쏟아질 것 같았다. 아리모리는 죽은 아키호의 영령에게 빌었다. 널 죽인 건 히라야마지? 용서해서는 안 될 놈이 풀려나다니 다 내 탓이야. 하지만 나는 아직 포기하지 않았어. 한 번 더 히라야마를 뒤쫓을 거야. 꼭 네 원수를 갚아주고 싶구나. 내 목숨은 어찌 되든 상관없어.

여차하면 놈을 죽이고 나도 죽어도 돼. 그러기 위해서는 마지막 한 수가 필요하단다. 이대로 놈을 죽이더라도 네 원통함은 풀리지 않을 거야. 진실은 어둠에 묻히고, 정신 나간 형사가 분을 못 이겨 극단적인 행동에 나선 걸로 처리되겠지.

손을 모으고 눈을 감은 채로 얼마나 시간이 흘렀을까. 어느덧 주변에 땅거미가 졌다.

돌아가려고 생각했을 때 휴대전화에 연락이 왔다.

새삼스레 누구일까. 공중전화에서 걸려온 전화였다. 아리모리는 될 대로 되라는 기분으로 전화를 받았다.

"아리모리 요시오 씨?"

유괴범처럼 기계를 사용해 변조한 목소리가 들렸다.

남자인지 여자인지도 불확실하다. 아리모리는 망설이다 네, 하고 대답했다. 전화를 건 인물은 목소리가 이래서 미안하다고 사과부터 했다. 장난 전화일까. 요즘 아무 데서도 전화가 오지 않아서 방심했는데, 휴대전화 번호를 바꿀

걸 그랬다.

"난 당신이 기운을 되찾기를 바라."

"그럼 그런 목소리는 이상하잖소."

"트집은 잡지 말기로 하지. 이쪽에도 사정이 있거든. 이해해줘."

억양과 기척으로 나이와 성별을 알아내려 했지만, 전혀 짐작이 가지 않았다. 응원하는 것처럼 굴지만, 그런 말은 얼마든지 할 수 있다. 일단 안심시켜놓고 궁지에 빠뜨릴 속셈일지도 모른다.

"히라야마 사토시는 살인자야."

아리모리는 말문이 막혔다. 단정하는 말투에서 이 인물 나름의 확신이 느껴졌기 때문이다. 아리모리가 몰래 촬영을 당하면서 한 말에 자기도 동의한다는 식의 애매한 발언이 아니라, 뭔가를 알고 있는 낌새가 풍겼다.

"왜 그렇게 생각합니까?"

"뭐, 그건 찬찬히 이야기하지. 아무튼 나 같은 사람도 있다는 걸 기억해줘."

미심쩍은 이야기였다. 극한의 상황에서 당신 편이라고 따뜻하게 위로해주면 당연히 기쁘겠지만, 이렇게 수상한 전화로 격려해서는 마음에 와닿지 않는다.

"목적이 뭐지? 뭘 원하는 거야?"

"거래."

"거래? 그게 무슨 소리야?"

전화를 건 인물은 대답하지 않고 작게 픽 웃었다.

"또 연락할게."

수상한 인물은 자세한 질문에는 답하지 않고 일방적으로 전화를 끊었다. 거래? 무슨 뜻일까. 아리모리는 같잖은 소리라고 투덜거리면서도, 어떤 예감을 느끼고 저녁 하늘을 올려다보았다. 뺨에 총알 같은 빗방울이 연달아 툭툭 떨어졌다.

잠시 그쳤던 비가 다시 흩날려 외등이 보얗게 흐려졌다. 뜨거운 여름을 식히려는 듯 얼마 지나지 않아 비가 주룩주룩 쏟아지기 시작했다.

4

지하철에서 내려 구라마에역 계단을 올라가자 후끈한 바람이 뺨을 어루만졌다.

바깥의 더위에 뒤지지 않을 만큼 지사의 마음은 부글부글 끓었다. 경찰서로 들어간 지사는 안내데스크에서 사정을 설명하고, 피의자를 접견하기 위해 면회실로 향했다.

"아아, 들었습니다. 이쪽으로 가시죠."

좁다란 면회실로 안내받았다. 구멍 뚫린 치즈 같은 아크릴판 건너편에 낯익은 젊은 남자가 있었다.

다무라 효가, 21세, 상해죄로 신병을 구속당했다. 걷어붙인 소맷자락 밑으로 거미줄 문신이 보였다. 금색으로 물들인 머리카락은 뿌리 부분이 검다. 불량 청소년이 그대로 어른이 된 느낌이다.

효가는 지사를 보고 앉은 채로 한 손을 척 들었다.

"이야, 우리 훌륭하신 선생님. 또 신세 좀 지겠습니다."

효가는 주눅 든 기색 하나 없이 담뱃진으로 누레진 이를 내보였다. 지사는 노골적으로 인상을 찡그렸다. 정말이지 이게 뭐 하는 짓이람. 화가 가실 줄 몰랐다. 지사는 일부러 아무 말도 하지 않고 잠시 효가를 향해 차가운 시선을 던졌다.

"에이, 왜 화를 내고 그러서. 뭐, 기분은 알겠지만."

효가와는 몇 달 전, 유아 추락 사건 때 처음 만났다.

사귀던 여자의 아이를 죽인 혐의로 효가는 살인죄로 기소됐다. 지사는 이 사건의 재판에서 변호를 맡아 무죄판결을 얻어내 법조계에 이름을 드날렸다. 하지만 무죄판결을 받은 지 반년도 지나지 않아 효가는 다른 사건으로 다시 체포됐다.

"다무라 씨, 일단 사실을 확인할게요. 예전처럼 있는 그 대로 답변해주세요. 이번 상해사건, 다무라 씨가 피해자를 폭행했죠?"

"어쩔 수 없는 일이었는데? 반쯤은 정당방위야."

"사실만 말씀하세요."

"아이고."

사장님 의자에라도 몸을 묻는 것 같은 자세로 효가는 한숨을 쉬었다.

그의 이야기에 따르면 사건은 단순했다. 철거 현장에서 일을 마친 후 라면집에 갔는데, 생판 모르는 남자가 효가에게 실은 네가 아이를 맨션에서 떨어뜨린 것 아니냐고 시비를 걸었다. 효가는 꾹 참고 무시했지만, 그 손님이 떠날 때 던진 한마디에 화를 참지 못하고 덤벼들었다고 한다.

"뭐라고 했는데요?"

"이 살인자가, 그러더라고."

지사는 묻고 나서 후회했다. 확실히 심한 말이다. 그러나 피해자가 뭐라고 했든, 효가가 폭력을 행사한 건 사실이다. 피해자는 코뼈가 부러지는 부상을 입었는데, 진단서에 따르면 전치 4주라고 한다.

"너무하지? 언어폭력이니까 정당방위야."

지사는 한숨을 쉬고 싶은 걸 겨우 참았다. 효가는 자신의

폭력이 정당하다고 주장하지만, 이래서는 어김없이 상해죄
다. 급박부정의 침해♦도 아닌데 정당방위가 성립할 리 없
다. 이 청년은 정당방위를 단순히 불쾌한 말을 들으면 상대
를 공격해도 되는 권한으로 인식하는 듯하다.

"당시 상황을 좀 더 자세하게 설명해주세요."

알았어, 알았어, 하고 되풀이해 말하더니 효가는 귀찮
다는 듯이 설명했다. 아무래도 당시 라면집에는 손님이 많
아서 증인이 여럿인 모양이다. 본인도 범행을 인정했으니,
이래서는 무죄 변호를 할 방도가 없다.

"초범이니까 실형은 안 먹겠지? 약식재판으로 끝나는
거 아니야?"

어디서 얻은 정보인지는 모르겠지만, 효가는 사법의 실
정을 알고 있었다. 확실히 효가 말처럼 될 수도 있으리라.

"게다가 변호인이 당신이잖아."

무죄판결을 받은 후에도 효가는 편견에 시달렸을지 모르
고, 이번 같은 말을 듣는 것도 처음이 아니었을지 모른다.
하지만 그것과 이것은 별개의 이야기다. 변호사가 피의자,
피고인을 위해 최선을 다해야 한다면, 이번에는 엄벌을 받
게 하는 것이 효가를 위한 처사라고 느껴질 정도다.

♦　타인의 위법행위로 인해 법익을 침해당했거나 법익 침해가 임박한 상태를 가
리키는 일본 법률 용어.

"지난번 사건 때 무죄판결을 얻어낸 것에 비하면, 이런 재판은 껌이잖아. 하품만 하고 있어도 실형은 면하겠지? ……뭣보다 히라야마 사토시의 재심에서 무죄판결을 얻어낸 마쓰오카 지사 선생님이 담당했는데도 내가 실형을 먹으면 체면이 완전히 깎이잖아."

지사는 매서운 눈빛을 효가에게 던졌다.

히라야마의 재심에서 무죄판결이 나왔다. 다카마쓰 지방법원은 수사기관이 증거를 날조하는 건 토악질이 나오는 행위라고 보기 드물게 감정을 담아 단죄했고, 정의에 몹시 반한다고 비난했다. 또한 다카마쓰 지검도 당시 수사에 잘못이 있었음을 인정하고, 수사본부 자체가 근본적으로 껴안은 구조적 문제에 진지하게 대처해야 한다고 문제를 제기했다. 지방법원과 지검이 이렇게까지 말하는 건 보통 일이 아니다. 지사는 그만큼 완벽하게 경찰과 검찰을 때려눕힌 것이다.

계속 잠자코 있자 혀 차는 소리가 들렸다.

"어이, 뭐라고 말 좀 해봐."

변호사가 뭐 이래, 하고 효가는 화를 냈다. 하지만 화를 내고 싶은 건 이쪽이다. 자신이 무슨 짓을 했는지 모르는 건가. 효가를 믿어준 사람들을 배신한 셈이다. 나쁘게 생각하는 사람들은 그것 보라며 만족스러운 웃음을 지으리라.

"이제는 말할 수 있겠군. 그 짜증 나는 애새끼는 내가 죽였어."

기습적인 고백에 지사는 눈을 부릅떴다.

"할망구가 말한 대로야."

효가는 입가에 악의 어린 웃음을 띤 채 말을 이었다.

"잘 들어. 만약 실형을 먹으면 이 사실을 주간지랑 매스컴에 퍼뜨릴 거야. 나도 위험하겠지만, 법조계의 스타가 된 당신은 체면이 구겨지는 정도로 끝나지 않겠지. 피해는 당신이 더 클걸."

효가는 협박에 나섰다. 이런 인간이었을 줄이야⋯⋯.

"반드시 이겨. 알겠어?"

잠시 침묵이 흘렀다. 협박에 나서긴 했지만 이 남자에게 그런 짓을 할 만한 용기는 없다. 하지만 지사의 마음에는 상처가 남았다. 내가 죽였어⋯⋯. 비로소 효가의 진정한 모습을 접했는지도 모른다. 이 남자의 진정한 모습을 추락 사건 때는 꿰뚫어 보지 못한 걸까. 겉모습과 언동 때문에 다들 편견 어린 눈으로 보다니 딱하다고 여긴 자신이 멍청했던 걸까.

지사는 효가의 눈을 바라보며 벌떡 일어섰다.

"다무라 씨, 죄송하지만 변호인에서 사퇴할게요."

효가는 어, 하고 외마디를 내뱉더니 굳어버렸다. 얼굴에서 핏기가 싹 가셨다. 지사가 등을 돌리자 기다리라고 불렀다.

"농담이야, 농담. 절대로 말 안 할게."

설마 지사가 이렇게 나올 줄은 몰랐던 모양이다. 정말로 답 없는 인간이다. 지사는 참 한심하다는 기분으로 다시 자리에 앉았다.

"안 죽였어. 안 죽였다니까. 그때 말한 대로야. 그러니 부탁이야. 제발 실형만은 면하게 해줘."

그 후로 효가는 순종적인 태도로 반성하는 모습을 보였다. 지사는 어쩐지 식어버린 마음으로 경찰서를 나섰다.

이제 히라야마의 무죄판결을 축하하는 파티가 열린다.

다무라 효가 때문에 기분이 구질구질해졌는데, 생각하기에 따라서는 기분전환이 될지도 모른다.

역시 집에 돌아갈 시간은 없다. 그렇다고 접견 때 옷차림 그대로 파티에 갈 수는 없으리라. 화장실에서 귀걸이와 목걸이를 하고 머리를 정리하자 나름대로 그럴싸해 보여서 안심했다. 평소는 바르지 않는 립글로스를 바른 후 거울에 비친 자신의 모습을 바라보았다. 잠시 망설이다 안경을 벗고 밖으로 나왔다. 아오야마 1번지에서 지하철을 내리자 지사는 심호흡을 했다. 파티장은 스마트폰 지도를 볼 것도 없이 금방 찾았다.

안내데스크로 향하자 담당자가 지사의 얼굴을 보고 바로 일어섰다.

"아, 어서 오십시오. 들어가시죠."

유명 인사처럼 얼굴만 보고도 통과시켜주었다. 호텔 연회장에서는 입식 파티가 진행 중이었다. 척 보기에 법조계 관계자가 많았고, 대학교수와 지원 단체 관계자도 눈에 띄었다.

한복판에 설치된 대형 스크린에서는 재심 판결 직후의 영상이 흘러나오고 있었다. '완전 무죄'라고 적힌 현수막을 든 변호사는 지사다. 자기 모습을 영상으로 보려니 부끄러웠지만, 어쩌면 저 순간이 일생에 단 한 번 받는 스포트라이트였는지도 모른다.

지사가 파티장에 도착했음이 전해지자 사람들이 일제히 박수를 쳤다. 쑥스러웠다. 요전에 사무소 사람들과 함께 축하 파티를 열었다. 그때 너무 분위기를 타서 과음했으므로, 오늘은 술을 마시지 않기로 하고 우롱차가 든 잔을 집었다.

파티장에는 히라야마도 있었다. 그는 다른 변호사며 지원자들과 환담을 나누는 중이었다. 환담을 나눈다지만 주변에서 떠들 뿐, 히라야마는 술만 홀짝홀짝 마셨다. 히라야마 옆에는 낯익은 얼굴이 있었다. 머리가 짧고 훤칠한 남자는 이마이였다. 그는 곁에 있는 예쁜 여자와 즐겁게 이야기를 하고 있었다.

"환담 중에 실례하겠습니다."

일본변호사연합의 높으신 분이 마이크를 잡았다. 짧게 끝내겠다며 양해를 구했지만, 별 재미도 없는 이야기를 길게 늘어놓는 통에 손님들이 소곤소곤 잡담을 시작했다.

"그런 고로 이번 판결은 역사적으로 아주 큰 의의를 지닌다고 할 수 있겠습니다. 세상에는 아직도 히라야마 씨가 범인 아니냐고 의심하는 사람들이 있습니다. 우리는 이러한 편견과 맞서 싸워야 한다고 통절하게 생각하는 바입니다."

"이야, 마쓰오카 씨, 고생 많았어."

시니어 파트너인 마야마 겐이치가 다가왔다.

"어? 안경 벗었구나. 어쩐지 주인공 느낌이 확 나는걸."

"앗, 아니요. 오늘만요."

"그래? 늘 벗고 다니면 좋겠는데."

지사는 겸연쩍어서 고개를 숙였다. 큰맘 먹고 안경을 벗었지만, 역시 그러지 말걸 그랬나…….

히라야마의 재심 무죄판결은 법조계에 충격을 주었다. 페어튼 법률사무소의 마쓰오카 지사의 이름은 단숨에 널리 알려졌고, 마야마의 평가도 현격하게 높아졌다. 다무라 효가를 만나고 오는 길이라고 작게 말했다. 효가가 저지른 사건은 거의 뉴스에 나오지 않았다. 확실히 평범한 상해사건이지만, 유아 추락 사건 재판으로 한때 전 국민을 적으로 돌렸던 남자가 일으킨 일이다. 좀 더 거론될 줄 알았는데 의외로 불길은 크지 않았다.

"다무라 효가는 골치 아픈 놈이지만, 신경 쓸 것 없어."

마야마는 각계의 저명인사와 탄탄한 인맥을 자랑한다. 어쩌면 그가 불을 꺼주었는지도 모른다.

소중히 아껴주는 건 고맙지만, 이대로 계속 페어튼 법률사무소에 있어도 될까 싶은 마음이 나날이 커졌다. 다무라 효가같이 문제 있는 피의자를 상대하기가 힘든 건 아니다. 실력에 맞지 않게 스타로 치켜세우는 게 부담스러워서도 아니다. 아야가와강 사건을 완벽하게 결론짓고 싶기 때문이다.

"자네 마음은 이해해. 진범을 쫓으면 되지."

지사는 엇, 하고 중얼거리고 마야마를 올려다보았다.

"물론 우리 사무소에 남아주면 고맙지만, 어중간한 마음가짐으로 일을 계속할 바에야 그만두는 편이 나아. 전에도 말했지? 자기가 생각한 바를 철저하게 조사하는 게 중요하다고."

지사는 말없이 고개를 끄덕였다.

"마음껏 조사해서 자네 나름대로 아야가와강 사건에 마침표를 찍어. 뒷일은 그다음에 생각하면 돼. 고향에서 변호사로 일하는 것도 나쁘지 않겠지. 물론 내키면 언제든지 돌아와도 되고. 자네 자리는 쭉 비워둘게."

속내를 꿰뚫어 본 듯한 마야마의 말에 지사는 가슴이 뭉클했다. 이렇게까지 배려해줄 거라고는 예상하지 못했다.

"마야마 선생님, 정말로 뭐라고 감사를 드려야 할지."

지사는 마야마에게 몇 번이나 고마움을 표현하고 나서 헤어졌다.

환담을 나누다가 덩치가 큰 변호사를 발견했다. 지사가 손을 흔들자 구마는 잠시 어리둥절한 표정이었다. 그러다 드디어 생각난 것처럼 눈이 휘둥그레지고 입이 떡 벌어지더니, 지사의 이름을 불렀다.

"모르는 사람인 줄 알았어. 오늘은 분위기가 다르네."

"죄송해요. 오늘만 안경을 벗었어요. 익숙하지 않은 짓은 하는 게 아니네요."

"앗, 그런 뜻이 아니라. 뭐랄까……."

구마는 어쩐지 말을 머뭇머뭇했다. 역시 평소처럼 하고 올걸 그랬나. 아니, 그것보다 마야마가 한 이야기를 지금 당장 구마에게 들려주고 싶었다. 아야가와강 사건을 직성이 풀릴 때까지 조사해라, 만약 원한다면 고향에 남아도 된다고 했다. 흥분이 되살아났다.

하지만 그 전에 구마가 지사에게 뒤지지 않을 만큼 격정에 찬 표정으로 뜻밖의 말을 꺼냈다.

"나 말이야, 도쿄로 올라갈지도 몰라."

"어? 그래요?"

"아까 마야마 선생님이 페어튼에서 일해보지 않겠느냐고 하셨거든."

"우와, 완전히 트레이드네요."

"트레이드?"

지사는 네, 하고 답한 후 가가와현에 돌아올지도 모른다고 설명했다. 어쩐 일인지 구마는 반쯤 벌어진 입을 다물 줄 몰랐다.

"구마 선배라면 분명 페어튼에서도 잘할 거예요."

"아, 하지만 잘 생각해보니 좀 그런가. 도쿄는 물가도 높고, 역시 내게는 시골 생활이 체질에 맞는지도 모르겠어."

"교외의 저렴한 맨션이 있는 곳 알려드릴까요?"

"아니야, 그나저나 이게 무슨 조화람."

구마는 갑자기 시무룩해졌다.

일본변호사연합의 높은 분은 여전히 훌륭한 이야기를 계속하고 있었다. 짧게 끝내겠다고 했으면서 벌써 20분은 잡아먹었다. 지사와 구마는 그걸 우스갯거리 삼아 약간 웃었다.

기나긴 이야기에 이의를 신청하듯 갑자기 잔이 깨지는 소리가 들렸다. 지사와 구마는 거의 동시에 그쪽을 보았다. 두 사람의 시선은 한 여자에게 집중됐다.

"원죄는 무슨, 이 살인자야!"

40대로 보이는 여자가 히라야마의 얼굴에 와인을 끼얹었다.

눈에 들어갔는지 히라야마가 얼굴을 누르며 몸을 웅크렸다. 여자는 히라야마의 머리끄덩이를 잡아당기며 살인자, 하고 신경질적으로 소리를 질렀다.

"이놈은 살인자야! 여자아이들을 유괴해서 살해한 괴물이라고. 이런 괴물은 사형에 처해야 해. 이런 괴물이 풀려났다고 좋아하다니, 다들 제정신이야?"

즉시 경비원이 달려와 여자를 제압했다.

술에 취한 줄 알았지만 진지한 얼굴이었다.

"사실은 당신들도 히라야마가 살인자라는 걸 알잖아. 괜찮겠어? 정말로 이런 괴물을 풀어놔도 괜찮겠냐고. 무슨 일이라도 생기면 책임져."

끌려가면서도 여자는 고래고래 악을 썼다. 걱정되는지 사람들이 히라야마 주변으로 모여들었다. 히라야마는 몸을 웅크리고 있었지만 다치지는 않았는지, 괜찮다며 물수건을 받아서 얼굴을 닦았다.

이대로 파티가 중지되나 싶었는데, 참석자들은 대범하게 대응했다. 유머가 섞인 안내 방송이 흘러나오고, 아무 일도 없었던 것처럼 속행된 파티는 제시간이 되어서야 끝났다.

지사는 내빈들에게 인사를 마치고 구마와 함께 파티장을 뒤로했다.

"어째 뒷맛이 안 좋네."

"네, 역시 세상에는 다양한 사람이 있네요."

나중에 알았는데, 파티에 난입한 여자는 아야가와강 사건과 아무 관계도 없는 사람이었다. 텔레비전으로 뉴스를 보다가 히라야마가 이케무라 아키호를 죽인 게 분명하다고 믿고서, 자기가 어떻게든 해야 한다는 생각에 빠졌다는 모양이다.

"누명을 벗고 겨우 자유로워졌는데도 편견에서는 해방되지 못하는군."

"정말로 어려운 문제예요."

"그나저나 과거에 맞서 여기까지 오다니, 지사는 정말 대단해. 나였으면 절대로 못 해. 하지만 분명 힘들 때도 있겠지. 그러니까 앞으로도 도와주고 싶어. 민폐가 아니라면."

지사는 고맙습니다, 하고 미소 지었다. 시코쿠 지방에서
온 참석자는 이 호텔에 묵는다. 구마는 그대로 호텔에 있
으면 되는데도 지사를 히비야선이 다니는 역까지 바래다
주었다.

"지사, 조심해서 들어가."

"네, 들어가세요."

구마는 뭔가 더 말하려다 말고 손을 흔들었다. 지사도 손
을 살짝 흔들고 역 입구에서 구마와 헤어졌다. 얼른 돌아가
자. 내일도 기안을 꾸며야 하니 너무 늦으면 안 된다.

계단으로 향하려는데 뒤에서 누가 불렀다.

"마쓰오카 씨."

돌아보자 히라야마가 서 있었다.

술을 마신 탓인지 얼굴이 불그스름했다. 미지근한 바람
이 뺨을 스쳤을 때 문득 이런 생각이 들었다. 구마는 이미
가버렸다. 주변에는 아무도 없다. 지금 이 공간에 히라야마
와 단둘뿐…… . 처음 만났을 때 느낀 공포가 갑자기 솟아
올랐다.

왜 겁이 나는 거지? 히라야마는 무죄판결을 받은 몸이다.
다시는 이케무라 아키호를 살해한 혐의로 심판대에 서지 않
는다.

"아까 많이 놀라셨죠, 히라야마 씨."

웃음을 지었지만 어쩐지 딱딱한 느낌이 드는 걸 지사 본인도 알고 있었다. 생각해보면 무죄판결을 받은 후로, 아니 그전에 석방되고 나서도 그가 먼저 말을 건 적은 한 번도 없었다. 그런데 일부러 호텔을 나서서 여기까지 오다니, 무슨 꿍꿍이속일까.

"어쩐 일이세요?"

"감사 인사를 드리고 싶어서요. 아직 안 했거든요."

"그랬나요. 하지만 마음은 이미 받았으니까요."

그럴듯하게 잘 포장해서 말했다.

히라야마가 감사합니다, 하고 작게 인사했다. 지사는 무슨 말씀을요, 하고 히라야마보다 조금 큰 목소리로 대답했다. 히라야마의 입매는 누그러졌지만, 눈에는 웃음기가 없었다.

차 한 대가 두 사람 앞을 천천히 지나갔다.

"고마워, 나 같은 살인자를 무죄로 만들어줘서."

"네?"

히라야마의 목소리는 차가 지나가는 소리에 묻혔다. 하지만 분명히 그렇게 말한 것처럼 들렸다.

"히라야마 씨, 지금 뭐라고 하셨죠?"

지사가 물었지만 대답은 없었다.

어느 틈엔가 히라야마는 등을 돌리고 걸음을 옮겼다. 지사는 쫓아가지도 못하고 그 뒷모습만 잠시 바라보았다. 바람의 열기가 조금 늦게 느껴졌다.

4장  괴물의 집

1

허억, 허억, 허억.

유카타 차림의 지사는 죽어라 도망치고 있었다. 유채꽃
밭을 빠져나와 산길로 들어가서 어디로 가는지도 모르고
그저 안간힘을 다해 빛을 찾았다.

돌아보자 그 덩치 큰 남자가 또 쫓아왔다.

잠시 달리자 자갈길에 쇠막대가 떨어져 있었다. 지사는
쇠막대를 주워서 꽉 움켜쥐었다. 돌아보자 괴물이 침을 질
질 흘리며 다가왔다. 무섭다. 하지만 언제까지고 도망만
쳐서는 안 된다. 지사는 용기를 짜내 펄쩍 뛰어올랐다. 쇠
막대로 괴물의 정수리를 내리쳤다.

크악, 하고 괴물이 비명 같은 목소리를 흘렸다.

통했다. 무서워서 눈을 감은 채 쇠막대를 휘두르자 이윽고 괴물이 조용해졌다. 혹시 해치웠나. 그래도 지사는 수없이 때렸다. 다시는 일어서지 못하도록. 마침내 반응이 사라졌다.

눈을 뜨자 괴물은 아직 그 자리에 있었다.

뭔가 먹고 있었다. 머뭇머뭇 들여다보자 입에 뭔가 물고 있었다.

지사의 왼팔이었다.

지사는 크게 울부짖었다. 쇠막대를 떨어뜨리고 왼팔이 없어진 곳을 눌렀다. 절망해서 몇 번이고 비명을 질렀다. 왼팔을 맛있게 먹어치운 괴물이 입을 크게 벌리고 지사에게 덤벼들었다.

어째서? 살려줘, 누가 좀 도와줘……

비명을 지르며 잠에서 깨어나도 이제 부모님은 별로 놀라지 않는다.

냉방을 켜고 잠들었는데도 온몸이 땀으로 축축했다. 마루가메의 본가로 돌아온 지사는 오늘도 또 악몽을 꾸었다.

"미안해, 또 그 꿈인가 봐."

억지로 웃음을 지었지만 어머니는 한숨으로 답했다. 도

쿄에서 맡은 일을 일단락 지은 지사는 마야마의 권유를 받아들여 고향집으로 돌아와 아야가와강 사건의 진범을 쫓기로 했다. 이미 무죄판결이 확정되었는데도 변호인이 사건을 조사하는 건 매우 이례적인 일이다. 휴가를 거의 사용하지 않았으므로 휴양도 겸한다는 명목이다.

변호사는 연도 말* 이외에는 여름 휴가철에 업무가 바쁘다. 이 시기에 판사가 휴가를 많이 내는데, 그런 만큼 일이 밀린 여파가 몰려오기 때문이다. 그런 의미에서도 미안하지만 마야마의 호의에 기대기로 했다.

아침 반찬은 쇼유마메**였다. 맛있다고 밝게 말했지만 부모님은 어쩐지 걱정스러운 표정이었다.

"마야마 선생님도 느긋하게 있다 오라고 하셨다면서."

친구라도 만나서 놀다 오는 게 어떻겠느냐며 어머니는 쌀된장으로 만든 된장국을 후루룩 마셨다.

"됐어. 다들 결혼해서 아이 키우느라 바쁜걸."

잘 먹었다고 인사하고 달아나듯 집을 나섰다.

마음속에 소용돌이치고 있는 건 악몽이 아니다. 지사는 가가와 제2법률사무소로 향하는 도중에 작은 단독주택 앞

◆　연도는 사무, 회계, 학업 등의 결산을 위해 편의상 구분한 1년 동안의 기간으로, 일본의 연도 말은 보통 3월 말이다.
◆◆　볶은 콩을 간장에 절인 음식. 가가와현의 향토 요리.

을 지나쳤다. 주차 공간에는 오렌지색 차가 세워져 있었다. 문패에는 스즈키라고 적혀 있지만 거주자는 다른 사람이다.

— 고마워, 나 같은 살인자를 무죄로 만들어줘서.

파티 후에 히라야마는 분명히 그렇게 말했다. 그건 무슨 뜻이었을까. 그 후로 물어보고 싶은 마음은 굴뚝같았지만 정작 말을 꺼내지 못했다. 이상한 여자가 난리를 친 직후였다. 술도 마셨겠다. 충격을 받아 자학적으로 굴었을 뿐인지도 모른다. 하지만 지사의 마음에는 그 고백이 콱 박혀서 빠질 줄 몰랐다.

히라야마의 집을 지나쳐 가가와 제2법률사무소에 도착했다.

"아아, 오셨네요."

사무원 아나부키가 싱글벙글 웃으며 응접실을 가리켰다.

"마쓰오카 선생님이 오신다니까 법률 상담 신청이 어마어마하게 들어왔어요. 힘드시겠지만 기운 내세요."

"네, 그야 물론이죠."

싹싹하게 대답했지만 정말로 힘들었다. 다른 일을 못 할 정도로 법률 상담 업무가 많아서, 상담만 하다가 하루가 끝날 것 같은 기분이었다. 심각한 상담도 있었지만, 법률 지식이 조금만 있으면 간단히 해결할 수 있는 일도 많았다.

오전은 법률 상담만 하다가 지나갔다.

"고생 많으셨어요, 마쓰오카 선생님."

아나부키가 차를 갖다주었다. 지사는 아나부키에게 히라야마가 어떻게 지내는지 물어보았다.

"아아, 히라야마 씨요? 본인은 일하고 싶다는데, 당분간은 원죄를 해소하는 활동에 참여한대요. 한 달쯤 전에 면허를 재취득했고요. 중고차를 사서 지금은 여기저기 돌아다닌다나 봐요."

유유자적한 생활을 보내고 있는 듯하다.

"형사 보상금이 전액 가까이, 9천만 엔쯤 나왔대요. 아무 죄도 없이 21년이나 갇혀 있었으니까요. 뭐, 그간 못 받은 급료를 받은 셈이죠."

아나부키의 이야기로는 지원자의 도움으로 히라야마에게 혼담도 들어왔다고 한다.

"그 사람은 얌전하잖아요. 앞에서 끌어당겨줄 만한 사람이 좋지 않겠어요? 누님 같은 성격이요. 하지만 돈을 노리고 다가오는 사람도 있을 것 같네요. 히라야마 씨는 여자에게 익숙하지 않으니까 걱정이에요. 흠, 참한 처자가 어디 떨어져 있지 않으려나."

아나부키는 무슨 도토리라도 줍는 것처럼 신나게 이야기했다.

"마쓰오카 선생님은 선볼 생각 없어요? 아니면 마음에
둔 사람이 있다든가?"

"없어요. 지금은 그럴 때가 아닌걸요."

"구마 선생님은 어때요? 의외로 그쪽에서 마음이 있을
지도 모르지."

아나부키가 팔꿈치로 쿡쿡 찌르는 시늉을 했다.

"에이, 설마요."

아니에요, 하고 지사는 양손으로 손사래를 쳤다.

호랑이도 제 말 하면 온다더니 어느 틈엔가 구마가 사무
소로 돌아왔다. 오전에 민사재판이 있었는데, 풀죽은 얼굴
로 책상에 가방을 내려놓았다.

"어? 설마 졌어요?"

아나부키가 놀라서 묻자 구마는 고개를 저었다.

"아니요, 이겼어요."

그런 것치고는 왠지 기운이 없었다. 민사와 조정 업무 때
문에 오후에도 바쁜 모양이지만, 히라야마에 대해 상의할
수 있는 사람은 구마뿐이다.

"구마 선배, 잠깐 이야기 좀 들어줄래요?"

"응? 뭔데?"

"변호사가 이런 소리를 해서는 안 되겠지만, 만약 열심히
변호해서 무죄판결을 얻어낸 살인사건의 피고인이 실은 진

짜 범인이었다……. 그런 일이 일어나면 어떻게 해야 할까요."

구마는 눈을 끔뻑거렸다. 정황상 히라야마 이야기라고 여길 것 같아서 유아 추락 사건의 다무라 효가 이야기로 얼버무렸다.

생각에 잠길 줄 알았는데 구마는 의외로 시원스럽게 대답했다.

"그야 어쩔 수 없지."

구마는 팔짱을 끼고 고개를 끄덕끄덕했다.

"피고인에게 미리 살인자지만 무죄로 만들어달라는 부탁을 받고 그랬다면 경을 칠 일이지만, 판결 후에 알았다면 어쩔 도리도 없지. 물론 기분은 좋지 않겠지만. 뭐, 변호인은 그런 위험성과도 싸워야 하니까."

구마의 설명은 뭔가를 더하거나 뺄 것 없이 정석적인 내용이었다. 하지만 반대로 말하자면 지사도 그쯤은 안다. 파티 후에 들었던 히라야마의 고백에 대해서도 좀 더 자세히 상의하고 싶었지만, 정체 모를 뭔가가 방해했다.

"잠깐 나갔다 올게요."

아야가와강 사건의 진범을 찾기 위해 조사를 한다는 명목으로 지사는 차에 올라탔다. 하지만 무죄판결이 나온 후 방향성을 잃었다. 히라야마 말고는 범인 후보가 없는 것이다.

아무래도 마음이 히라야마 쪽으로 향했다. 지사는 근처에 있는 히라야마의 집으로 차를 몰았다. 살인자라는 게 무슨 뜻이었는지 확실히 물어보자. 오해였다면 그걸로 됐다. 하지만 만약 말 그대로의 의미라면 자신은 살인범을 풀어준 셈이다. 게다가 자신을 유괴한 장본인을 나서서 변호해준 셈이 될지도 모른다.

오늘도 더워서 에어컨을 세게 틀었다. 히라야마의 집이 눈에 들어왔을 때, 마침 오렌지색 차가 나가는 참이었다. 지사는 속도를 낮추고 충분한 거리를 유지한 채 히라야마의 차를 뒤쫓았다. 어디에 가는 걸까. 미행은 변호인이 할 일이 아니지만 아무래도 마음에 걸렸다.

차에 초보운전 마크를 붙인 히라야마는 천천히 운전했다.

미행을 눈치채지 못하도록 주의하며 지사도 천천히 차를 몰았다. 세토 내해의 섬들을 오른편에 두고 연안 도로를 달렸다. 가이간지 해수욕장에서부터 전철과 나란히 달려 쓰시마 신사 쪽으로 향했다. 요산선에 작별을 고하고 시우데야마산이 위치한 뿔 같은 모양의 쇼나이반도를 돌아 남쪽으로 진로를 잡았다.

확실한 목적지가 있다고 보기에는 너무 빙 돌아간다. 놓칠지도 모르겠다 싶었지만 해안을 따라 천천히 나아갈 뿐이라 의외로 미행하기 수월했다. 아마도 그냥 드라이브를 즐기는 것이리라. 히라야마는 이케무라 아키호 살해사건으로 의심받았을 때, 사망추정시각에는 드라이브 중이었다고 주장했다. 이마이와 아리모리는 거짓말로 단정하고 추궁했지만, 히라야마가 드라이브를 좋아하는 건 틀림없어 보였다.

차는 지치부가하마 해수욕장에서 멈췄다.

지사는 일단 지나친 후, 다시 돌아가서 주차장에 있는 히라야마의 차를 찾았다. 오렌지색 차는 눈에 잘 띄었다. 차에서 내린 히라야마는 반소매 셔츠와 반바지 차림에 선글라스를 꼈다. 히라야마는 목에 수건을 걸고 세토 내해를 바라보며 잠시 걸어갔다.

양복 차림으로 해변에 나가려니 어색해서, 지사는 근처 매점에 들러 적당한 티셔츠와 모자, 샌들을 구입해 옷을 갈아입었다. 히라야마는 금방 찾아냈다. 파라솔 밑에서 캔 주스를 마시며 해수욕을 하는 사람들을 바라보고 있었다.

휴일은 아니지만 여름 휴가철이다. 기다란 해변은 나들이 인파로 북적였다. 커플과 가족이 즐겁게 수영과 물놀이를 하고 있었다. 학교가 여름방학이기도 해서 사건 당시의 지사나 아키호, 유카 또래의 여자아이들도 많았다.

혹시 히라야마는 자신의 몹쓸 취미를 즐기기 위해 여기 온 걸까. 아니, 이런 일로 금방 의심해서는 안 된다. 그 후로 생각이 자꾸 이상한 쪽으로 향한다. 내내 감옥에 갇혀 지내다가 21년 만에 세상에 나왔다. 분명 여기는 추억이 깃든 곳이리라. 추억을 그리워하는 건 당연한 일 아닐까.

아무 일도 없이 시간은 흘러갔다.

히라야마는 파라솔 밑에서 움직이지 않았다. 그저 밀려왔다가 돌아가는 파도를 가만히 바라볼 뿐이다. 분명 이런저런 생각이 교차하는 것이리라. 가족과 함께 했던 과거의 추억에 잠겨 있을지도 모르고, 앞으로 어떻게 살지 생각하는 중인지도 모른다.

이 해변은 간조 때 시간이 잘 맞으면 석양이 거울처럼 반사돼서 아름답다. 히라야마도 그 풍경을 보려는 줄 알았는데, 석양이 지기 전에 몸을 일으켰다.

해수욕장을 나선 히라야마는 아야가와정으로 이동해 묘지에서 차를 세웠다. 그러고 보니 히라야마의 본가도 요 부근이다. 성묘를 마치고 다음으로 향한 곳은 집이었다. 히라야마는 주차 공간에 차를 대고 집으로 들어갔다. 햇볕에 탄 히라야마의 옆얼굴은 예전에 살빛이 하얗던 때보다 제법 늠름해 보였다.

선크림을 가져오지 않아서 지사의 뽀얀 피부도 구릿빛으로 그을었다. 아차 싶었지만 한편으로 안심했다. 히라야마는 추억이 깃든 장소가 그리웠을 뿐이고, 거기서 느긋한

하루를 보냈다. 그 말이 무슨 뜻인지는 여전히 모르지만, 약간 마음이 놓였다.

탄 것 좀 봐, 이만 돌아갈까, 하고 생각했을 때 스마트폰에 연락이 왔다.

화면에 구마의 이름이 떴다. 히라야마의 집 근처에 차를 대고 있던 지사는 바로 전화를 받았다.

"네, 무슨 일이세요?"

"무슨 일이 있는 건 아니고, 네가 여러모로 고민이 많은 것 같아서."

그 말이 맞다. 파티 후에 히라야마에게 들은 말이 얹혀서 속이 답답했다. 하지만 오늘 한나절 뒤를 밟은 결과, 걱정을 조금 던 기분이다.

"혹시 낮에 했던 이야기, 아야가와강 사건이야?"

정곡을 찔려서 괜찮다고 하려던 말을 거두었다.

"낮에 너무 교과서 같은 소리를 한 것 같아서 내내 신경이 쓰였어. 뭔가 걱정거리가 있으면 이야기해줘."

상냥한 재촉에 지사는 마음이 흔들렸다. 그때는 분명 이상한 여자가 파티에서 난리를 피운 직후였다. 히라야마는 와인을 맞고 머리칼을 쥐어뜯긴 것도 모자라 몹시 욕을 먹었다. 시간이 아무리 흘러도 자기는 살인자 취급을 받을 것이라는 생각에 자학적으로 굴었을 가능성이 높다.

하지만 재심 청구심 전에 지사는 히라야마와 약속했다. 거짓말은 하지 않기로. 그 약속이 살아 있다면…….

잠시 침묵을 지키다 지사는 지금 심정을 솔직하게 털어놓았다.

"……그래서 그날 히라야마 씨에게 들었던 말이 계속 마음에 걸려서."

"그렇구나. 알았어. 그야 신경 쓰일 만도 하지."

미행했다는 사실도 밝혔다.

"뭐, 미행?"

"이상하죠?"

한숨 소리가 들렸다. 혼자 너무 엉뚱한 짓은 하지 말라는 다정한 목소리가 이어졌다.

"이야기해줘서 고마워. 혹시 또 무슨 일 있으면 이야기해줘."

"네, 고마워요."

"다음에는 미루지 말고 바로."

구마가 포근하게 감싸 안아주는 투로 말했다. 지사는 구마가 고민을 함께해주어서 기뻤다. 그런데 고맙다는 인사를 채 하기도 전에 히라야마의 집 현관문이 열렸다. 다시 나온 히라야마는 자동차 키를 들고 있었다. 해가 기울었는데 또 어딘가 나가려는 걸까.

"지사, 왜 그래?"

"그게, 히라야마 씨가 또 나가려는 모양이라서요."

어디로 갈지는 모르지만 지사는 일단 따라가보겠다고 말했다.

"잠깐, 엉뚱한 짓은 하지 말랬잖아."

히라야마의 차가 집을 나섰다. 지사는 전화를 끊고 다시 뒤를 쫓았다. 아까 요령은 익혔다. 간격을 두고 따라갔다.

저녁거리를 사러 슈퍼에 가는 건지도 모른다. DVD 대여점에 가는 걸 수도 있다. 하지만 히라야마의 차는 근처에 있는 그러한 가게들을 그대로 지나쳤다. 마루가메시를 나서서 아야가와정에 진입했다.

어쩐지 불길한 예감이 들었다. 낮의 드라이브는 행선지에 설득력이 있었다. 해안선을 달려 지치부가하마 해수욕장에서 바다를 바라보는 건, 경치도 멋지고 잘 알려진 여행 코스다. 성묘도 이해가 간다. 하지만 이 시간에 아야가와정에 진입하자 불안감이 스쳤다. 아야가와정은 말할 것도 없이 아야가와강 사건의 현장이다. 원래 살던 집에 간다고 해도 당시 히라야마가 살던 집은 이미 철거돼 공터로 변했다.

아니면 이 시간에 다른 곳에 볼일이 있는 걸까. 지인도 없을 텐데. 아직 혼담은 진행되지 않았으니, 새로 사귄 여자를 만나러 가는 것도 아니리라.

── 고마워, 나 같은 살인자를 무죄로 만들어줘서.

그 말이 머릿속에서 몇 번이나 반복됐다.

히라야마는 어디로 가는 걸까? 뭘까. 이 고동치는 가슴은…….

이윽고 지나다니는 차가 거의 없어져 지사는 차량 사이의 거리를 더 벌렸다.

히라야마가 모퉁이를 돌았을 때, 그의 차를 놓쳤다. 아뿔싸. 어디로 갔지? 주변이 어두침침해져서 눈에 확 띄는 오렌지색 차라도 알아보기 힘들었다.

좁은 길이 몇 갈래로 갈라지는 곳이었다. 히라야마는 요 근처에 볼일이 있을 것이다. 히라야마는 분명 근처에 있다. 지사는 20킬로 아래로 속도를 낮추고 들키지 않도록 신중하게 집들을 살피며 돌아다녔다. 논밭이 많고 군데군데 집 대여섯 채가 뭉쳐 있는 느낌이다. 큰 집도 있지만 전부 쥐 죽은 듯이 조용했고, 빈집도 있는 것 같았다.

멀리서 개 짖는 소리가 들렸을 때, 포장되지 않은 외길 저편에 시선을 주었다. 한 집 앞에 오렌지색 차가 서 있었다. 전조등이 꺼지고 누군가가 내렸다. 찾았다. 분명 히라야마다. 같은 곳에 차를 댈 수는 없으므로 그대로 자갈길을 나아갔다. 하지만 산 쪽으로 갈수록 길이 좁아져서 도저히 차로는 못 지나갈 것 같았다. 하는 수 없이 100미터쯤 나아가다 풀숲에 억지로 차를 댔다.

작은 비상용 손전등을 들고 차에서 내렸다. 발치에서 이름도 모르는 벌레가 찌찌찌찌 우는 소리가 들렸다. 요 부근이 어쩐지 낯설지 않게 느껴지는 건 기분 탓일까.

완전히 어두워졌지만 손전등을 켜는 건 좋은 생각이 아니다. 달빛에 의지해 아까 그 집으로 향했다. 키 큰 풀이 지사를 방해하듯 발과 다리를 덮었다.

히라야마의 차는 평범한 단층집 앞에 있었다. 바로 근처에 저수지가 있는 듯하다.

실내에서 불빛이 어른어른 새어 나왔다. 이 집에 히라야마가 있는 걸까. 여기에는 대체 무슨 볼일로? 문패의 이름은 지워진 상태였다. 풀과 나무가 우거지게 자랐다. 밭 같은 것도 있지만 잡초로 뒤덮여 있었다.

불빛으로 밖을 비추면 들킬 우려가 있다. 지사는 풀과 나무 뒤편에 숨어가며 천천히 집으로 다가갔다. 작은 창문 아래 몸을 숨겼다. 모기가 성가시게 달라붙었지만, 그런 데 정신을 팔 때가 아니다. 거칠어진 호흡을 가다듬고 현재 상황을 정리했다. 왜? 어째서? 물음의 홍수에 빠질 것 같은 기분이었다.

일단 여기가 히라야마와 관계있는 집이 아니라는 건 확

실하다. 히라야마의 본가는 아니고, 그에게는 살아 있는 가족도 없다. 친척과도 완전히 의절했다.

보아하니 사람이 살지 않은 지 꽤 오래된 것 같았다. 히라야마는 분명 여기가 빈집임을 알고 들어간 것이다. 불법 침입. 그렇다면 당연히 왜 히라야마가 이 집에 들어갔느냐는 의문이 생긴다.

이 시점에서 이미 상황이 묘하다. 21년이나 감옥에 있다 석방된 남자가 불법침입을 하다니, 설명이 되지 않는다.

여기에 뭐가 있는 걸까. 조용한 밤. 집 안에서 부스럭거리는 소리가 들렸다. 지사는 그 소리에 귀를 기울였다.

15분쯤 지나서 움직임이 있었다.

지금까지 서치라이트처럼 새어 나오던 불빛이 사라지고, 집 안쪽에서 소리가 들렸다. 문이 닫히는 소리……. 발소리가 들린다. 큰일이다. 숨을 곳이 없다. 지사는 산길 쪽으로 달려가려 했지만, 서벅서벅 풀을 짓밟는 소리가 가까워졌다.

── 늦었어.

지사는 나지막한 풀과 나무 뒤편에서 움직임을 멈췄다. 그리고 그대로 쪼그려 앉았다. 심장 뛰는 소리마저 들릴 것처럼 고요한 가운데, 히라야마가 지사의 얼굴 앞으로 다가왔다. 낮이라면 틀림없이 들켰겠지만, 히라야마는 지사

234

가 있는 줄 모르고 그냥 지나쳤다. 차 문을 닫는 소리가 나고, 엔진 소리가 멀어졌다.

1분, 2분……. 두근거리는 가슴이 겨우 진정됐다.

히라야마는 가버렸다. 지사는 비틀거리며 일어나서 크게 심호흡을 했다. 손전등을 쥔 손이 땀으로 축축했다. 여기까지 와서 그냥 돌아갈 수는 없다. 더 이상 생각은 불필요하다. 분명 이 집 안에 모든 답이 있다. 여기서 뭘 보든 후회는 없다.

지사는 집 뒤편으로 돌아갔다. 손전등으로 비추자 뒷문 앞에는 보란 듯이 화분이 거꾸로 놓여 있었다. 지사는 화분 밑에서 열쇠를 꺼냈다. 작은 열쇠다. 하지만 이 열쇠가 말 그대로 21년 전 사건의 진상을 밝힐 열쇠가 될지도 모른다. 변호사가 불법침입이라……. 그런 망설임은 이 앞에서 기다리고 있는 것을 확인하고 싶다는 마력 같은 호기심에 지워졌다.

문에 열쇠를 꽂고 조용히 돌렸다. 자물쇠가 반응하는 소리와 함께 문이 천천히 열렸다.

안에 감도는 공기를 느끼자 지사는 몸이 굳어버렸다. 들어가면 안 돼. 여기서 달아나야 해. 지금이라면 안 늦었어……. 몇 명의 소리 없는 아우성이 뒤섞여서 몰려와 짓뭉개어질 것 같은 기분이었다. 아니, 망설이지 마, 이건 내

약한 마음 때문이야. 여기서 도망쳐서 어쩌자고? 지금 부 딪치지 않으면 평생 이 꼴이야. 뭘 위해서 여기에 왔지?

"가자."

자신을 격려하기 위해 소리 내어 중얼거린 후 지사는 집 안으로 발을 들여놓았다. 괜찮다. 찜찜한 공기의 정체는 습기를 머금은 곰팡이와 먼지 냄새다. 불빛으로 비추자 너 덜너덜하게 찢어진 장지와 맹장지가 보였고, 족자가 떨어 져 있었다. 맞은편은 욕실 같았다. 손잡이를 돌려서 문을 열었다. 욕조는 곰팡이 천지였다. 왼쪽에 있는 화장실로 추측되는 방은 손잡이가 빙글빙글 헛돌 뿐 문이 열리지 않 았다.

복도가 안쪽으로 뻗어 있는 것처럼 보였지만, 어찌 된 영 문인지 벽으로 막혀 있었다. 아니, 벽이 아니다. 포개어진 장롱이 앞을 막고 있는 것이다. 밀어보자 조금 움직였다. 여기를 통과하지 않으면 안쪽으로 갈 수 없으므로, 지사는 온 힘을 다해 장롱을 밀었다. 덜커덩, 하는 큰 소리와 함께 장롱이 넘겨졌다. 먼지가 피어올라 콜록콜록 기침을 했다.

복도가 좀 더 이어졌다. 왼편에 부엌이 보였고, 오른편 에는 낡은 책이 주르르 꽂힌 서재가 있었다. 커다란 소파 가 있는 서재는 도둑이 든 것처럼 뒤죽박죽 난장판이었다.

복도로 돌아오자 지사는 숨을 크게 들이마셨다가 천천

히 내쉬었다. 가슴이 답답했다. 집에 먼지가 가득한 탓이기도 하겠지만, 그뿐만은 아니다. 정체 모를 검은 안개 같은 것이 몸을 뒤덮고 있는 느낌이었다. 이 감각은 뭘까…….어째선지 장롱이 복도를 막듯이 놓여 있었던 것 말고 지금까지 이상한 점은 없었다. 그냥 사람들에게 잊힌 빈집이다. 하지만 말로는 다 할 수 없는 불안감이 몰려왔다.

기시감. 그 말을 의식한 건 부엌 안쪽에 있는 쓰레기통을 보았을 때다. 가스레인지 옆에 있는 작은 창문 아래, 마치 발판 같다는 생각이 들었다.

발판, 혹시 이건……. 손잡이가 달린 가늘고 길쭉한 창문은 밖으로 열리지만, 조금밖에 열리지 않는다. 이래서야 어른은 절대 못 빠져나간다. 하지만 어린아이라면 이야기가 다르다. 손전등으로 바깥을 비추자 우거진 잡초가 보였다.

비슷하다. 꿈에 나오는 그 집의 구조와 똑 닮았다.

부엌에서 복도로 나왔다. 역시 구조가 동일하다. 그때 지사는 방을 빠져나와 오른편에 있는 부엌에서 밖으로 빠져나갔다. 그리고 소녀의 목소리는 왼편에 있는 방에서 들렸다. 복도 끝이 벽이라서 부엌으로 향한 것이다. 하지만 그게 벽이 아니라 이 장롱이었다면……. 지사는 몸을 돌려 아직 열어보지 않은 마지막 방을 바라보았다.

―― 모든 것은 분명 여기 있어.

제일 안쪽 방의 문손잡이를 잡자 손이 떨렸다. 자기 손이 아닌 것처럼 멋대로 움직여서 문손잡이를 제대로 잡을 수가 없었다. 그러더니 얼어붙은 것처럼 손에 감각이 없어졌다. 지사는 눈을 감았다. 몇 번이고 심호흡을 되풀이하자 서서히 마음이 안정됐다. 드디어 손에 감각이 돌아왔다.

문손잡이를 돌리고 문을 천천히 열었다.

먼지가 가득하고 곰팡내가 나는 건 여기도 마찬가지였다. 좁은 방 한복판에 큼지막한 침대가 떡하니 놓여 있었다. 침대 가장자리에는 밧줄이 묶여 있었다.

틀림없다……. 여기는 괴물의 집.

나는 유괴당해서 여기에 갇혀 있었다.

방 안을 손전등으로 비추었다. 잊어버렸던 기억이 단숨에 되살아났다. 1시에 멈춘 채 기둥에 걸려 있던 시계도, 장롱을 치운 흔적도, 내내 잊고 있었지만 확실히 기억이 난다. 그렇다. 나는 여기 갇혀서 침대에 누워 있었다.

그렇게 생각하며 손전등으로 벽을 비췄을 때 지사는 굳어버렸다. 벽 높은 부분에 얼룩이 있었다. 별것 아닌 얼룩이지만, 어쩐지 낯익은 형태다. 부리부리한 두 눈에 높은 코, 큼지막한 입……. 보기에 따라서는 사람 얼굴로 보이기도 한다. 그리고 벽 자체가 덩치 큰 남자의 몸처럼 불빛에 부각됐다.

지금 지사는 백 퍼센트 확신했다.

여기에 괴물이 있었다. 이것이 21년간 자신을 괴롭혀온 괴물의 정체였다. 아무리 몽타주를 만들어도 누구와도 일치하지 않은 게 당연하다. 지사가 기억하고 있던 것은 범인의 얼굴이 아니라 벽의 얼룩이었으니까. 이 괴물에게 들키지 않도록 달아나야 한다. 지금까지 줄곧 그렇게 생각해왔다.

하지만 문제는 그게 아니다. 왜 이 집에 히라야마가 왔느냐다.

지사는 히라야마의 얼굴을 떠올리며 먼지로 가득한 괴물의 집에 주저앉았다.

이불에 누운 노인이 상복을 입은 사람들의 중심에 있었다.

가와타 기요시는 아흔한 살의 나이로 세상을 떠났다. 가와타는 가족도 없이 혼자 살았지만, 이웃 사람들의 도움으로 무사히 장례식을 치렀다.

"호상이야."

"그러게, 참 좋은 사람이었는데."

이웃들이 생전의 가와타를 그리며 이야기를 나누었다. 가와타는 중졸이지만 제2차 세계대전 후 부흥의 시기에 운동용품 회사를 차려서 성공했다. 거래처인 학교에 거액을 기부하거나 지역 활동에도 적극적으로 참여해서 평판이 좋았다.

아리모리는 향을 피워 올리고 조용히 고인의 명복을 빌었다. 장례식장에서까지 아리모리를 두고 수군거리는 사람은 없었다.

솔직히 가와타는 별로 기대할 수 없는 증인이었다. 원래부터 지레짐작이 심하고 목격 증언도 변덕스레 바뀌어서, 세토구치는 이러면 써먹을 수 없다고 투덜거렸다. 나이가 많은 데다 이제 와서 새로운 정보를 얻을 수 있을 것 같지도 않았다. 그러나 정의감이 강한 사람이었고, 히라야마를 추궁할 때 가와타라는 존재가 정신적인 버팀목이 되어주었던 건 틀림없는 사실이다. 그런 버팀목마저도 뚝 부러지고 말았다.

천수를 다한 까닭도 있고 해서 참석자 중에 눈물을 흘리는 사람은 없었다. 참석자가 결코 많지는 않았지만, 장례식은 잘 치른 것 같았다.

현관으로 향하는데, 웬 여자가 갑자기 울음을 터뜨려서

발을 멈췄다. 돌아보자 뚱뚱한 여자가 몸을 웅크린 채 손수건을 눈구석에 대고 있었다.

"가와타 씨를 돌봐주신 분이신가요?"

돌보미로 일한다는 여자는 고개를 저었다.

"그랬으면 좋았겠지만, 마지막에는 혼자 놔뒀어요. 그날 두 살배기 손자가 열이 나서 딸이 좀 봐달라기에 일을 쉬었거든요. 가와타 씨는 괜찮다고 했어요. 하지만 이럴 줄 알았으면 옆에 붙어 있는 건데."

과연, 죄책감 때문인가. 형사 실격이라는 낙인이 찍혔는데도, 여전히 이런 사소한 일에 신경이 쓰이다니 참 얄궂다 싶어 아리모리는 쓴웃음을 지었다.

"가와타 씨가 돌아가시기 전에 뭔가 남기신 말씀은 없습니까?"

물어보자 돌보미는 의아한 듯한 표정을 지었다.

"그게 무슨 뜻인가요?"

"어, 아니요. 괜한 소리를 해서 죄송합니다."

돌보미는 눈을 깜빡이며 아리모리의 얼굴을 쳐다보았다. 긁어 부스럼이었나.

"왜 그러시죠?"

"음, 그러고 보니 최근에 가와타 씨를 찾아온 사람이 있어요. 저도 돌보미로 여기 드나든 지 몇 년이나 됐지만, 그

동안 가와타 씨를 찾아오는 사람은 아무도 없었는데 이상하다 싶었죠."

마음에 걸리는 이야기였다. 최근이라면, 혹시 히라야마의 무죄판결에 관련된 건 아닐까. 하지만 돌보미 말로는 찾아온 사람은 형사가 아니라고 한다.

"분명 마쓰오카 지사라는 변호사였어요. 그때는 조그마한 아가씨라는 느낌이었는데, 유명한 사람이더라고요."

아리모리는 말을 머뭇거렸다. 그렇구나, 하지만 지사라면 찾아와도 이상할 것 없다.

커질 줄 알았던 방문자의 존재감이 단숨에 쪼그라들었다.

"그리고 한 명 더 왔어요."

"한 명 더? 남자였습니까?"

돌보미는 네, 하고 고개를 끄덕였다. 누구일까 싶었지만 금방 한 명이 떠올랐다. 구마라는 변호사가 지사와 함께 변호 활동을 했다. 다만 그 남자는 마쓰오카 지사와는 따로 왔다고 한다. 어떤 사람이었느냐고 물었지만, 돌보미는 잘 모르겠다고 했다.

"저도 잠깐 봤을 뿐이라서 잘 기억이 안 나네요."

찾아왔다는 남자는 누구일까.

상복 차림으로 운전대를 잡았다. 돌보미가 들려준 방문자 이야기가 마음에 걸렸다. 돌보미는 그 인물을 한 번밖에 못 봤다지만, 돌보미가 없을 때도 왔을지 모른다.

더 마음에 걸리는 건 가와타의 죽음과 관련이 있느냐다.

아흔이 넘은 노인의 고독사. 이런 시골에서 사건성을 의심하는 사람은 없으리라. 하지만 가령 그 방문자와 가와타의 죽음이 관계가 있다면…….

가와타는 21년 전에 일련의 사건이 발생했을 때 증언을 한 유일한 목격자다. 히라야마를 보았다는 가와타의 증언이, 간접적이기는 하지만 히라야마를 아야가와강 사건의 범인으로 체포하는 데 일조했다고도 할 수 있다. 아무래도 생각이 과거의 유괴사건들로 향했다. 방문자는 뭣 때문에…….

아리모리는 마지막으로 고개를 한 번 숙이고 가와타의 집을 뒤로했다.

오랜만에 방문한 현경 본부에서 기다리고 있던 것은 경멸의 눈빛이었다.

젊은 형사가 응접실에서 아리모리의 이야기를 들었다. 아리모리는 가와타의 죽음에 관해 상담했다.

"꼭 조사 좀 해줘. 죽기 전에 누가 찾아왔대."

"으음, 그렇게 말씀하셔도."

젊은 형사는 난감하다는 표정을 지었다.

"억지를 쓴다는 건 나도 잘 알아. 시신은 이미 화장했고, 이제 와서 사건성 운운한들 골치만 아프겠지. 하지만 21년 전에 발생한 일련의 유괴사건과 연관됐을 가능성이 있어."

도움을 요청하듯 젊은 형사가 뒤를 바라보았다.

"이제 그쯤 해두는 게 어떻겠어요?"

쉰 살 안팎의 원숭이를 닮은 형사가 능글능글 웃으며 다가왔다. 아리모리는 수상한 남자가 찾아왔었다고 가와타의 죽음에 대해 설명했다. 원숭이를 닮은 형사는 웃는 얼굴로 고개를 끄덕끄덕하며 이야기를 들었다. 일찍이 이 형사와 함께 사건을 수사한 적이 몇 번 있다. 형사의 기본을 가르쳤다고 하면 과장일지도 모르지만, 아리모리의 말을 빠짐없이 받아 적고 좌우명처럼 여겼다.

"자네라면 이해하겠지. 이건 분명 연결돼 있어."

"그건 자연사입니다. 겨우 그 정도로 사법 부검을 한다면, 죽은 사람을 몽땅 부검해야 할걸요."

"그런 게 아니라, 문제는 21년 전에 발생한 일련의 사건이라고."

아리모리는 가와타의 죽음이 사건과 연결되어 있을지도 모른다고 호소했다.

"부탁이야, 누가 찾아왔는지 조사 좀 해줘."

젊은 형사가 참 곤란한 영감님 아니냐는 듯이 원숭이를

244

닮은 형사에게 매달리는 눈빛을 던졌다. 원숭이를 닮은 형사는 일어서서 능글맞게 웃으며 아리모리의 귓가에 속삭였다. 적당히 좀 하라고.

"당신 때문에 죽을 맛이야."

일찍이 존경의 눈빛을 던졌던 남자가 더할 나위 없이 지저분한 것을 대하는 눈으로 바라보았다.

"이봐, 이야기를 들어줘. 자세하게 설명할게."

"이만 돌아가주시죠."

이야기를 제대로 들어줄 마음이 없는 듯했다. 알고는 있지만 역시 아리모리는 경찰에게 애물단지다. 40년이나 조직을 위해 헌신했건만, 헌신짝처럼 버려지는 건가. 하다못해 돌보아준 후배만큼은 다르지 않을까 싶었지만, 옛정은 통하지 않았다.

아리모리는 경찰서를 나섰다. 가와타의 죽음에 관해서는 이제 속수무책이다. 가와타의 죽음에서 마음에 걸린 건, 딱 잘라 말해 히라야마와 관련이 있느냐 없느냐뿐이었다. 그러나 가령 돌보미가 본 남자가 히라야마라 해도 더는 추궁할 방도가 없으리라. 게다가 자신에게 불리한 증언을 한 가와타를 용서할 수 없어 죽였다는 건 비약이 너무 심하다.

재심에서 무죄판결이 나왔으므로 다시는 아야가와강 사

건으로 히라야마에게 죄를 물을 수 없다. 설령 앞으로 히라야마가 모든 사실을 인정하더라도 마찬가지다. 승부는 났다. 가와타의 죽음에 대해 알아보려 한 것도 그저 어떻게든 트집을 잡고 싶었기 때문인지도 모른다.

오후 8시가 지났다. 아리모리는 다카마쓰역 근처 편의점에서 팩에 든 술을 샀다.

아리모리는 팩에 빨대를 꽂았다. 현역 형사 시절에도, 피해자 지원 센터에서 일하던 때도 주량은 세지 않았건만, 이제는 매일같이 술을 마신다. 형사의 명예도, 유족의 신뢰도 잃었다. 그렇게 헤어진 뒤로 도시에와도 만나지 못했다.

팩을 쓰레기통에 버리고 가려고 하는데 뒤에서 웬 남자가 어깨를 붙잡았다.

"어이, 쓰레기는 제대로 버려야지."

스무 살 정도로 보이는 금발 청년은 아리모리가 버린 팩을 들고 있었다. 제대로 버렸는데, 뭐지 이 녀석은…….

"빨대는 플라스틱이잖아? 타는 쓰레기 쪽에 버려야 할 것 아니야."

시끄럽기는. 그냥 시비를 걸고 싶은 건가.

남자가 종이 팩을 아리모리의 가슴에 던졌다. 형식상으로는 폭행죄다. 아리모리가 혀를 쭛 차자 남자는 아리모리의 멱살을 잡았다.

"왜, 불만 있어, 영감탱아."

아리모리는 울퉁불퉁한 손으로 가슴에 닿은 금발의 손목을 잡았다. 일을 별로 안 해봤는지 생각보다 팔이 가냘팠다. 가볍게 힘을 주며 쏘아보자 금발은 약간 기죽은 표정을 지었다. 하지만 먼저 세게 나온 이상 물러설 수는 없다고 생각했는지, 금발은 멱살을 잡은 채 큰소리를 쳤다.

"불만 있으면 어디 말해봐."

속에 울분이 많이 쌓였다. 늙기는 했지만 이런 놈과 싸워서 질 것 같지도 않았다. 하나 이런 데서 울분을 발산해서 어쩌자는 말인가. 아리모리는 아니야…… 하고 눈을 돌리고 종이팩을 주웠다.

"빨대는 따로야, 영감."

아리모리는 빨대와 종이 팩을 따로따로 버렸다.

"알면 됐어."

안심한 듯 말한 후 금발은 오토바이를 타고 사라졌다.

얼큰하게 취한 아리모리는 등대까지 이어지는 산책로를 걸었다. 그 금발은 인간 말종일 것이다. 폭력을 행사할 계기가 필요했을 뿐, 사실 쓰레기 분리수거는 염두에도 없다. 형사 시절에 그런 놈들을 많이 상대해봤다. 하지만 지금 자신의 마음속에 놈들과 비슷한 감정이 있다는 사실을 알고 놀랐다. 나잇값도 못 하고 하마터면 이성적인 판단력이 확

날아갈 뻔했다.

쓸쓸한 웃음을 지었을 때 휴대전화에 연락이 왔다.

공중전화에서 걸려 왔다고 표시됐다. 혹시 이건…….
아리모리는 휴대전화를 펼치고 즉시 통화 버튼을 눌렀다.

"네, 여보세요."

"오랜만이군, 아리모리 씨."

일전처럼 기계로 변조해 귀에 거슬리는 목소리가 들렸
다. 아리모리는 아무 대꾸도 하지 않고 그가 하는 말을 들
었다. 하지만 이렇다 하게 아야가와강 사건에 관련된 이야
기는 나오지 않았다.

"무슨 용건이야?"

짜증이 난 아리모리는 이제 그만 좀 하라는 마음을 담아
서 물었다.

"전에 이야기했잖아. 당신과 거래를 하고 싶어."

"이제 와서…….."

히라야마는 무죄판결을 얻어냈다. 일단 무죄가 확정되
면 일사부재리 원칙에 의해 무슨 일이 있어도 그 사실은 영
원히 바뀌지 않는다. 이제 어쩔 도리도 없는 것이다. 하지
만 그런 아리모리의 마음을 알아차린 듯 상대는 괜찮다며
웃었다.

"괜찮다고? 뭐가 어떻게 괜찮은데."

"히라야마에게 살인죄를 묻는 건 아직도 가능해."

"무슨 헛소리야?"

아리모리는 휴대전화를 꽉 쥐었다.

이 녀석이 일사부재리 원칙을 모를 것 같지는 않았다. 이
제 아야가와강 사건으로 히라야마에게 죄를 물을 수 없다
는 것 정도는 알리라.

"히라야마를 궁지에 모는 건 이케무라 아키호 살해사건
이 아니야. 다카기 유카 실종사건이지."

"뭐라고?"

생각지도 못했던 말에 아리모리는 목소리를 높였다. 확
실히 아야가와강 사건으로는 무리더라도, 다카기 유카 실
종사건은 아직 살아 있다. 히라야마를 살인범으로 다시 감
옥에 처넣을 수 있다.

다카기 유카 실종사건으로 체포되면 이번에야말로 히라
야마는 두 번 다시 나오지 못한다. 아야가와강 사건에 대
해서도 불지 모른다. 하지만······.

"유일한 목격자였던 가와타 영감님은 이미 세상을 떠
났어. 다카기 유카 실종사건에 돌파구는 없다고. 하다못
해······."

"증거가 있어."

전화 상대가 도중에 끼어들었다.

"증거? 뭔데?"

"당신에게 줄 테니 받으러 와. 보면 금방 알 거야. 히라
야마가 범인이라는 결정적인 증거지."

그 말을 끝으로 전화가 끊겼다.

3

축 늘어질 것 같은 더위는 비가 지나간 후 몸부림칠 것
같은 더위로 바뀌었다.

사무소를 나선 지사는 아야가와정으로 향했다. 널찍한
길을 왼쪽으로 꺾어 산기슭으로 나아갔다.

한 단층집 앞에 차를 세우고 집 부근을 산책했다. 산 쪽
으로 조금 걷자 낯익은 노란색 꽃이 무리 지어 피어 있었
다. 여름철에 유채꽃밭이라니 이상하다 싶었는데, 양미역
취라는 잡초였다.

자갈길을 반대 방향으로 나아가자 마을이 나왔다. 요전
에 왔을 때는 몰랐는데 작은 이나리 신사가 있었다. 여기는
지사가 구조된 곳이다. 얼마 전에 왔을 때는 히라야마를
쫓는 데 정신이 팔려서 몰랐다. 여덟 살 때, 지사는 틀림없
이 여기 있었다. 그리고 산 쪽으로 달아났다.

어른이 된 지금이라면 산 쪽으로 도망치기보다 인적이 있을 법한 방향으로 도망치리라. 하지만 어린 지사는 괴물에게서 되도록 멀리 떨어지려고 오로지 앞으로 나아갔다. 그리고 제 딴에는 똑바로 나아갔다고 생각했지만, 산길을 헤매다 결국 원래 있던 아야가와정으로 되돌아온 것이다.

이 집은 21년 전에 지사가 감금됐던 장소다.

히라야마를 미행하다가 여기에 이르렀다. 지사를 유괴한 것은 히라야마…… 그렇게 받아들일 수밖에 없지 않을까.

하지만 잘 모르겠는 점도 있다. 히라야마는 왜 이제 와서 여기 왔을까. 과거의 사건에 얽힌 뭔가가 여기 있는 걸까. 혹시나 하는 마음에 다음 날도 찾아보았지만, 특별히 주목해야 할 만한 물건은 눈에 띄지 않았다. 하지만 경찰이 철저하게 수색하면 뭔가 나올지도 모른다.

괴물의 집을 올려다보고 있으니 누군가 다가왔다.

"마쓰오카 씨죠? 아야가와 서에서 나왔습니다만."

형사였다. 망설여지기는 했지만 지사는 괴물의 집에 관해 경찰에 신고했다. 거기가 21년 전에 자신이 감금된 장소라고. 여기에 진범으로 이어질 증거가 있을지도 모르기 때문이다.

"안타깝게도 다카기 유카와 이케무라 아키호의 소지품

등, 사건과 연관된 물건은 발견되지 않았습니다."

"그런가요. 누구 집이었죠?"

"오래전부터 빈집이었어요. 아무도 안 살았다고 합니다."

원래 주인은 들어본 적 없는 노부부였다. 입주하고 바로 남편을 잃고, 아내도 요양 시설에 들어가서 생활한 기간은 얼마 되지 않았다는 모양이다. 고령화가 진행돼 요 부근에는 빈집이 많으므로 특별히 두드러져 보이지 않는다. 다른 집과 떨어져 있어서 남의 눈에 띌 염려도 없다. 분명 범인은 그 점을 이용한 것이다. 전기와 가스가 들어오지 않더라도 소녀만 감금해놓을 수 있으면 충분했다. 괴물의 집은 그야말로 아이를 사육하기 위한 우리로써 존재했다.

"어떻게 여기인 줄 아셨습니까?"

당연한 질문이었지만 지사는 한순간 대답이 궁했다.

"어, 그러니까 저 녹색 지붕이 비슷해서 빈집이길래 잠깐 안을 살펴봤어요. 죄송합니다."

히라야마가 여기 있었다는 사실은 덮어두었다. 불법침입을 했다고 밝히자 경찰은 난처한 표정을 지었지만, 사정이 사정이니 그럴 만도 하다고 너그럽게 봐주었다.

경찰에게 감사를 표하고 지사는 괴물의 집을 뒤로했다.

아무것도 나오지 않았다. 하지만 그건 당연한 결과일지

도 모른다. 지사를 유괴한 사람이 21년 동안이나 본인에게 연결될 수 있는 증거를 가만히 놓아두었을 리 없다. 벌써 처분했으리라.

이나리 신사에 참배한 후, 지사는 다시 차에 올라탔다.

만노정에 있는 주택가로 향했다. 연락도 없이 괜찮을까 싶었지만, 사람은 있는 듯했다. 문패에는 다카기라고 적혀 있었다.

이제 와서 여기를 찾아온들 아무 의미 없을지도 모른다. 그래도 꼭 오고 싶었다. 망설임은 있었지만 지사는 초인종에 손을 뻗었다.

잠시 후 밝은 목소리가 들리고 고상해 보이는 예순 살 전후의 여성이 나왔다. 안쪽에 나이가 비슷한 남자의 얼굴도 보였다. 두 사람은 다카기 유카의 부모님이리라.

"누구세요?"

"연락도 없이 갑자기 찾아와서 죄송합니다."

명함을 찾아 호주머니를 뒤지고 있자니 남자가 앗, 하고 소리쳤다.

"히라야마 사토시의 변호인인……."

텔레비전에도 얼굴이 나왔으므로 알아본 모양이다. 만나는 건 처음이지만 지사는 네, 하고 고개를 끄덕이고 명함을 두 장 꺼냈다.

253

"맞아요. 오늘 찾아뵌 건 이유가 있어서."

"자, 들어오세요."

다카기 유카의 부모님은 지사를 거실로 안내하고 보리차를 내주었다.

"히라야마에 관해서는 예전부터 알고 있었습니다. 목격자인 가와타 씨가 돌아가셨다더군요."

다카기 유카의 아버지가 입을 열었다. 두 사람은 이번 재심 무죄판결에 복잡한 심경을 품고 있으리라.

"마쓰오카 선생님, 가르쳐주세요."

다카기 유카의 어머니가 머리를 숙였다.

"히라야마는 정말로 범인이 아닌가요?"

얼마 전이었다면 그렇다고 대답할 수 있었다. 하지만 지금 지사는 바로 대답하지 못했다. 오히려 자신이야말로 답을 알고 싶다. 히라야마가 유괴사건과 무관하다면 왜 그런 곳에 있었는지.

"아야가와강 사건이 어떤지는 잘 모르겠어요. 우리가 알고 싶은 건 우리 아이가 지금 어디에 있느냐, 그것뿐이에요."

이야기하는 동안 다카기 유카의 어머니 얼굴이 상기됐다. 다카기 씨 부부는 사건이 발생한 후 전단지를 나누어주며 정보를 달라고 호소했다. 지금도 인터넷에서 호소하

고 있다고 한다. 그 마음은 잘 안다. 지사도 진실을 알고
싶다는 심정 하나만으로 여기까지 왔다.

"혹시 괜찮으시다면 유카에 대해 좀 더 알려주시지 않겠
어요?"

지사의 요청에 두 사람은 잠시 입을 다물었지만, 이윽고
알겠다며 고개를 끄덕였다. 이쪽으로 오라며 안내한 곳은
2층에 있는 유카의 방이었다.

"아직 방을 혼자 쓰는 건 이르다고 저는 반대했지만 아
내가."

구석에 위치한 작은 방에 들어가자 토끼와 다람쥐 등을
의인화한 작은 동물 인형이 많았다. 지사도 어렸을 적에
자주 가지고 놀았던 인형이다. 그 밖에도 인형의 집과 소
꿉놀이에 쓰는 집 등이 인형과 함께 선반에 빽빽이 놓여 있
었다.

지사는 인형들을 바라보다 먹먹한 기분에 사로잡혔다.
시간순으로 따지면 다카기 유카가 6월에 제일 먼저 실종됐
다. 7월에 지사가, 8월에는 이케무라 아키호가 유괴됐다.
그때 지사가 들은 목소리가 유괴된 소녀의 목소리라면, 거
기 있던 소녀는 다카기 유카일 가능성이 높다. 이 사실을
말해야 할까. 아니다, 불확실한 정보를 상처 입은 부모님
에게 알려주는 건 너무나도 무책임한 짓이다.

"유카는 인형 놀이를 좋아했어요. 돌아오면 바로 가지고 놀 수 있도록 하려고……."

다카기 유카의 어머니는 떨리는 목소리로 말하며 눈구석에 손을 댔다. 남편이 아내의 어깨를 꼭 안았다. 다카기 씨 부부의 모습에 마루가메에 있는 부모님의 모습이 겹쳤다. 반대로 다카기 씨 부부도 지사에게서 유카의 모습을 보고 있는지도 모른다.

"시신이 나온다면 잘 묻어주고 싶어요. 하지만 이래서는 그 아이가 편안히 눈을 감지 못할 거예요. 우리 아이가 뭘 어쨌다고."

두 사람은 분명 유카의 죽음을 각오했으리라. 그래도 시신이 발견되지 않은 이상, 실낱같은 희망이 남아 있다. 목숨만은 건져서 어딘가에 살아 있을지도 모른다는 생각을 지울 수 없을 것이다.

지사는 더는 견디지 못하고 다카기 씨 부부에게 자신이 과거에 유괴당했었다는 사실만 밝혔다.

둘 다 놀란 듯 눈이 휘둥그레졌다. 나는 그 당시 어떻게 해야 했을까. 그 소녀가 다카기 유카라고 아직 판명된 건 아니지만, 지금 자신의 과거에 대해 입 다물고 있는 건 불성실하게 느껴졌다.

"제가 진상을 해명할게요."

유카가 무사할 것이라고는 다짐하지 못하고 지사는 다카기 유카의 집을 나섰다.

지사는 차를 몰고 마루가메시로 향했다.

다카기 유카의 집에서 진범으로 이어질 만한 정보는 얻지 못했다. 하지만 지사는 마음속에서 뭔가가 변하고 있는 걸 느꼈다. 역시 괴물의 집과 관련해 이대로 잠자코 있을 수는 없다.

초인종 1센티 앞에서 집게손가락을 멈췄다. 물어봐서 어쩌려고? 사실대로 말해줄까. 아니, 그것보다 사실대로 말해준다면 어떻게 되는 거지? 하지만 이대로 놔둘 수는 없었다. 지사는 침을 삼키고 힘주어 초인종을 눌렀다.

"네, 갑니다."

부드러운 목소리가 들렸다. 히라야마다.

"마쓰오카예요. 이야기를 좀 하고 싶어서요."

자물쇠가 풀렸다. 들어오라는 말과 함께 문이 천천히 열렸다.

원래 같으면 남자가 사는 집에 혼자 들어가는 건 망설여진다. 하지만 다카기 유카의 부모님을 만나고 온 지금은, 이대로 있어서는 안 된다는 마음이 더 강했다.

실내는 깔끔했다. 그렇다기보다 물건이 별로 없는 널찍

한 방에 밥상과 방석이 어중간하게 놓여 있었다. 밥상 위에는 산 지 얼마 되지 않은 스마트폰이 있었다. 휑한 책장에는 이마이의 이름으로 출간된 《정의라는 이름의 죄》가 눕혀져 있었다.

"교도소 같죠?"

히라야마는 자학적인 소리를 하면서 보리차를 내주었다. 집은 화장실이 개인적인 공간이라 아주 편하다고 한다. 히라야마는 수감실 생활에 대해 설명했다. 오카야마 교도소는 이런데, 다른 교도소는 이런 듯하다는 이야기다.

"그런가요. 그런데……."

결심하고 왔지만 역시 이야기를 꺼내기가 쉽지 않았다. 만약 정말로 이 남자가 자신을 유괴한 범인이라면, 여기서 정면으로 캐묻다가는 어떻게 될까. 지금 이 공간에는 히라야마와 지사 단 둘뿐이다.

한편으로 이 남자가 담장 안쪽에 있을 때 보여주었던 격한 감정을 믿고 싶기도 했다. 그때 여동생의 죽음에 분개하고, 열 올려 무고하다고 주장한 히라야마의 하소연이 거짓말로 느껴지지는 않았다. 아니, 어쩌면 그건 자신의 감을 너무 믿는 건지도 모른다.

"혼담은 잘 진행되고 있나요?"

히라야마는 쓴웃음을 지으며 목 아랫부분을 긁적였다.

이렇게 보면 정말로 수더분하니, 평범하고 좋은 사람으로 느껴진다. 하지만 물어보아야 한다. 이대로 그날 밤 보았던 일을 방치할 수는 없다.

어떻게든 말을 꺼낼 기회를 찾고 있자니, 시원한 바람과 함께 맑은 소리가 들려서 지사는 창문에 시선을 주었다. 창문에 매달아둔 것은 작은 화분과 숟가락, 손수 만든 풍령 같았다.

"옛날에 초등학교에서 잡역부로 일했잖아요. 이래 보여도 틈틈이 비품 따위를 만드는 걸 좋아했어요. 아이들이 좋아하는 모습을 보는 게 좋아서요."

사건 당시, 학교 관계자들은 히라야마에 대해 그다지 좋은 소리를 하지 않았다. 그런데 잡역부 시절을 이야기하는 히라야마는 희한하게도 즐거워 보였다. 처음 만났을 때 히라야마는 어쩔 수 없이 잡역부 일을 택했다고 했지만, 겸연쩍어서 그랬을 뿐 실은 그 일을 좋아했는지도 모른다.

"있는 재료로 궁리해서 만드는 버릇이 들었어요. 교도소에서도 이것저것 만들었죠. 아아, 탈옥 도구는 안 만들었어요."

그런 농담이 나올 줄은 몰랐지만, 웃을 힘은 없었다. 어떻게든 유괴사건 쪽으로 이야기를 돌리기 위해 지사는 이마이의 책을 가리켰다.

"저 책, 읽으셨어요? 히라야마 씨는 형사들이 미우시죠?"

물어보자 히라야마는 고개를 크게 끄덕였다.

"그들이 진짜로 반성하고 있는지는 모르겠습니다. 하지만 만약 정말로 반성한다면 언젠가는 용서할 필요가 있을지도 모르죠."

"교도소에서는 그렇게나 치를 떠셨는데, 변하셨네요."

변하기는 뭘 변했느냐며 히라야마는 보리차를 마셨다. 지사는 딴청 부리듯 쓴웃음을 짓는 히라야마를 가만히 노려보았다.

"히라야마 씨, 사흘 전에 어디를 가셨죠?"

물어보자 히라야마는 기억을 더듬는지 풍령 쪽을 바라보았다.

"지치부가하마 해수욕장에 갔었습니다."

"거기만요?"

히라야마는 아아, 하고 작게 목소리를 흘렸다. 성묘하러도 갔다고 덧붙였다.

"동생의 월명일◆이었거든요. 나오고 나서는 매달 갑니다."

◆　달마다 돌아오는 고인의 사망일.

"그 외에는 정말 아무 데도 안 가셨나요?"

거듭 확인하자 히라야마도 느낀 바가 있는지 잠시 입을 다물었다. 지사는 입을 일자로 꾹 다물고 히라야마의 대답을 기다렸다.

고작 사흘 전의 일이다. 잊어버렸다는 핑계는 못 댄다. 지사는 가벼운 농담도 용납하지 않겠다는 듯이 진지한 눈빛을 던졌다. 히라야마는 어떻게 대답할까? 그때 미행한 건 들키지 않았겠지만 너무 기세등등하게 몰아붙인 탓에, 어쩌면…… 하는 생각이 히라야마의 머릿속에서 고개를 쳐들어도 이상하지는 않다.

하나 알아차릴 수는 있어도 인정하는 것은 별개의 문제다. 만약 켕기는 구석이 있다면 단순한 변명으로는 통하지 않는다. 어떻게 할래? 말없이 압력을 가하자 히라야마가 드디어 무거운 입을 열었다.

"혹시 마쓰오카 씨, 저를 따라다니면서 동태를 살피셨습니까?"

이제 와서 부정해본들 소용없기에 지사는 네, 하고 대답했다. 파티 후에 들은 말이 신경 쓰여서 어쩔 수 없었다고 말하려는데 히라야마가 먼저 말을 꺼냈다.

"실은 이상한 편지가 왔습니다."

히라야마는 한숨을 섞어서 말했다. 지사는 이상한 편지,

하고 되뇌었다.

"네. 누가 보냈는지 모를 편지가 왔다며 구마 선생님이 주셨어요. 편지에 자기가 21년 전에 발생한 일련의 유괴사건의 범인이다. 그 집에 증거가 있다고 쓰여 있길래 보러 갔죠."

예상치 못한 설명에 지사는 눈이 동그래졌다.

"그런 수상한 편지에 유인당해 잘도 그런 곳에 갔군요."

히라야마는 말씀대로라며 머리를 긁적였다.

"마쓰오카 씨, 당신 덕분에 무죄가 확정된 건 고맙지만, 아야가와강 사건은 끝나지 않았어요. 판결로 확실해진 건 경찰과 검찰이 적법하지 않은 수사를 했다는 사실뿐이다. 실은 네가 그런 것 아니냐. 지금도 그렇게 말하는 사람들이 있죠. 저도 아야가와강 사건에 진정한 결판을 내고 싶어서 간 겁니다. 하지만 가봤더니 아무도 없는 허름한 빈집뿐이더군요."

턱도 없는 변명이다. 하지만 앞뒤는 맞는다. 지사가 편지는 어쨌느냐고 묻자 기분 나빠서 이미 처분했다는 대답이 돌아왔다. 편지에 대해 거짓말을 했더라도 구마에게 물어보면 금방 안다. 분명 정말이리라.

"걱정만 끼칠 테니 말할 필요 없을 것 같아서 잠자코 있었습니다."

히라야마의 눈은 평소처럼 흐리멍덩했다.

"그것보다 마쓰오카 씨, 왜 그런 걸 물어보시죠?"

반대로 질문을 받자 지사는 한순간 말문이 막혔다. 공격과 수비가 뒤바뀐 모양새다.

"히라야마 씨, 교도소에서 접견했을 때 제가 유괴당했던 이야기를 했었죠. 기억나세요? 그 빈집은 제가 감금됐던 괴물의 집이에요. 틀림없어요."

"어, 그런가요?"

히라야마는 과연, 하고 턱을 쓰다듬었다. 꿇어앉아 허리를 쭉 펴고 지사의 얼굴을 가만히 바라보았다.

"마쓰오카 씨, 괜찮으셨습니까? 그런 곳에 가다니 무서우셨겠어요."

생각지도 못한 말에 지사는 말을 머뭇거렸다.

"어릴 적에 겪은 끔찍한 일에 정면으로 맞서려 하다니, 보통은 그러지 않습니다. 대단해요."

"히라야마 씨."

"다만 쭉 생각했는데요……."

거기서 히라야마는 말을 한 번 끊었다.

"마쓰오카 씨, 당신은 강한 사람이에요. 하지만 실은 도망치고 싶은데 진범을 찾아야 한다는 생각으로 무리하는 것처럼 보입니다. 그리고 그건 자신을 위해서라기보다 남을 위한 일처럼 느껴져요."

"남을 위해서라고요?"

"네, 교도소 면회실에서 과거의 유괴사건에 대해 이야기
했을 때, 그 집에서 여자아이의 목소리를 들었다고 했죠.
제 생각에 당신이 이렇게 열심히 진범을 쫓는 이유는, 그때
여자아이를 외면하고 자신만 살아남았다는 죄의식 때문이
아닐까 싶은데요."

지사는 그 순간 눈을 부릅떴다.

과거와의 싸움은 분명 아직도 계속되고 있다. 지금도 변
함없이 악몽이 덮쳐온다. 하지만 지금까지 그렇게는 생각
해보지 않았다. 그렇구나, 그때 목소리를 들었던, 아마도
다카기 유카로 추정되는 소녀와 나중에 유괴돼 살해당한
이케무라 아키호, 두 사람에 대한 죄의식이 마음속 가장 깊
은 곳에 자리 잡고 있는지도 모른다.

"그때 동화《우락부락 염소 삼 형제》이야기를 하셨죠."

지사는 그 말에 고개를 들었다. 그러고 보니 분명 말했
다.《우락부락 염소 삼 형제》에 나오는 용감한 염소처럼 괴
물과 싸우고 싶다고.

"저희 집에도 그 그림책이 있었거든요. 그래서 무슨 내용
인지 잘 압니다. 괴물에게 습격당한 작은 염소는 다음에 오
는 염소가 더 크다며 달아나죠. 마쓰오카 씨, 당신에게 이

이야기의 핵심은 괴물에게 느끼는 공포가 아니에요. 오히려 남에게 뒤를 맡기고 자기만 달아나는 부분 아니었을까요. 《우락부락 염소 삼 형제》는 결과적으로 큰 염소가 괴물을 해치우고 행복한 결말을 맞습니다만, 현실은 동화 같지 않았죠. 그래서 하다못해 본인이 큰 염소가 되어 괴물과 싸우려는 것처럼 보입니다."

히라야마의 말을 지사는 그저 놀란 표정으로 들었다. 분명 그 말대로다. 히라야마는 지사 본인도 알아차리지 못했던 마음 깊은 곳의 심리까지 알아맞혔다.

"괴물과 싸우기로 선택한 건 대단해요. 저도 그 선택을 존중하고 싶네요. 하지만 마쓰오카 씨······. 본인이 큰 염소가 되어야 한다고 마음먹을 필요는 없습니다. 자신의 연약함, 상처 입은 마음, 가슴을 짓누르는 양심의 가책을 인정하고 나서 싸우면 돼요. 그리고 혼자 싸울 필요도 없고요. 저는 내내 혼자였지만 당신에게는 구마 씨와 법률사무소 사람들처럼 지탱해줄 동료가 있으니까요. 뭣하면 저도 있고요······."

어느덧 뜨거운 눈물이 지사의 뺨 위로 흘러내리고 있었다.

"괴로운 일일 텐데도 이야기해주셔서 고맙습니다."

괴물의 집에 관해 히라야마를 추궁하려고 왔건만, 이렇게 될 줄은 꿈에도 몰랐다.

"아아, 이야기가 옆으로 샜네요. 제가 그 집에 간 건 그런 사정 때문입니다. 그러니까 걱정하지 마세요. 교도소에서 약속했듯이 거짓말은 하지 않겠습니다."

지사는 손수건으로 눈물을 닦았다.

"그럼 히라야마 씨, 당신은 아무도 유괴하거나 죽인 게 아니라는 거죠?"

절절한 마음이 담긴 질문에 히라야마는 힘 있게 고개를 끄덕였다.

"그럼요. 믿어주십시오."

맑은 눈동자였다. 변함없이 졸려 보이는데도, 다무라 효가와는 전혀 달랐다. 참된 마음밖에 느껴지지 않는 눈이었다.

지사는 창문을 바라보았다. 손수 만든 풍령이 아름다운 소리를 울렸다.

4

오후 7시 반. 아리모리는 피해자 지원 센터로 향했다.

지원원 업무를 쉰 지도 꽤 됐다. 정식으로 그만두기 위한 절차를 밟을 생각이었다. 일을 계속하고 싶었지만, 악명 높은 형사가 돼버린 자기가 있어서는 오히려 피해를 준다.

"아리모리 씨, 정말로 그만둘 생각이신가요?"

뜻밖에도 머리가 허옇게 센 소장은 만류했다. 이쪽 사정은 잘 알 테니 형식적으로 그러는 게 아닌가 싶었지만, 정말로 난처한 얼굴이었다. 무급으로 피해자를 위해 헌신하려는 사람은 좀처럼 없는 법이다.

"안 그래도 인원이 모자라는데, 이케무라 씨도 그만두실 모양이라서요."

소장은 말하고 나서야 괜한 소리를 했다는 표정을 지었다. 그랬구나. 도시에는 일을 계속할 수 없을 만큼 약해진 건가……. 안 된다. 이대로 아무 말도 하지 못하고 도시에와 헤어져서는.

"지금 이케무라 씨는 전화 상담실에 계신가요?"

"아니요, 피해자를 대응하고 계십니다."

아리모리는 상담실로 향했다. 도시에와 상담자가 이야기를 나누는 소리가 희미하게 들렸다. 면담은 8시까지 진행될 예정이다. 그때까지 기다리려고 복도로 나왔다.

창밖을 보고 있으니 휴대전화가 울렸다. 공중전화에서 걸려왔다고 표시됐다.

또 이 녀석인가. 저번에 이 인물은 히라야마에게 살인죄를 물을 수 있는 증거를 주겠다고 했다. 물론 흥미가 생겼지만, 이런 수상한 놈이 시키는 대로 하기 싫어서 가지 않았다.

그것보다 지금은 도시에가 중요하다. 아리모리는 전화를 무시하고 좀 더 기다렸다.

예정된 시간이 5분쯤 지나서야 상담자가 상담실에서 나왔다. 아리모리는 문을 두드리고 방으로 들어갔다. 도시에는 작은 테이블 앞에 앉아 뭔가 적고 있었다. 도시에는 아리모리의 얼굴을 보자 눈이 동그래지더니 고개를 돌렸다.

"이케무라 씨, 뭐라고 말씀을 드리면 좋을지."

정말이지 지금까지 뭘 해왔단 말인가. 다음 말이 나오지 않았다. 아리모리는 우두커니 서 있다가 머리를 깊이 숙였다.

"죄송합니다."

알고는 있었지만 사과 말고는 할 수 있는 것이 없었다. 도시에는 말없이 창문만 바라보았다.

"늦었지만 전부 말씀드리겠습니다."

아리모리는 21년 전부터 지금에 이르기까지 있었던 일을 하나도 숨기지 않고 도시에에게 솔직하게 털어놓았다. 당신 잘못이 아니에요, 어쩔 수 없는 일이었어요……. 그런 위로는 기대하지 않았다. 오히려 화를 내주었으면 하고 바랐다. 하지만 도시에는 아리모리의 이야기를 듣기는 듣는 건지 모를 만큼 조용했다.

"그렇게 된 겁니다. 하지만 저는 지금도 히라야마가 범인이라고 생각합니다."

도시에는 변함없이 창밖만 바라보았다. 캄캄한 창문에는 형광등 불빛과 두 사람의 모습만이 비칠 뿐이었다.

도시에는 5분쯤 지나서야 입을 열었다.

"아리모리 씨."

이름을 부르는 목소리에 아리모리는 고개를 들었다.

"저는 아키호를 잃고 나서, 저와 똑같은 슬픔을 겪은 사람들에게 도움을 주고 싶었어요. 그럼으로써 저도 조금씩 앞으로 나아갈 수 있지 않을까 하는 생각에……."

도시에는 거기서 일단 말을 끊었다.

"……하지만 이제 모르겠네요."

도시에는 고개를 휘휘 내젓더니 다시 창문으로 얼굴을 돌렸다. 아리모리는 뭐라고 할 말이 없어서 그저 유리창에 비친 도시에의 서글픈 얼굴만 쳐다보았다.

다시 찾아온 기나긴 침묵 속에서 아리모리는 문득 생각했다. 새삼스럽지만 도시에는 왜 새를 좋아하는 걸까. 아키호가 살아 있을 적의 추억에 빠질 수 있어서일지도 모르지만, 어쩌면 도시에는 새가 자유로이 날아다니는 모습을 동경한 건 아닐까. 도시에는 아야가와강 사건이 발생한 후 21년이나 슬픔과 고통에 옭매여 살았다. 실은 새처럼 자유로워지고 싶었던 건 아닐까. 나는 조금이라도 긍정적으로 살려고 노력해온 도시에를 다시 새장에 가둬버린 건지도 모른다.

그 후로 두 사람은 침묵을 지켰다. 아리모리는 몇 번이나 입을 열었지만 말이 나오지 않았다.

"아리모리 씨, 지금까지 감사했어요."

"이케무라 씨."

자리에서 일어선 도시에가 등을 돌려 방에서 나갔다. 아리모리는 쫓아가지도 못하고 그 자리에 우두커니 서 있었다. 도시에가 지금 바라는 건 뭘까. 히라야마가 범인이라는 확실한 증거일까, 또는 진범일까, 아니면 이제 사건은 잊고 조용히 살고 싶을까.

아니, 그럴 리 없다. 아키호를 죽인 범인이 속세에서 태평하게 살고 있다. 같은 공기를 마시고 있다. 그런 현실을 받아들이고 평안한 삶을 누릴 수 있을 만큼 인간은 둔감하게 생겨먹지 않았다.

하지만 그렇다 한들 이제 와서 뭘 할 수 있겠는가. 더는 방도가 없다. 그렇게 말할 수밖에 없는 상황이다. 다카기 유카 실종사건의 증언자였던 가와타도 죽었다. 수십 년이나 알고 지낸 친구, 지인, 동료도 전부 아리모리 곁을 떠났다. 경찰이라는 권력이 없으면 나는 시체였던 건가.

휴대전화에 연락이 왔다. 또 공중전화였다.

아리모리는 인상을 찌푸리며 통화 버튼을 눌렀다.

"겨우 받았군."

귀에 거슬리는 목소리가 들렸다.

"히라야마에게 죄를 묻고 싶지 않은 건가?"

아리모리는 혀를 찼다. 당연히 묻고 싶다. 열받는 확인이
다. 녀석은 증거를 줄 테니 아야가와정으로 오라고 했다.
어차피 주소도 알고 있으리라. 그냥 보내면 될 텐데 왜 이
러는지 잘 모르겠다.

"이대로 끝나도 되겠어?"

이 녀석은 자신에게 꼭 뭔가를 주고 싶은 모양이었다. 다
카기 유카 실종사건으로 히라야마를 궁지에 몰 증거라니,
대체 뭘까?

"아야가와정에서 증거를 줄게. 이걸로 히라야마를 몰아
붙여."

아리모리는 전화 상대가 말해주는 주소를 받아 적었다.

명백히 수상하다. 하지만 이대로 끝낼 수는 없다. 끊어
질 게 뻔한 동아줄에라도 매달려야 하는 걸까. 아리모리가
좀 더 자세하게 알려달라고 재촉하자 철탑이 표시물이라
는 말을 끝으로 전화가 끊어졌다.

아리모리는 밤길을 차로 달렸다.

시키는 대로 하려니 기분이 찝찝했지만, 지금의 꽉 막힌

상황을 타개하려면 이 녀석의 지시에 따르는 수밖에 없을 듯했다.

아야가와정의 산길은 비포장인 데다 컴컴했다. 타이어에 밟혀서 튕겨 나간 돌멩이가 파친코 구슬처럼 나무를 때렸다. 길이 험했지만 오후 8시가 지난 시각이라 마주 오는 차가 없어서 그나마 편했다. 표시물은 거대한 철탑인 모양이다. 철탑에서부터는 차를 타고 갈 수가 없어서 걸어야 할 듯했다.

온갖 생각이 머릿속을 핑핑 맴돌았다. 전화를 건 인물은 누구이고, 목적은 뭘까. 그리고 대체 이런 데 뭐가 있다는 걸까. 하지만 그래도 앞으로 나아갈 수밖에 없다. 이대로 도시에를 실의의 구렁텅이에 빠뜨릴 수는 없다.

도로 사정상 느릿느릿하게 25분이나 걸려서 산길을 지나가자 눈앞에 높다란 건물이 보였다.

"이거 같은데."

휴대전화 전파탑일까. 상당히 높고 옆에는 동물들이 다니는 듯한 길이 뻗어 있었다. 차는 도저히 못 들어갈 만큼 좁다. 차를 세운 아리모리는 무성한 잡초를 헤치듯이 손전등 불빛을 이리저리 비추며 길을 잠시 걸어갔다.

긴장으로 가슴이 두근거렸다. 철탑 말고는 이렇다 할 표시물이 없었다. 눈가리개처럼 앞을 가리는 키 큰 풀을 헤치며 나아갔다. 이 앞에 뭐가 기다리고 있을까. 몇몇 후보가 머리를 스쳤다.

하지만 생각해도 별 의미 없으리라. 문제는 오히려 이 녀석의 정체와 목적이다. 뭣 때문에 이런 짓을 할까? 문득 죽은 가와타가 떠올랐다. 가와타의 죽음과 이 녀석의 행동이 연결되어 있을 가능성은 없을까. 그렇다면 대체…….

10분쯤 걷다가 아리모리는 발을 멈췄다. 쓰러진 낡은 묘비가 손전등 불빛에 비쳤다. 시간의 뒤안길로 사라진 것처럼, 몇 개 안 되는 묘비는 전부 쓰러지거나 깨진 상태였다.

이윽고 길이 약간 트이고 붉은 흙이 보였다. 손전등으로 주변을 비추자 큼지막한 저택이 눈에 들어왔다. 아니, 저택이 아니다. 경내가 보인다. 문을 닫은 절이다. 요 부근 마을에서 과소화가 진행되다 보니 사는 사람이 없어진 것이리라.

여기에 대체 뭐가……. 오후 8시 55분. 아리모리의 궁금증에 답하듯이 휴대전화가 진동했다. 아리모리는 즉시 통화 버튼을 눌렀다.

"이제 도착했을 것 같아서. 절은 찾았나?"

아리모리는 그래, 하고 작게 대답했다.

"그것보다 이런 곳에 불러내서 뭘 하고 싶은 거야? 뭘 어떻게 거래하자는 건지 설명해."

손전등으로 주변을 비춰보았지만 인기척은 없었다. 밤인데도 새가 휘파람 같은 소리로 울었다.

"아리모리 씨, 당신은 히라야마가 이케무라 아키호를 죽였다고 확신하지? 진심으로 사형에 처하든지, 무기징역으로 교도소에 다시 처넣고 싶은 심정이야."

"아, 맞아."

"그럼 어느 쪽이라도 마찬가지잖아."

아리모리는 마찬가지라는 부분을 되뇌었다.

"그래. 히라야마에게 물을 살인죄가 이케무라 아키호 유괴살해죄든 다카기 유카 유괴살해죄든 다를 바 없어. 아닌가?"

아리모리는 할 말을 잃고 상대의 말에 빨려들었다.

"경찰은 최선을 다해 사건의 범인을 쫓았지. 저절로 고개가 수그러져. 하지만 교활한 범인은 한 수 위였어. 아니, 뭐, 그렇게까지 지능범은 아닌가. 그냥 운이 좋았을 뿐이겠지. 21년 전, 다카기 유카를 유괴해서 욕보인 후 살해해서 버렸다……. 범인은 그저 억누를 수 없는 욕망에 충실하게 행동했을 뿐이니까."

뭐지, 이 녀석은……. 아리모리는 눈을 깜박이는 것조차 잊었다. 마치 범인을 잘 알기라도 한다는 듯한 말투였다. 더구나 범인은 히라야마 말고 다른 사람이라는 듯한 낌새다. 설마 그런…….

"경내 저편에 오래된 우물이 있을 거야."

아리모리는 지시에 따라 경내로 들어갔다. 꺼림칙한 새 울음소리가 쫓아오는 것처럼 들렸지만, 개의치 않고 지시 받은 곳으로 향했다. 금방은 알 수 없었지만, 풀을 헤치고 손전등으로 비추자 분명 이끼가 긴 오래된 우물이 있었다. 약 1미터 높이의 돌담에 둘러싸인 우물에는 두레박이고 도 르래고 없었다. 우거진 풀과 나무 사이로 돌로 된 덮개가 보였다. 생각할 틈도 없이 다음 지시가 떨어졌다.

"덮개를 치우고 살펴봐."

아리모리는 이끼 긴 덮개를 단단히 잡은 후, 자세를 낮 추고 힘을 꾹 썼다.

맷돌처럼 생긴 우물 덮개를 들어 올리고 옆으로 밀었다. 틈이 생겨서 안을 들여다보았지만 아무것도 보이지 않았 다. 아리모리는 덮개를 기어 다니는 하늘소를 털어낸 다음, 덮개를 좀 더 옆으로 밀고 손전등으로 우물 속을 비추었다.

아무것도 보이지 않았다. 그렇게 생각했을 때 하얀 뭔가 에 손전등 불빛이 희미하게 반사됐다. 아리모리는 저도 모 르게 손전등을 우물에 떨어뜨릴 뻔했다. 손이 떨렸다. 방 금 그건 설마, 아니야⋯⋯. 조심조심 손전등을 다시 비추 었다.

하얀 돌처럼 보인 물체에는 구멍이 뚫려 있었다. 마치 계 산한 것처럼 좌우에 하나씩. 그리고 그 밑으로 작은 티셔츠와 치마가 간신히 보였다.

인골. 아마도 아이의 뼈. 설마 정말로 이런 일이⋯⋯.

"확인했나."

그래, 하고 아리모리는 힘없이 대답했다.

"21년 전에 실종된 다카기 유카의 유골이야."

조서를 수없이 읽어서 외웠다. 유괴 당시 다카기 유카는
티셔츠에 체크무늬 치마 차림이었다. 틀림없이 다카기 유
카다.

"이제 내가 무슨 말을 하고 싶은 건지 알겠지?"

아리모리는 어금니를 악물었다. 이 녀석의 의도를 완전
히 파악했다.

"시신에 히라야마의 머리카락을 붙여놓고 발견시키면,
히라야마를 살인죄로 궁지에 몰 수 있어. 당신, 머리카락
붙이는 건 선수잖아."

역시 그건가⋯⋯. 이케무라 아키호 살해사건으로는 더
이상 히라야마에게 죄를 물을 수 없다. 하지만 다카기 유
카 살해사건으로 히라야마가 유죄판결을 받는다면, 본인
이 아무리 부정하고 재심에서 무죄판결이 나왔다 해도 누
구든 히라야마를 연쇄유괴살해사건의 범인으로 볼 것이다.
이것이 이 녀석이 바라는 악마의 거래다. 대체 이 무슨 돼
먹지 않은 생각이람.

"아리모리 씨, 당신의 현명한 판단을 기대할게."

히라야마 말고 괴물이 또 하나 있었단 말인가. 히라야마는 원래 이케무라 아키호 살해사건에 비해 다카기 유카 실종사건에서는 혐의가 짙지 않았다. 가와타의 증언 말고는 달리 증거가 없었고, 히라야마가 사건이 발생한 지역의 지리에 밝지 않았다는 것도 이유 중 하나였다. 따라서 두 사건을 결부시킨 논리는 10킬로도 안 되는 권내에 악마가 둘이나 있을 리 없다는 확률론에 불과하다. 히라야마 외에도 범인이 한 명 더 있을 가능성을 진지하게 검토하지 않은 탓에 사건이 복잡해졌는지도 모른다.

하지만 한편으로 아리모리의 내면에서 괴물이 울부짖고 있었다. 본의는 아니지만 히라야마를 몰아세울 방법은 이것밖에 없다고. 아니, 안 된다. 다카기 유카를 살해했다는 죄를 뒤집어씌워서 히라야마를 붙잡은들, 두 눈 뻔히 뜨고 다른 괴물을 놓아주는 셈이다. 그럴 수는 없다.

아리모리는 밤하늘을 향해 악을 썼다. 그 절규를 무시하듯 이름도 모르는 새의 울음소리가 아야가와의 산속에 울려 퍼졌다.

5장  완전 무죄

1

박수 소리가 강연장에 넘쳐나는 가운데, 온화하게 생긴 남자가 단상에 올랐다.

다카마쓰항 근처에 자리한 렉잠 홀은 히라야마의 강연을 듣기 위해 모인 사람으로 가득했다. 원죄의 무서움에 대해 생각하는 모임 외에도 대학교수와 작가 등이 참석했다. 사회자는 구마가 맡았다. 히라야마 혼자서는 말을 잘 하지 못한다는 이유로, 대화 형식의 강연이다. 사람들은 흥미진진하게 귀를 기울였다.

"제일 괴로웠던 일은 뭔가요?"

구마의 질문에 히라야마는 한숨을 섞어서 답했다.

"글쎄요, 한마디로 답하기는 어렵지만…… 제가 무고하다는 사실을 믿어주지 않았다는 걸까요."

음음, 하고 구마는 고개를 몇 번 끄덕였다.

"심각한 문제로군요. 지금 히라야마 씨는 무고하다는 사실을 믿어주지 않았다고 과거형으로 말씀하셨습니다. 하지만 안타깝게도 편견은 지금도 남아 있습니다. 확실히 무죄라는 결과가 나왔고 매스컴에서도 여러모로 애쓰고 있지만, 여전히 그건 경찰의 수사상 실수에 지나지 않는다, 범인은 너다라는 식의 분별없는 의견이 저희 법률사무소에 날아들기도 합니다."

구마는 원죄가 사람들이 생각하는 것보다 더욱 심각하게 피해자의 인생을 파괴한다고 설명했다. 히라야마도 말을 이어받아 취조 때 어떤 취급을 받았는지 이야기했다. 더듬거리기는 했지만 현실감 넘치는 이야기에 사람들은 빨려들었다.

"그만큼 괴로우셨으니 앞으로는 행복해지셔야죠. 결혼하시는 건 어떠세요?"

"아니요, 그건 뭐라고 할까요."

누군가 옛날 방식으로 휘파람을 불어서 놀리자 강연장은 웃음에 휩싸였다.

두 사람의 이야기를 들으며 지사는 앞으로 어떻게 해야

할지 생각했다. 솔직히 사면초가 상태였다. 그날 히라야마의 집에서 돌아온 후, 지사는 열이 나서 사흘이나 드러누웠다. 몸을 추스르고 나서 돌이켜 보자 히라야마에게 왔다는 발송인 불명의 편지에 대해 좀 더 자세히 물어보지 못한 게 후회스러웠다. 그 후로는 히라야마와 이야기할 기회가 없어서 궁금증을 해소하지 못했다.

지사가 히라야마에게 품은 마음은 조금 달라졌다. 여전히 수수께끼는 남아 있지만 히라야마를 믿고 싶다는 마음이 강해졌다. 어쩌면 누군가가 히라야마를 다시 범인으로 몰려는 것 아닐까. 그렇다면 그 누군가는 분명 진범이다.

아직 강연 중이지만 가만히 있을 수가 없어서 지사는 강연장을 빠져나왔다.

히라야마가 무죄판결을 받았으니 아야가와강 사건은 미결 사건으로 분류된다. 지금까지는 어떤 의미에서 히라야마가 진범을 지켜주는 방패 역할을 했다. 하지만 이제 그 강력한 방패가 사라졌다. 이건 진범에게 큰 압력으로 다가온다. 어떻게든 의혹을 다른 사람에게 돌리고 싶어 해도 이상할 것 없다.

차에 올라탄 지사는 원점으로 돌아가고자 마루가메시로 향했다.

축제가 열렸던 공원. 여기서 자신의 21년이 시작됐다.

한복판에 망대가 세워지고, 주변에는 노점이 차려졌다. 〈아라레짱 선창〉♦이 흐르는 가운데, 지사는 연노란색 유카타 차림으로 〈미소녀 전사 세일러 문〉의 꼬마 세라 가면을 쓰고 춤췄다.

주민회장 아저씨 심부름으로 술집 아저씨에게 맥주를 배달해달라고 말하러 갔다. 공원 근처 술집으로 가는 길에 있는 전신주에 낡은 교통안전 포스터가 붙어 있었다. 이 전신주를 지나친 순간부터 기억이 사라졌다. 어른이 되고 나서야 여기에 다시 올 수 있게 되었다.

도로로 뛰쳐나오는 어린이를 주의하라는 간판 옆을 오른쪽으로 돌자 커다란 3층 집이 있었다. 자동차 정비 회사를 경영하는 당시 주민회장의 집이다.

재심 청구심 전에도 다른 사람에게 축제 당시의 이야기를 들었지만, 그는 집을 비운 탓에 아직 이야기를 듣지 못했다. 초인종을 누르자 일흔 살 안팎의 남자가 나왔다. 매실절임을 한입 가득 먹은 것처럼 찌푸린 얼굴이다.

"오, 지사 아니냐. 어쩐 일이니."

"회장님, 여쭙고 싶은 게 있어서요."

이제는 주민회장이 아니지만 주민회장으로 오래 있었기

♦　일본 애니메이션 〈닥터 슬럼프〉의 여름 한정 엔딩곡.

때문에 아직도 회장님으로 불린다. 회장은 서서 이야기하기도 뭣하다면서 지사를 거실로 안내했다. 부인이 호지차와 과자를 가지고 왔다. 전에 왔을 때는 아들 부부 집에 놀러 갔었다고 한다.

"단도직입적으로 여쭐게요."

지사가 선언하자 회장은 눈을 깜빡였다.

"21년 전에 제가 유괴당했을 때, 수상한 남자 못 보셨어요?"

예상한 질문이었는지 회장은 역시나, 라는 표정을 지으며 씁쓸하게 고개를 몇 번 끄덕였다.

"정말 미안하구나. 내가 맥주를 부탁하는 바람에."

"그건 이제 괜찮아요, 진짜로요. 그보다 그때 수상한 남자가 있었던 건 모르셨어요?"

회장은 호지차를 홀짝였다. 있었지, 라는 말이 작게 흘러나왔다.

"정말이세요?"

"있었어. 몸을 감추듯이 서서 축제를 보던 남자가."

회장은 그때는 별로 신경 쓰지 않다가 지사가 유괴된 후에야 이상하다고 생각했다는 모양이다. 그 사실을 몇 번이나 사과했다.

"이제 괜찮아요. 그것보다 어떤 남자였나요?"

"조그마한 놈이었지."

예전에도 들은 정보다. 몸집이 작은 남자. 하지만 거기서부터 진전이 없다. 지사는 남자의 특징을 물어보았지만 회장도 얼굴까지는 기억하지 못하는 것 같았다. 결국 이 정보는 여기서 멈춘다. 몸집이 작은 남자라는 것만으로는 속수무책이다.

"그러고 보니 뜻밖에도 경찰 관계자가 어제 이야기를 들으러 왔어."

회장은 다시 호지차를 마셨다. 그런가. 경찰도 지사가 유괴된 사건을 이제 와서야 다시 조사해주는 건가.

"왜, 큰 화제가 됐던 아리모리라는 전직 형사 말이야."

"어, 그 사람이."

예상치도 못한 이름이었다. 지사는 아랫입술에 엄지손가락을 대고 생각했다. 아리모리는 지금도 히라야마가 범인이라고 생각한다. 텔레비전에서 그렇게 말했다. 혹시 지사가 유괴된 사건의 범인이라고 히라야마를 다시 몰아세우려고 하는 걸까. 아니다, 미성년자 약취 및 유괴죄의 공소시효는 5년. 이미 죄를 물을 수 없다.

아리모리는 무슨 생각으로 이 사건에 고개를 들이민 걸까. 그만큼 비난이 거세니만큼, 보통 같으면 폭풍이 지나가기를 가만히 기다리며 여생을 보낼 텐데, 이렇게 물어보고 다니다니 집념이 여간 아니다. 히라야마가 범인임을 증명하기 위해 목숨을 건 것이다.

그를 만나자. 지사는 그렇게 마음먹고 차에 올라탔다. 아리모리와는 분명 근본적인 부분에서 통하는 구석이 있다. 진실을 밝히려는 강한 의지가 두 사람에게 공통으로 존재한다.

이윽고 차가 아리모리의 집에 도착했다.

하지만 전에 왔을 때와는 집이 딴판으로 변해 있었다. 유리창이 깨졌고, 페인트볼을 던졌는지 벽이 색색으로 물들었다. 사람이 사는 기척은 없었다.

"아아, 아리모리 씨. 이사 간 것 같던데."

옆집에 사는 노부부가 방울토마토를 따면서 알려주었다.

"어디로 이사 갔는지는 모르세요?"

"몰라, 미안해."

매스컴과 장난치는 사람들에게서 달아난 것이다. 새 주소를 남에게 알려줬을 리 없다. 틀렸나……. 전화번호도 분명 바꾸었으리라.

차로 돌아왔을 때 스마트폰에 연락이 왔다.

"여보세요, 마쓰오카 씨 되십니까?"

"네, 그런데요."

경찰이었다.

"히라야마 사토시 씨가 어디 계신지 아십니까? 사정을 들으러 갔었는데 안 계신 것 같더라고요. 법률사무소에 연락해서 물어봐도 모른다고 하시던데요."

아야가와정에 있는 괴물의 집에 관련된 일로 찾아간 걸까. 혹시 뭔가 알아낸 걸까. 히라야마는 오전에 다카마쓰에서 강연을 했지만, 오후 일정은 모른다.

"혹시 그 집에서 뭔가가 나왔나요?"

"어? 뉴스 안 보셨습니까?"

형사의 말에 지사는 내비게이션으로 텔레비전을 틀었다. 모든 방송국에서 뉴스를 방영 중이었고, 산속에서 21년 만에 시신이 발견됐다는 자막이 떴다. 지사는 침을 꿀꺽 삼켰다.

"문을 닫은 절의 오래된 우물에서 백골 시체가 발견됐습니다. 사람이 좀처럼 발걸음을 하지 않는 곳인데요."

형사의 목소리와 뉴스 소리가 겹쳐서 들렸다. 그 이상의 자세한 정보는 아직 불확실하지만, 시신은 다카기 유카의 것으로 확인됐다는 모양이다. 얼마 전에 찾아간 다카기 씨 부부의 얼굴이 떠올랐다.

뭐지, 이건? 왜 이제 와서…….

수수께끼뿐이지만, 지금 좀 더 생각해야 하는 것은 경찰이 전화를 건 이유다. 다카기 유카의 시신이 나왔다면 경찰은 이번에야말로 실종사건이 아니라, 유괴살해사건으로서 철저하게 수사에 나서리라. 그런 상황에서 히라야마를 찾는다는 건⋯⋯.

"설마 히라야마 씨를 의심하는 건가요?"

부정하는 목소리는 들리지 않았다.

"시신에서 머리카락이 발견됐습니다. 모근까지 완벽하게 남아 있었는데요. DNA가 히라야마 사토시의 DNA와 일치했습니다."

"그럴 수가⋯⋯."

스마트폰을 든 손이 바들바들 떨렸다. 형사의 말이 잠시 머리에 들어오지 않았다. 지사는 간신히 마음을 다잡고 스마트폰을 꽉 움켜쥐었다.

"히라야마 사토시가 어디 있는지 알면 바로 연락해주시기 바랍니다."

형사는 마치 이쪽이 감추고 있다는 듯한 어조로 말하고 전화를 끊었다.

아직 손에 떨림이 남아 있었다. 믿기지가 않았다. 뭐가 어떻게 된 걸까. 텔레비전과 인터넷으로 안간힘을 다해 정보를 모았다. 아무래도 누군가의 신고로 시신이 발견된 모양이다. 하지만 그 외에 특별한 정보는 없었다.

신고자는 누구일까. 어떻게 지금 이 시기에 시신을 찾아낼

수 있었던 걸까. 이 상황에서는 모르겠다. 히라야마의 휴대
전화에 연락했지만 연결되지 않았다.

"일단 상의해봐야겠어."

지사는 혼란스러운 기분으로 차를 몰고 마루가메시로
향했다.

아니나 다를까 가가와 제2법률사무소 앞에는 많은 보도
진이 진을 치고 있었다.

이래서는 히라야마의 집에 가도 다를 바 없으리라. 지사
는 보도진에게 들키지 않도록 구마에게 연락을 취해 교외
에 있는 카페에서 만나기로 했다.

먼저 도착해 진저에일을 마시며 기다리고 있자니 10분
쯤 후에 구마가 커다란 몸을 흔들며 나타났다. 카페를 두
리번두리번 살피기에 지사는 손을 흔들었다.

"이게 웬 날벼락이람."

구마는 땀을 닦고 나서 아이스커피를 주문했다. 사무소
에 경찰뿐만 아니라 보도 관계자의 문의가 쇄도해서 전화
가 폭발하기 직전이라고 한다.

"일단 사무원들에게 맡기고 왔지만, 금방 돌아가서 내가
대응해야 해."

"히라야마 씨의 DNA 정보가 매스컴에는?"

"아직 정식 발표는 없어."

역시 그런가. 지금은 경찰도 일을 신중하게 진행하고 있겠지만, 정식으로 발표되면 벌집을 쑤신 것처럼 소란스러워질 것이다. 재심에서 무죄판결을 받은 사람이 다른 살인사건으로 체포된다면 혼란은 수습할 길이 없다.

"그런데 히라야마 씨는 왜 없어진 걸까. 강연을 마치고 점심을 같이 먹자고 했는데, 집에 가겠다며 바로 돌아갔거든. 지사도 모르지?"

벌써 몇 번이나 히라야마에게 전화를 걸었는지 모른다. 지사도 알고 싶어 죽을 지경이다. 지사는 고개를 크게 끄덕였다.

"그런데 이상한 일이 있기는 했어요."

"이상한 일?"

잠자코 있을 수는 없어서 지사는 히라야마가 괴물의 집에 갔다는 사실을 밝혔다. 깜짝 놀란 구마는 왜 말해주지 않았느냐며 섭섭한 표정을 지었다. 요전에 전화했을 때도 걱정해주었는데……. 마음이 뜨끔하니 아팠다.

"죄송해요."

아이스커피가 나오자 구마는 단숨에 절반도 넘게 마셨다. 조금 진정됐는지 괜찮아, 하고 말했다.

"하지만 솔직히 의욕이 꺾일 것 같아. 나도 히라야마 씨가 범인이 아니라고 믿고 싸워왔어. 그런데……."

구마가 머리를 끌어안았다. 지사도 충격이었다. 하지만
잘 생각해보면 희한하다. 경찰 말로는 머리카락에 모근이
남아 있었다고 한다. 21년 전, 이케무라 아키호 살해사건
때와 동일한 패턴이다. 혹시 이번에도……. 그러나 눈앞
의 현실에서 도피할 수는 없다.

"히라야마 씨는 어디로 갔을까."

다카기 유카의 시신이 나오고 자취를 감췄다면, 어떻게
봐도 완벽한 증거가 나와서 도망친 것처럼 느껴지기 마련
이다.

"일단 사무소로 돌아갈게. 대응은 내가 맡을 테니까 넌
히라야마 씨를 찾아봐."

구마는 천 엔짜리 지폐를 놓아두고 카페에서 나갔다.

지사는 계산을 마치고 차 운전대를 잡았다. 정말이지 히
라야마는 어디로 간 걸까. 다만 히라야마는 드라이브를 좋
아하니까 아무것도 모르고 어디서 드라이브를 하고 있을
가능성도 있다.

지사는 히라야마의 휴대전화에 다시 연락했다. 하지만
연결되지 않았다. 전원을 끈 듯했다. 어쩔 수 없이 예전에
미행했을 때 갔던 지치부가하마 해수욕장으로 향했다. 하
지만 아무리 찾아도 히라야마의 모습은 없었다.

해수욕장에 온 젊은이들이 스마트폰을 들고 수군거리고 있었다.

"히라야마가 행방불명됐대."

"정말? 반전 한번 끝내주네. 경찰의 대역전이야."

지사는 눈을 돌렸다. 아무래도 이미 누구나 다 알 만큼 정보가 퍼진 모양이다.

"아야가와강 사건의 범인 역시 히라야마겠지."

그렇게 생각해도 할 말이 없다. 이러다 히라야마가 자살이라도 한다면 연쇄유괴살해사건은 전부 히라야마가 벌인 짓으로 여겨지리라. 재심에서 무죄를 얻어낸 지사와 가가와 제2법률사무소, 페어튼 법률사무소도 궁지에 몰린다.

그나저나 자살이라는 말이 머리에 떠올라서 깜짝 놀랐다. 히라야마가 자취를 감춘 건, 달아나기 위해서가 아니라 절망에 빠져 죽음을 택하기 위해서인지도 모른다. 아니면 누군가에게 살해당했다……. 그건 분명 최악의 시나리오다. 진실이 밝혀지지 않은 채 모든 것이 은폐된다. 히라야마가 범인이었을 거라는 결말로 막이 내리고 마는 것이다.

안 된다. 그렇게 되도록 놔둘 수는 없다.

지치부가하마 해수욕장을 나선 지사는 히라야마가 갈 만한 곳을 찾아서 돌아다녔다. 설마하면서도 아야가와정에 가서 괴물의 집도 확인했지만 히라야마는 없었다.

밤의 장막이 내린 후에도 히라야마는 모습을 나타내지 않았다.

그 후로도 수없이 히라야마에게 전화를 걸었지만 스마트폰 전원은 여전히 꺼진 상태였다. 오후 11시가 지났다. 홀쩍 드라이브를 나섰다는 변명은 통하지 않을 시간대가 됐다.

스마트폰에 연락이 왔다.

히라야마인가 싶어 화면을 확인했지만 등록되지 않은 전화번호였다. 매스컴 관계자에게는 전화번호를 알려주지 않았다. 누구일까.

"마쓰오카 씨 전화 맞습니까."

어디서 들어본 적 있는 목소리였다.

"아리모리 요시오입니다."

예상치 못한 상대의 전화였다. 워낙 급박한 상황이라 잊어버리고 있었는데, 오늘 아리모리의 집에도 갔었다. 그러고 보니 예전에 일방적으로 찾아갔을 때 명함을 두고 왔다.

"히라야마 일로 전화드렸습니다. 직접 만나서 드리고 싶은 말씀이 있어서요."

"저도요. 이야기를 나누고 싶었어요."

"네? 그런가요?"

내일 저녁에 지사의 부모님이 운영하는 '달마당'에서 만나기로 약속하고 통화를 마쳤다.

아리모리가 전화를 걸다니 무슨 꿍꿍이일까. 설마 형세가 역전된 걸 자랑하고 싶은 마음은 아닐 것이다. 아리모리는 지사가 모르는 정보를 가지고 있을지도 모른다. 아리모리 또한 지사에게 뭔가 얻고 싶은 것이 있을 터. 그는 위법수사를 자행한 몹쓸 형사이기는 했지만, 진실을 밝히고 싶다는 심정은 다르지 않을 것이다. 아리모리를 믿고 싶었다.

이동하는 내내 히라야마가 머릿속을 떠날 줄 몰랐다.

오카야마 교도소에서 진심을 털어놓았을 때, 히라야마의 눈은 진실을 말하는 것처럼 보였다. 요전에도 그렇게 생각했다. 그런데 그게 전부 거짓말이었단 말인가. 지사는 판단이 서지 않았다.

지금은 그저 하라야마가 살아 있기만을 바랐다.

2

시속 50킬로를 유지하며 달렸다.

지사를 만나러 가는 길에 조금이라도 더 정보를 얻으려고 라디오를 켰다. 다카기 유카의 백골 시체가 문 닫은 절의 우물에서 발견됐으며, 행방을 감춘 히라야마는 아직 발견되지 않은 모양이다.

다카기 유카의 백골 시체가 발견됐다는 뉴스가 방송된 후 손바닥을 뒤집은 것처럼 아리모리에게 연락이 쏟아졌다. 대강 간추리면 아리모리가 옳았다는 내용이다. 하지만 아리모리에게 그것 보라고 으스댈 마음은 전혀 없었다.

전화를 건 수상한 인물은 다카기 유카의 시신에 히라야마의 머리카락을 붙여놓으라고 아리모리에게 제안했다. 그 후로 아리모리는 고민에 빠졌다. 제안을 받아들이면 히라야마는 궁지에 몰릴 것이다. 죽인 게 이케무라 아키호든 다카기 유카든 마찬가지 아니냐는 말에는 마력이 있었다.

하지만 결국 아리모리는 제안을 받아들이지 않았다.

순수한 정의감에서 비롯된 결심은 아니다. 히라야마를 붙잡고 싶다는 마음은 흔들리지 않았다. 그러기 위해서 어떤 일이라도 하겠다는 마음도 변함없었다. 하지만……

전부 히라야마가 아니라 전화를 건 인물이 저지른 짓일지도 모른다.

다카기 유카를 죽인 것도, 이케무라 아키호를 죽인 것도, 마쓰오카 지사를 유괴한 것도…… 히라야마가 범인이라 믿어 의심치 않았다. 그런데 어쩌면, 이라는 의심이 마음속에 싹텄다. 그렇다면 놈에게 놀아나서는 안 된다. 자신은 넘어서는 안 될 선을 넘은 실격 형사이기는 하지만, 궁지까지 팔아치운 기억은 없다. 아리모리는 평생 진실만을 향한 마음으로 살아왔다.

시신을 찾았다고 경찰에게 알릴까 싶었지만, 그전에 시체가 발견됐다는 뉴스가 나왔다. 아리모리가 유혹에 넘어가지 않자 전화를 건 인물이 하는 수 없이 스스로 히라야마의 머리카락을 놓아두는 길을 선택한 것이다. 여기서 알수 있는 사실이 있다. 전화를 건 인물이 히라야마의 머리카락을 입수할 수 있는 입장이라는 사실이다. 저절로 탈락된 머리카락은 일단 DNA 감정 대상에서 제외된다. 아야가와강 사건의 증거로 채택된 차량 내부의 머리카락과 동일한 이치다. 그렇다면 히라야마의 머리에서 직접 뽑은 셈이다. 그럴 수 있는 사람이 얼마나 될까. 분명 범위를 줄일수 있다.

히라야마가 자취를 감춘 이유……. 그건 잘 모르겠다. 도주는 하책이다. 죄를 인정하는 거나 마찬가지다. 아니면 절망에 빠져 자살하려는 걸까. 하지만 만약 진범이 따로 있다면, 히라야마는 어째서 자취를 감춘 걸까. 만약 진범이 살해했다면 그건 진범에게 자살행위다. 히라야마의 시신이 백 퍼센트 발견되지 않을 자신이 있는 걸까.

정보가 좀 더 필요하다. 덧붙여 히라야마의 머리카락을 입수할 수 있는 사람의 범위를 줄여서 정보를 엄선해야 한다. 히라야마와 가까운 인물, 당연히 그를 변호한 사람이

제일 먼저 떠올랐다.

상의하기에 적합한 사람은 그 아이밖에 없다.

아리모리는 망설인 끝에 마쓰오카 지사에게 연락을 하기로 했다. 어마어마한 사태가 벌어지는 바람에 지사는 지금 엄청난 혼란에 빠졌을 것이다. 지사가 도주시켰다고는 볼 수 없다. 히라야마가 이대로 영원히 사라지면, 사람들은 분명 그를 모든 사건의 범인으로 생각할 것이다. 지사가 그걸 바랄 리 없다. 그렇다면 서로 협력이 가능하다.

마루가메시에 진입하자 내비게이션이 앞으로 5분 후에 도착한다고 알렸다.

"옛날 생각이 나는군."

지사와는 '달마당'에서 만나기로 했다.

21년 만이지만 초승달 마크가 있는 우동집은 기억났다. 그렇게 큰 가게는 아니지만 유괴사건이 일어났던 당시에 이야기를 들으러 가서 우동을 먹었다. 맛은 기억나지 않는다. 특별히 좋지도 나쁘지도 않았던 모양이다.

정기 휴일은 아닌지 임시 휴업이라는 종이가 붙어 있었다. 아무래도 다카기 유카의 시신이 발견된 후 매스컴의 취재가 쇄도한 모양이다. 주변을 둘러보고 아무도 없다는 걸 확인하고 나서 가게로 다가갔다.

문은 잠겨 있지 않았다. 출입문을 열자 안쪽 자리에 정장 차림의 지사가 소녀처럼 앙증맞게 앉아서 자료를 읽고 있었다.

아리모리가 들어가자 지사는 매달리는 듯한 눈빛으로 올려다보았다.

"바쁠 텐데 만나줘서 고맙습니다."

"아니에요. 재심 후로 처음 뵙는군요. 부모님은 지금 안쪽 방에 계세요. 여기에는 아무도 안 올 거예요."

"그런가요. 그럼."

아리모리가 자리에 앉자 지사는 출입문을 잠그고 찻잔에 차를 따라서 가져왔다. 입만 살짝 댄 후 거두절미하고 본론으로 들어갔다.

"마쓰오카 씨, 만나달라고 부탁한 입장이니 제가 알고 있는 사실부터 전부 말씀드리겠습니다."

아리모리는 수상한 인물이 건 전화에 대해 숨김없이 털어놓았다. 지사는 눈을 동그랗게 뜨고 놀랐다.

"믿기지 않으시겠지만, 사실입니다."

"아니요, 아리모리 씨, 믿어요. 역시 일련의 유괴사건의 진범은 따로 있었군요."

그건 아직 모른다. 다카기 유카 유괴살해사건의 진범은 분명 전화를 건 인물이리라. 범인이 아니라면 시신이 어디 있는지 알 리가 없다. 하지만 이케무라 아키호 유괴살해사건과 마쓰오카 지사 유괴사건의 진범은 누구인지 아직 확실치 않다.

"아리모리 씨, 이건 분명 동일범의 소행이에요."

지사는 자신 있게 단언했다. 어디서 그런 자신감이 나오나 싶었는데, 지사가 놀랄 만한 이야기를 들려주었다. 히라야마는 지사가 감금됐던 집으로 유인당했다고 한다. 지사는 그 집을 괴물의 집이라고 불렀다. 얼핏 듣기에는 수상하게 느껴지지만 아리모리는 그렇게 생각하지 않았다. 아리모리 본인도 익명의 인물에게 전화를 받았기 때문이다.

"저는 아야가와강 사건을 맡은 후로 세 사건은 연결돼 있다고 믿고 조사해왔어요. 재심 후에도 제가 유괴된 사건을 철저히 조사하면 다른 두 건의 진상으로도 이어질 거라는 생각은 변함없었고요."

지사는 글씨가 빼곡하게 들어찬 공책을 내밀었다.

거기에는 일련의 사건에 대해 지사가 면밀하게 조사한 정보가 적혀 있었다. 지사가 유괴됐을 때 목격된 수상한 인물은 몸집이 작은 남자라는 대목이 눈에 들어왔다. 확실히 당시에 수사할 때도 그런 증언이 나왔다. 엄청난 정보량이었다. 혼자서 용케 이만큼이나 조사했구나 싶었다. 어지간한 집념으로는 불가능하리라. 과연 자기 혼자 힘으로 괴물의 집에서 탈출한 사람답다.

하지만 그렇게 감탄하기에 앞서 아리모리의 생각은 다른 방향으로 향했다. 히라야마를 불러낸 인물과 아리모리에게 전화한 인물은 분명 동일인이다. 대체 누구일까.

"누가 히라야마의 머리카락을 입수할 수 있을지, 짐작 가는 구석은 없습니까?"

몇 초 후 지사는 작게 입을 벌린 채 잠깐 굳어버렸다.

"설마 그때……."

설명을 요구하자 지사는 자세하게 대답했다. 도쿄에서 재심 무죄판결을 축하하는 파티가 열렸을 때, 이상한 여자가 히라야마에게 덤벼들었다고 한다. 그때 지사는 머리끄덩이를 쥐어뜯겨서 아파하는 히라야마를 보았다. 일상생활에서 머리카락이 모근과 함께 뽑힐 일은 좀처럼 없다. 물론 이것만으로 수상한 인물을 찾아냈다고 보는 건 성급한 판단이지만, 그 여자를 포함해 당시 파티장에 있었던 인물일 가능성이 있다. 조사해볼 가치는 있을 듯했다.

"파티 참석자는 알아낼 수 있겠군요."

"네, 명부가 있으니까요. 나중에 조사해서 연락드릴게요."

아리모리는 지사를 바라보며 죽은 딸을 떠올렸다. 살아 있으면 지사보다 나이를 먹었으리라. 결혼하는 모습을 보고 눈물깨나 쏟았으려나. 어째선지 그런 생각이 머리를 스쳤다.

"아리모리 씨, 듣고 계세요?"

지사의 말에 미안하다며 고개를 들었다.

"못 들었습니다. 한 번 더 부탁드립니다."

"제게 연락하신 이유요. 그렇게나 완고하게 히라야마 사토시가 범인이라고 믿으셨는데, 지금은 이렇게 모든 걸 밝히셨죠. 만약 아리모리 씨가 그저 전직 형사라는 체면에 연연하는 분이라면 전화 상대의 제안을 받아들여 증거를 날조하든가, 하다못해 아무것도 모르는 척할 수도 있잖아요? 이렇게 제게 협력해주시는 이유가 궁금해요. 제 생각에는 아리모리 씨가 실은 정의감 있는 형사였기 때문인 것 같은데요."

아리모리는 그건 아니라며 씁쓸하게 웃었다.

"악마에게 혼을 팔기 직전이었습니다."

그 전화를 받고 마음이 움직이지 않은 건 아니다. 히라야마를 붙잡을 수만 있다면 다카기 유카 살해사건을 뒤집어씌워도 상관없다는 심정이었다. 다카기 유카를 죽인 진범을 풀어주는 셈이지만, 그자는 자신이 찾아내서 직접 없애면 된다는 생각까지 했었다. 지금 돌이켜 보면 미친 생각이다. 완전히 정신이 나갔었다.

"마쓰오카 씨, 히라야마가 어디에 있을지 모르시겠죠?"

지사는 네, 하고 고개를 끄덕였다. 경찰도 수없이 물어보

왔을 것이다. 지사는 단순한 변호인이 아니다. 유괴사건의 피해자이기도 하다. 나이는 아리모리의 절반도 되지 않지만, 분명 지금까지 용기 있고 꿋꿋하게 살아왔으리라. 이 대답은 결코 거짓말이 아닐 것이다.

"무서운 건 입막음이에요."

지사의 말에 아리모리는 묵묵히 고개를 끄덕였다. 동의한다. 다카기 유카를 죽인 진범에게 히라야마의 행방불명은 환영할 만한 상황이다. 히라야마를 죽이고 시신이 발견되지 않도록 처리하면, 또는 시신이 없어도 히라야마가 자살한 것처럼 꾸밀 수 있으면 영원히 자유를 얻는다.

히라야마의 행방은 지사도 전혀 모르는 듯하다. 그 후로 두 사람의 대화는 히라야마의 됨됨이 쪽으로 흘러갔다. 지사는 의외의 이야기를 꺼내놓았다.

히라야마는 잡역부 시절에 학생들에게 애정을 품고 일했다는 것, 지사를 걱정해서 배려 넘치는 말을 해준 것, 그리고 히라야마가 동생을 끔찍이 아끼는 오빠였다는 것……. 사건과는 관계없는 듯했지만, 히라야마에 관해 몰랐던 사실이 많았다.

"이제 와서 아리모리 씨를 책망한들 무슨 소용이겠냐마는, 히라야마 씨는 여동생의 죽음에 충격을 받고 자백했다……. 그건 사실이잖아요. 그렇게나 아꼈으니까요."

그럴지도 모른다. 이제는 아리모리도 그런 생각이 들었다. 자신이 21년 전에 만들어낸 히라야마 사토시의 인상은 실상과는 완전히 동떨어진 일방적인 것이었을지도 모른다. 이런 이야기는 재판에서 아무 증거도 되지 않겠지만, 어째선지 지금은 가슴에 와닿았다.

　두 사람은 잠시 더 이야기를 나누었다.

　"그럼 마쓰오카 씨, 무슨 일 있으면."

　"네, 바로 연락드릴게요."

　아리모리는 '달마당'을 나서서 차에 올라탔다.

　큰맘 먹고 연락하길 잘했다. 지사가 감금됐던 집에 히라야마가 갔었다는 정보는 의외였다. 무엇보다 이렇게 서로 협력할 수 있는 동료가 생겼다는 것이 제일 큰 수확인지도 모른다.

　이제 지사가 히라야마의 머리카락을 입수할 수 있었던 인물을 파티 참석자 중에서 추려주기를 기다리는 수밖에 없으리라. 그것보다 문제는 히라야마의 행방이다.

　밖에는 이미 밤의 장막이 쳐져 있었다.

　운전대를 잡으며 새삼스레 생각했다. 나는 지금까지 히라야마라는 인간과 진심으로 마주한 적이 없었는지도 모른다. 범죄 피해자에게 감정을 이입하면 수사할 때 에너지가 생긴다. 하지만 그 에너지야말로 원죄를 일으키는 원천

일지도 모른다. 범인이 미운 나머지 판단력이 흐려지기 때문이다.

아야가와강 사건도 그렇지 않을까. 받아들이기 힘든 딸의 죽음을 가슴에 품고 살아온 탓에 이케무라 아키호와 자신의 딸을 동일시해 주체할 수 없는 분노를 히라야마에게 퍼부었는지도 모른다.

차로 아야가와 초등학교 앞까지 왔다.

하천부지에 차를 세웠다. 수사를 위해 몇 번이나 여기 왔을까. 히라야마에 대해서는 아주 많이 조사했다. 하지만 사건에 관련된 사항 말고, 히라야마가 체포되기 전에 요 부근에서 어떻게 생활하고 살아왔는지는 전혀 몰랐다.

아리모리는 아까 지사에게 들은 이야기를 떠올렸다. 히라야마가 지사에게 들려준 내용은 분명 꾸며낸 이야기는 아닐 것이다. 그런 일화 속에서 보이는 것은 마음씨 고운 남자의 모습이다. 자행된 죄악을 앞에 두고 히라야마라는 인물 자체를 고찰하는 건 무의미한 짓이라고 무시해왔다. 하지만 바로 그런 태도 때문에 원죄라는 거대한 죄가 생긴 걸까.

── 히라야마, 어디 있나?

아리모리는 차를 몰아 히라야마의 본가가 있었던 곳으로 향했다.

히라야마의 본가는 이미 흔적도 없이 사라졌다. 하지만

바로 근처에 공원이 있었다. 특별할 것 없는 작은 공원이다. 오래된 놀이기구는 없고, 안전을 배려한 시소와 미끄럼틀 등이 설치되어 있었다.

아마 당시 모습 그대로가 아니라 새로 단장한 것이리라. 아리모리는 아무도 없는 그네에 앉아 모래밭을 바라보았다. 30년도 더 지난 과거에 히라야마는 분명 여기서 여동생과 놀았을 것이다. 그로부터 십수 년 후에 소녀를 유괴해 살해한 범인으로 체포될 줄은 꿈에도 모르고.

틀렸다. 아무것도 모르겠다.

아리모리는 크게 한숨을 쉬고 고개를 내저었다.

히라야마 입장에서 생각하려 아무리 애써도 아무 소용 없었다. 갈 만한 곳은 이미 경찰이 혈안이 되어 조사했으리라. 아리모리가 할 수 있는 일은 아무것도 없다.

고개를 숙이고 있으니 휴대전화에 연락이 왔다.

지사일까.

하지만 화면을 확인하자 공중전화에서 걸려온 전화였다.

설마 그자가……. 아리모리는 눈을 깜빡였다. 얼른 휴대전화를 펼치고 통화 버튼에 천천히 손가락을 뻗었다. 동시에 통화 녹음 버튼을 눌렀다.

"……네."

"아리모리 씨, 오랜만이로군."

귀에 거슬리는 기계 같은 목소리가 들렸다. 정말로 녀석인가. 지금 같은 상황에서 전화를 걸 줄은 예상도 못 했다. 아리모리는 이 녀석의 제안을 받아들이지 않았다. 히라야마에게 죄를 뒤집어씌울 수는 없었다. 이제 와서 아리모리에게 볼일은 없을 텐데.

"빨리 자수해."

아리모리는 감정을 억누르며 타일렀다. 하지만 상대는 당연히 응할 리 없다. 이야기를 끌면서 말투의 특징으로 어떤 인물인지 알아내려는 작전이다. 만난 적 있는 사람일까. 아니면 생각지도 못한 인물일까. 다만 아리모리가 제안을 받아들이지 않았음에도 그렇게 화가 난 것 같지는 않았다.

"그러길 바라나."

아리모리는 뭐, 하고 속으로 중얼거렸다. 알면서 딴청을 부리는 건가. 모르겠다. 대체 이 녀석은 누구지. 히라야마를 살인범으로 만들고 싶을 뿐이라면 이제 충분하리라. 내게 전화한다고 무슨 이득이 있지? 아무리 목소리를 변조한들, 녹음한 목소리의 성문을 분석하면 증거로 활용할 수 있다. 이 녀석도 그 정도는 알 것이다. 자신에게 어지간한 이득이 없는 한 전화를 걸지 않을 것이다.

"히라야마가 어디 있는지 알고 싶지 않나."

뜬금없는 말에 아리모리는 대답을 망설였다.

"경찰이 혈안이 돼서 찾는데도 코빼기도 보이지 않는 상황이야. 당신이 찾아내서 붙잡으면 이번에야말로 명예를 완벽하게 회복할 수 있을 텐데."

아리모리는 휴대전화를 움켜쥔 채 어금니에 힘을 꽉 주었다. 그런 횡재 같은 이야기가 어디 있단 말인가. 대체 무슨 꿍꿍이속이지…….

"히라야마는 살아 있나."

제일 궁금했던 점을 물었다. 하지만 피식 웃는 소리가 들렸을 뿐 대답은 돌아오지 않았다.

역시 이 녀석이 뭘 노리는지 알 수가 없다. 히라야마가 죽었다면 시신은 발견되지 않는 편이 나을 것이다. 그렇다면 살아 있다는 뜻인가. 하지만 일고여덟 살 먹은 소녀라면 모를까, 성인 남성을 감금하기는 불가능에 가깝다. 그리고 그런 짓을 한들 무슨 의미가 있겠는가? 얼굴을 들켰다면 살려둘 이유가 없다.

"어떻게 할래? 시간은 별로 없어."

전화를 건 인물은 이쪽의 마음이 환히 들여다보인다는 듯이 짐짓 재촉했다. 아리모리는 생각이 중단됐다. 제기랄…….

"알았어. 알려줘."

힘없이 대답하자 통화 상대는 그래야지, 하고 만족스럽

게 대꾸했다. 아리모리가 메모를 할 테니 기다려달라고 시간을 끌자 그럴 필요 없다는 목소리가 들렸다.

"아야가와에 집이 한 채 있어……."

통화 상대는 히라야마가 어디 있는지 설명했다. 어디서 들어본 것 같더니만, 아까 지사가 이야기한 '괴물의 집'인 듯했다. 지사가 감금됐다던 집이다. 잘 모르겠다. 왜 히라야마가 그런 곳에.

"이제 당신 마음대로 해."

묻기 전에 전화가 끊겼다. 하지만 어차피 입맛에 안 맞는 질문에는 대답하지 않을 테니 이러나저러나 마찬가지다. 그것보다 어쩌면 좋지?

아니, 사실 답은 이미 나왔다.

아리모리는 키를 꽂고 내비게이션에 괴물의 집 주소를 입력한 후 차를 출발시켰다.

이제 잃을 것은 아무것도 없다. 녀석의 제안을 뿌리치고 이대로 손가락만 빨고 있느니, 앞에 뭐가 있든 나아가는 것이 낫다. 자신에게는 21년 전에 발생한 연쇄유괴사건의 결말을 마지막까지 지켜볼 의무가 있다. 아리모리는 괴물의 집으로 향했다.

내비게이션에 표시된 대로라면 아야가와정의 목적지까지 15분이면 도착한다. 그 짧은 시간 동안 요 21년간 있었던 모든 일이 아리모리의 머리를 스치고 지나갔다. 이케무라 아키호의 시신을 발견한 것, 적법하지 않은 취조로 히라야마에게 자백을 받아낸 것, 어른이 되어 나타난 마쓰오카 지사, 이마이의 배신, 그리고 수상한 전화를 거는 인물의 등장…… 분명 동일범이다. 세 건의 유괴사건은 한 악마의 소행이 틀림없다. 누구지? 그리고 이 녀석은 왜…….

휴대전화에 연락이 왔다. 마쓰오카 지사였다.

히라야마의 머리카락을 입수할 수 있었던 사람을 알아낸 걸까. 하지만 전화를 받으려고 했을 때 교차로의 신호가 파란불로 바뀌었다. 아리모리는 손을 뻗다 말고 멈췄다. 뭐, 됐다. 이제 뒤로 물러설 생각은 없다.

열 번, 스무 번, 휴대전화는 계속해서 울렸다.

무미건조한 벨 소리를 멜로디처럼 느끼며 아리모리는 괴물의 집을 향해 가속페달을 꾹 밟았다.

3

어두침침한 방에서 지사는 열심히 머리를 정리하고 있었다.

아리모리의 이야기는 놀랄 만한 내용이었다. 그의 말이

사실이라면, 전화를 건 인물이 바로 세 유괴사건의 범인이리라. 살인사건의 공소시효가 없어진 현재, 두 건의 유괴 살해를 저질렀으니 분명 사형을 받을 것이다.

게다가 다카기 유카의 시신과 함께 발견됐다는 히라야마의 머리카락은 21년 전부터 거기 있었던 것이 아니라, 누군가 일부러 놓아뒀을 가능성이 높다. 그리고 그런 짓을 할 만한 사람은 전화를 건 인물 말고 없다. 그건 아리모리와 대화를 나눌 때 일찌감치 확신했다.

히라야마의 머리카락을 입수할 수 있었던 인물을 추려내는 것도 타당한 방향이다 싶었다. 지사는 법률사무소로 가기 위해 차에 타려고 했다. 그런데 뒤에서 누가 말을 걸었다.

"시간이 이렇게 됐는데 또 일이야? 괜찮겠어? 벌써 며칠이나 잠을 제대로 못 잤잖니."

돌아보자 어머니였다. 아버지도 안쪽에서 얼굴만 내밀어 이쪽을 보고 있었다.

"너무 분발하려고 애쓸 것 없어. 몸부터 챙겨야지."

"알아."

"아빠도 엄마도 네가 낑낑대며 무리하는 게 보기가 딱해서 그래. 눈 부은 것 좀 봐. 핏발도 섰고……. 얘, 지사, 이제 됐어. 너무 무리하지 마. 다른 젊은 아이들처럼 놀기도 하고, 꾸미기도 하고, 좋아하는 일 하면서 즐겁게 살면 돼."

"안다니까."

지사는 딱 자르듯이 말했다. 여기까지 와서 돌아갈 수는 없다. 이제 자신의 트라우마를 극복한다거나 그런 차원의 일이 아니다. 히라야마와 아리모리, 죽은 이케무라 아키호와 다카기 유카. 자신은 수많은 사람들의 마음을 짊어지고 있다.

"지사, 듣고 있니?"

"나는 싸우고 싶어!"

"지사……."

어머니가 구슬픈 표정을 지었을 때, 스마트폰에 연락이 왔다. 미안, 엄마……. 지사는 속으로 사과했다.

"네, 마쓰오카입니다."

"지사, 조사해봤어."

잔뜩 들뜬 듯 높은 목소리가 들렸다. 구마에게 아까 아리모리에게 들은 이야기를 전화로 전달했다. 많이 놀란 듯했지만 히라야마가 또 누명을 썼을 가능성이 있다는 말을 듣고 희망의 등불이 켜진 모양이었다.

"참석자 중에 수상한 인물은 있었나요?"

"글쎄. 목록을 만들었는데 확인해볼래?"

"알겠어요. 금방 갈게요."

전화 때문에 어머니와의 대화가 중단됐다.

어머니는 더 이상 아무 말도 하지 않았다. 아버지는 뒤편에서 고개를 끄덕였다. 지사는 다녀오겠다고 밝게 말한 후 차에 올라타고 '달마당'을 뒤로했다.

가가와 제2법률사무소의 창문은 밝았다.

지사는 얼른 안으로 들어가 구마에게 이야기를 들었다. 파티에 난입한 여자 말고 다른 참석자는 전부 목록에 있었다.

지사는 목록을 들여다보았다. 가가와현 출신이 비교적 많았고, 모르는 이름도 다수였다.

"모르는 이름이 많은데, 수상한 사람이 있으려나."

구마가 물었다. 지사는 고개를 갸웃했다.

"굳이 고르자면 이 사람일까요. 히라야마 씨가 쓰러졌을 때 몸을 일으켜 주었으니까요."

"어, 그랬나?"

"이 사람은 물수건을 줬고요."

"우와, 기억력 좋다."

이 상태로는 시간이 제법 걸릴 것 같았다. 지사는 한숨을 쉬었지만 구마는 어쩐지 자신 있는 표정으로 보였다.

"구마 선배, 뭔가 짚이는 거라도 있어요?"

물어보자 구마는 고개를 끄덕였다.

"평범하게 생각하면 난입한 여자가 제일 수상하지. 그래서 조사해봤는데, 아무래도 아닌 것 같아."

구마는 후, 하고 길게 숨을 내쉬었다.

"내가 보기에는 이 남자가 수상해."

구마가 가리킨 곳을 보고 지사는 엇, 하고 작게 소리쳤다.

거기에는 이마이 다쿠야의 이름이 있었다. 확실히 이마
이에게는 어떤 의미에서 전과가 있다. 증거를 날조했고,
21년간 그 사실을 감추었다.

"이마이는 경험자니까. 날조의 프로야."

수법도 똑같다고 덧붙였다. 하지만 이마이의 고백이 없
었다면 히라야마는 지금도 지옥에서 빠져나오지 못했을
것이다. 자청해서 히라야마를 석방시켜놓고 다시 누명을
씌웠다면 그 이유는 뭘까. 전혀 모르겠다.

하지만 구마는 안다는 듯한 표정이었다.

"이마이는 돈에 쪼들리는 상황이야."

"돈에요? 그런가요?"

"응, 도박 중독이거든. 빚까지 내서 도박을 하다 불법 사
채업자에게 시달리는 중이지. 상당히 심각해서 신변도 위험
한가 보더라고."

구마 말에 따르면 이마이는 빚을 갚기 위해서라면 무슨
짓이라도 한다는 모양이다. 스스로 악당이 되어 책 출판과
강연으로 빚을 갚는다……. 믿기지 않는 이야기였다.

"실은 지금까지 잠자코 있었지만, 나도 그 일로 이마이에게 법률 상담을 해준 적이 있어. 이마이는 자기 욕망을 충족시키기 위해서라면 무슨 짓이라도 할 인간이라고 생각해."

책은 잘 팔리는 모양이지만, 방송과 강연 일은 뚝 끊겼다고 한다. 이마이는 원죄의 피해자가 아니라 가해자다. 세상 사람들은 가해자가 대중들 앞에 나서서 돈을 버는 걸 못마땅하게 여기므로 이마이는 여전히 돈에 쪼들린다는 모양이다.

"안타깝지만 성선설로는 이 세상을 헤쳐나갈 수 없어. 그런 게 통하는 건 극히 일부의 사람뿐이지. 살인에 관련된 성가신 문제로 변호사를 찾는 상담자는 괴물뿐이야."

재심 청구심 때 통곡하던 이마이가 떠올랐다. 지사는 그때 기뻤다. 필사적인 마음은 통한다고 느꼈기 때문이다. 그런데 그 절규가 모조리 연기였단 말인가. 머릿속에 떠오른 이마이의 머리가 투 블록에서 금발로 바뀌었다. 얼굴도 유아 추락 사건의 다무라 효가로 변했다.

하지만 이마이가 그런 괴물이라 해도, 그가 파티장에서 히라야마의 머리카락을 입수한 인물로 확정되는 것은 아니다.

"그 밖에도 이마이를 수상하게 여길 증거는 있나요?"

"아니, 딱히 없어. 소거법이지."

구마도 억측임을 인정했다. 구마가 아까까지 자신만만했던 표정을 잃고 침울한 목소리로 답하자 사무소에는 무거운 분위기가 감돌았다. 분명 히라야마의 실종 때문에 다들 지친 것이다.

역시 이마이가 수상하다고 단정할 수는 없으리라. 하나 확실한 사실만을 쫓는다면, 히라야마의 머리카락을 입수할 수 있는 사람은 파티 참석자밖에 없을 것 같았다. 그렇다면 이마이에게 주목하는 것은 자연스러울지도 모른다.

사무소에 잠시 침묵이 흘렀다. 지역 변호사회에서 기증한 낡은 시계의 초침이 움직이는 소리만 들렸다.

침묵을 깬 것은 구마였다. 뭔가 나지막하게 중얼거렸다.

"뭐라고요, 구마 선배?"

일부러 밝게 물었지만 조금 어색한 느낌이 들었다. 구마는 가타부타 말없이 미간에 주름을 잡았다.

"내내 하지 못한 말이 있어서."

구마는 어딘가 먼 곳을 바라보았다. 지사는 방구석으로 시선을 옮겼다. 하지 못한 말이라는 부분을 되뇌었다.

구마는 고개를 절레절레 흔들었다.

"아니야, 다음에 이야기하자. 미안."

"알았어요."

더는 물어볼 수도 없어서 지사는 물러섰다. 결국 머리카락을 입수할 수 있을 만한 사람이 누구인지는 여전히 오리무중이다. 그럴싸한 인물도 떠오르지 않았다.

지사는 다시 파티 참석자 목록을 들여다보았다. 아이우에오 순이라 아 행부터 한 명씩 살폈다. 아오키, 이시카와, 우치다……. 대부분 50대 이상의 모르는 사람이다. 지사는 자신의 추리를 더해보았다. 21년 전에 발생한 유괴사건 세 건이 동일범의 소행이고, 이번에 아리모리에게 전화를 했다면 어떻게 될까? 21년 전에 지사를 유괴했다면 어느 정도 나이가 있으리라. 몸집이 작은 인물이라는 증언이 옳다면 어느 정도는 범위를 좁힐 수 있다. 키는 모르겠지만, 단체사진과 대조하면 큰지 작은지 정도는 대강 구분이 간다.

아무리 생각해도 히라야마의 머리카락을 입수할 수 있는 사람은 파티 참석자일 가능성이 높다. 어쩌면 시신에 놓아둔 건 다른 사람일지도 모르지만, 적어도 놓아두라고 지시한 사람은 파티 참석자 가운데 있으리라.

가 행으로 넘어갔다. 가사이, 기시다, 구도……. 평범한 성씨가 많다. 그러다 눈을 끄는 한자에서 시선이 멈췄다.

── 내가 무슨 생각을 하는 거람…….

거기에는 구마 히로키라는 이름이 있었다. 구마는 덩치가 크다. 제일 먼저 후보자 목록에서 제외되는 사람이다. 하지만 문득 이런 생각이 들었다. 21년 전이면 구마는 아직 중학교 1학년생이다. 몸집이 작은 인물은 어른이 아니라 소년이었던 것 아닐까. 구마가 소년 시절에 지사를 유괴했고, 다른 두 아이도 유괴해 살해했다……. 그런 악마 같은 시나리오는 그려볼 수 없을까.

경찰도 미성년자는 염두에 두지 않았으리라. 범행에는 차가 필요했기 때문이다. 중학생이 차로 소녀 세 명을 차례차례 유괴해 괴물의 집에 감금해 죽였다는 건 비현실적이다. 하나 완전히 부정할 수는 없다. 이 사건 자체가 이미 비현실적인 양상을 띠고 있지 않은가. 무슨 일이 벌어져도 이상할 것 없다.

구마가 커피를 들고 왔다.

"마실래?"

무심코 뒷걸음쳤다. 말도 안 된다고 생각하지만 무릎이 저절로 떨렸다. 큰일이다. 모조리 의심스러워 보인다. 정신이 이상해질 것 같다. 엉덩이에 닿은 책상이 덜컹 흔들렸다. 눈사태가 난 것처럼 서류가 떨어졌지만, 지사는 아랑곳없이 사무소 밖으로 뛰쳐나갔다. 차에 올라타자마자 시동을 걸고 출발했다.

발신음이 몇 번이나 울렸는데도 아리모리는 전화를 받지 않았다.

전원을 끈 것도 아니고, 음성사서함으로 넘어가지도 않았다. 왜 이럴 때? 끊었다가 다시 걸었지만 역시 받지 않았다.

벌써 사흘이나 거의 잠을 자지 못했다.

몸이 몹시 피곤할뿐더러 졸음도 몰려오지만, 머리는 쉬기를 거부한다.

갈 곳은 어디에도 없었다. 대체 어디까지 도망치면 안심할 수 있을까. 괴물에게서 도망치는 꿈에 시달렸던 21년. 괴물과 싸우기로 결심하고 히라야마의 재심에서 이겨도, 괴물의 정체가 그 집 벽에 생긴 얼룩에 불과하다는 걸 알아도 계속 악몽을 꾼다.

악몽을 꾸는 수준을 넘어 악몽이 현실로 변했다.

지사를 쫓아오는 괴물은 점점 강해진다. 달아나도 소용없다. 싸워도 헛일이다. 포기해도 편해지지는 않는다. 분명 언젠가 지사를 집어삼킬 것이다. 너 같은 건 언제든지 먹어치울 수 있지만 제일 맛있을 때 먹으려고 아껴두었다는 듯이.

어느덧 마루가메시로 돌아왔다.

이러쿵저러쿵해도 의지할 사람은 부모님뿐인가. 순순히 기대면 된다. 하지만 그럴 수가 없다. 걱정 끼치기가 싫어서 싸우고 싶은 건데, 오히려 그 때문에 부모님이 걱정하는 악순환이 반복된다. 이대로는 안 되겠다 싶어 지사는 도중에 운전대를 꺾었다.

역시 아야가와강 사건에 완전히 마침표를 찍을 때까지, 진범을 찾아낼 때까지 이 악몽은 끝나지 않는다. 싸우는 건 틀린 선택이 아니다. 토끼처럼 빨개진 눈을 비비고 다시 머리를 회전시켰다.

모르는 게 얼마나 될까. 헤아릴 수 없이 많다. 하지만 개중에서도 제일 모르겠는 건 진범의 정체다. 진범은 누구일까. 세 유괴사건은 분명 한 사람의 소행이다. 지금까지의 흐름을 보면 히라야마는 아니다. 그렇다면 범인은 누굴까? 범인의 정체를 알았을 때 나는 어떻게 될까.

빵빠앙.

커다란 경적 소리에 급브레이크를 밟았다. 눈 똑바로 뜨고 운전하라는 목소리가 어딘가 멀리서 들리는 가운데, 차가 균형을 잃고 빙글 돌았다. 차는 가드레일에 부딪히고야 겨우 멈췄다. 뒤쪽 차가 경적을 울리며 앞질러 갔다. 지사는 차를 길가에 붙여서 대고 비상 점멸등을 켠 후 잠시 눈을 감았다.

심장이 세차게 뛰는 소리가 들렸다. 방금 죽음이 지척에 있었다. 운전대를 잡은 손에 땀이 흥건했다. 지사는 심호흡을 하면서 심장에 손을 댔다. 더는 싸우지 마, 그만해! 이건 괴물이 보내는 메시지인지도 모른다. 따르지 않으면 죽이겠다는 최후통첩이다.

이제 됐잖아. 충분히 싸웠다. 더는 무리다. 악몽에 시달려도 살 수 있지 않은가. 싸우려고 하니까 괴물이 현실로 나온 거다.

비상 점멸등을 끄려고 손을 뻗었을 때 스마트폰이 울렸다.

공중전화에서 걸려왔다고 표시됐다. 이거 혹시……. 아리모리의 이야기가 떠올랐다. 그렇다. 아리모리에게 전화를 건 인물도 공중전화를 사용했다.

"마쓰오카 씨?"

그 목소리를 듣자 온몸의 근육이 경직됐다. 예상대로 귀에 거슬리는 기계음 같은 목소리였다. 틀림없다. 아리모리가 말했던 인물이다.

"당신은……."

이제 그만하기로 막 결정한 순간이었는데. 지사는 아무 말도 없이 스마트폰을 단단히 쥐었다.

— 대체 이 사람은 누구지?

왜 자신에게 전화를 걸었을까. 아리모리에게 건다면 이해가 간다. 하지만 자신에게 걸어본들 아무 의미도 없다.

"진실을 알고 싶으면, 그 집으로 오도록 해."

아야가와정에 있는 괴물의 집을 가리키는 것이리라. 거기에 뭐가 있는 걸까. 히라야마는 어디로 갔을까……. 하고 싶은 질문이 너무 많아서 오히려 말이 나오지 않았다. 허둥

지등 녹음하려 했으나 더는 목소리가 들리지 않았다. 전화가 끊어졌다.

졸음이 저 멀리 달아났다. 진실이 알고 싶으면 괴물의 집으로 가라는 건가. 참으로 얄궂다. 싸움을 그만두기로 결심하자마자 괴물 쪽에서 다가올 줄이야……. 거기서는 분명 괴물이 커다란 입을 벌리고 기다리고 있다. 그래도 갈 것인가.

무섭다. 도망치고 싶다. 하지만 이번 기회를 놓치면 분명 진실은 영원히 어둠에 묻힌다. 그래도 괜찮은가. 히라야마는 지사를 《우락부락 염소 삼 형제》의 작은 염소에 비유했다. 확실히 그렇다. 괴물에게서 도망칠 수밖에 없었다. 큰 염소처럼 괴물과 싸울 뿔도 없다. 하지만 달아났던 곳으로 다시 돌아가, 이번에야말로 괴물과 정면으로 맞붙겠다.

지사는 비상 점멸등을 끄고 다시 운전대를 잡았다.

몇 번이나 가봤으므로 컴컴해도 괴물의 집까지 헤매지는 않았다.

산기슭 방향으로 자갈길을 나아갔다. 자동차 냉방을 제일 강하게 틀어도 후끈거리는 몸은 식지 않았다.

처음 왔을 때처럼 풀숲에 차를 세우고 총총히 괴물의 집으로 향했다. 차가 더 보이지는 않았지만, 다른 곳에 세워

났을지도 모른다. 분명 여기에서 그 사람이 기다리고 있다.

지사는 손전등을 켜지 않고 천천히 뒤편으로 돌아갔다.

열쇠를 숨긴 화분은 뒤집어졌고, 문이 열려 있었다. 역시 누가 여기에 들어간 것이다.

금고를 열듯이 느릿느릿 문을 열었다. 소리는 나지 않았다. 모든 것이 끝난 후처럼 정적이 이 저주받은 괴물의 집을 지배하고 있었다. 지사는 손전등을 켰다. 앞쪽 거실에서부터 복도로 빛줄기를 뻗었다. 특별하게 이상한 점은 없었다.

전에 왔을 때는 장롱이 쌓여 복도를 막고 있었지만, 지금은 장롱이 없다. 지사는 바닥이 꺼지는 걸 경계하듯 조심스레 걸음을 옮겼다.

여기에 사람이 있을 줄 알았다. 하지만 인기척은 없었다. 속은 걸까. 하지만 그렇게 생각했을 때 복도를 기둥이 뻗어나간 손전등 불빛에 누군가가 비쳤다. 지사는 입을 벌렸지만 비명은 가까스로 삼켰다.

복도 구석에 남자가 서 있었다. 어째서? 지사는 눈을 부릅떴다.

"당신인가."

은발 남자는 아리모리였다. 벽 앞에 떨어진 손전등이 엉뚱한 방향을 비추고 있었다. 그가 다시 떨어뜨린 시선 끝에는 남자 한 명이 피를 흘리며 큰대자로 쓰러져 있었다.

조각상처럼 그 모습을 내려다보는 아리모리는 손에 피로 물든 식칼을 쥐고 있었다.

4

어둠 속에서 공허한 불빛이 불규칙하게 흔들렸다.

그렇게 떨어져 있지도 않건만, 목소리가 저 멀리에서 들리는 것 같았다. 무슨 이야기를 하는지 잘 모르겠다. 아아, 그렇구나, 신고한 건가. 아리모리는 그렇게 단순한 일조차 바로 생각해낼 수 없었다.

스마트폰을 집어넣은 지사는 아리모리에게 손전등 불빛을 향한 채 조금 뒷걸음쳤다.

지사는 분명 아리모리가 찔렀다고 여기는 것이리라. 하지만 그렇지 않다. 히라야마가 어디 있는지 가르쳐주겠다며 여기로 오라기에, 조금 전에 도착했다. 집에 발을 들여놓고 얼마 지나지 않아 남자가 피투성이로 쓰러져 있는 걸 알아차렸다. 처음에는 히라야마인 줄 알았다. 하지만 그 까까머리는 일찍이 함께 히라야마를 취조했던 이마이 다쿠야였다.

지사가 쓰러진 이마이에게 시선을 주었다. 아니, 위치가 조금 다르다. 충혈된 눈이 향한 곳은 아리모리가 들고 있는 식칼이었다.

평소 같았으면 사람이 찔린 현장에서 바닥에 떨어져 있는 식칼을 줍지 않았으리라. 하지만 이번에는 달랐다. 오래 사용해서 닳은 식칼이 낯익었기 때문이다. 아리모리는 오랜 세월 이 식칼로 무절임을 썰어서 단무지 볶음을 만들었다.

"……아리모리 씨, 어째서?"

변명할 기력은 없었다. 아리모리는 피로 물든 식칼을 바라보았다. 누가 이 상황을 보더라도 이마이를 찌른 것은 자신이다.

── 그렇구나, 드디어 알았어.

왜 미처 몰랐을까. 놈은 처음부터 이러려고 아리모리를 여기로 불러낸 것이다. 아리모리가 예전에 살던 집에는 지금 아무도 없다. 집에 침입해 식칼을 꺼내 오기는 그렇게 어렵지 않을 것이다.

지사는 이마이의 상태를 살피듯이 쪼그려 앉았다가 천천히 아리모리를 올려다보았다. 아리모리는 말없이 눈을 돌렸다.

분명 지사도 놈이 불러낸 것이리라. 아리모리가 이마이를 죽였음을 증언할 목격자로 삼기 위해.

이 사건은 예상했던 것과 전혀 다를지도 모른다. 지금까지 진범이 자신의 몸을 지키기 위해 히라야마를 살인범으로 꾸미려 했다고 생각해왔다. 하지만 예상은 분명 어긋났다. 강렬한 악의가 꿈틀대고 있지만, 애초에 그럴 목적이 아니었다. 그렇다면 진범은 설마, 아니, 그건…….

정적이 흐르는 가운데 지사가 천천히 일어섰다. 내내 일정한 거리를 유지하며 아리모리에게서 시선을 떼지 않았다.

아리모리는 흉기를 들고 있다는 사실을 새삼 깨닫고 식칼을 바닥에 살짝 내려놓았다.

"히라야마 씨는 안 계시나요?"

"네……."

대화를 막은 것은 〈미키 마우스 행진곡〉이었다. 아리모리와 지사는 동시에 얼굴을 마주보았다. 으스스하게 울려 퍼지는 소리에 두 사람은 주변을 둘러보았다.

아리모리는 복도 끝에 있는 문을 보았다. 지사도 따라서 그쪽에 시선을 주었다. 아리모리는 복도를 나아가 그 방의 문손잡이를 천천히 돌렸다.

역시 이 방에서 나는 소리였다. 뒤에서 지사가 손전등으로 비추었다. 침대 위에 요사스러운 불빛을 이리저리 뿜어내며 〈미키 마우스 행진곡〉을 울려대는 스마트폰이 있었다.

아리모리는 즉시 전화를 받으려고 했다. 스마트폰에 익

숙하지 않아서 헤맸지만, 수신음은 끊어지지 않고 계속 울렸다. 화면에는 발신번호 표시제한이라고 떠 있었다.

"네, 여보세요."

아리모리가 전화를 받았지만 상대는 아무 말도 하지 않았다.

전화는 금방 끊겼다. 뭐지 이건……. 아리모리는 스마트폰을 바라보았다. 아리모리는 손을 뻗은 지사에게 스마트폰을 건네주었다.

"이거……. 히라야마 씨의 스마트폰이랑 똑같은 거네요."

지사는 잠깐 망설였지만 스마트폰을 조작했다. 홈 화면에 동영상 폴더가 달랑 하나 있었다. 지사는 아리모리에게도 스마트폰 화면이 보이도록 하고 동영상을 틀었다.

화면에 한 노인의 얼굴이 비쳤다.

"죽기 전에 당신에게는 꼭 말하고 싶었지."

노인은 힘들어 보였지만, 전부 말하겠다고 선언하고 나서는 또렷한 어조로 이야기를 이어나갔다. 아리모리가 기자에게 당했던 것처럼 몰래 촬영하는 듯한 앵글이었다.

"이 사람, 아는 사람인데."

지사가 눈을 커다랗게 떴다. 아리모리도 눈 한 번 깜빡이지 않고 집중했다. 스마트폰 화면 속의 노인이 헛기침을 하고 나서 말을 꺼냈다.

"21년 전에 이케무라 아키호를 유괴해서 죽인 건 나야. 다카기 유카도 유괴해서 죽였고. 그리고 한 명 더, 마쓰오카 지사도 유괴했지."

고백에 나선 사람은 가와타 기요시였다. 너무나도 뜻밖의 전개에 정신이 얼떨떨했지만, 화면 속의 가와타는 그 당시 상황을 자세히 설명하기 시작했다.

"뭐라고 할까. 난 그 시기에 이상했어. 공원에서 유카를 봤을 때, 정확하게는 체크무늬 치마가 펄럭이는 걸 봤을 때 정말 불끈불끈하더군. 나 자신을 억제할 수가 없었지. 아야가와정에 폐가가 있는데, 거기가 내 비밀기지였어."

노인이 비밀기지라는 표현을 사용하다니 유치하기 짝이 없지만, 이야기의 엄청난 내용에 가려져서 유치함이 두드러지지 않았다. 이건 누구한테 말하는 걸까.

"아아, 유카는 오래된 우물에 버렸어. 모르나? 산길을 나아가다 보면 거대한 철탑이 나와. 거기서 사잇길로 들어가면 망한 지 30년도 넘은 절이 있지. 거기 있는 우물이야."

기억이 되살아났다. 지금도 그 길을 나아갔을 때의 감각이 남아 있다. 형사 시절에도 느껴보지 못했을 만큼 찜찜한 기분이었다.

"실은 땅에 묻어야 안 들켜. 하지만 뭐 상관없다는 기분이었어. 만약 보고 싶어지면 금방 보러 갈 수도 있고."

가와타는 히죽히죽 웃으며 말했다.

"지사는 연노란색 유카타가 묘하게 눈부셔서 말이야. 아직 유카에게 질리지도 않았는데 나도 모르게 데려왔지. 하지만 아쉽게도 나비가 팔랑팔랑 달아나버렸어."

비명이 들리고 지사의 손에서 스마트폰이 떨어졌다. 지사는 숨을 헉헉 몰아쉬며 괴로운 듯이 양손으로 입가를 누르고 쪼그려 앉았다. 이윽고 토하는 소리가 들렸다.

아리모리는 떨어진 스마트폰을 주웠다.

"대신에 유카를 귀여워해줬지."

지사는 양손으로 귀를 막고 고개를 세차게 저었다. 아니야, 아니야, 라는 목소리가 새어 나왔다. 아리모리는 가와타가 차례차례 밝히는 진실에 압도돼 한마디도 꺼낼 수가 없었다.

"아키호는 분홍색 블라우스를 나부꼈어. 스케치북을 들고 그림을 그리는 손놀림이 고양이 같아서 얼마나 사랑스러웠는지 몰라. 데려가서 제일 재미있게 즐겼다니까. 하지만 자신의 기분에 그렇게 솔직하지 못한 게 문제였어. 속옷을 입에 쑤셔 넣었더니 결국 축 늘어지더라고. 죽고 나서 훨씬 사이좋게 지냈어. 개도 순순해졌거든. 할아버지, 또 같이 놀자면서."

아리모리도 참지 못하고 소리를 질렀다. 이 짐승 같은 놈이…… 이런 악마가 세상에 존재해서 되겠는가. 가와타는 21년 전의 죄를 마치 달콤쌉쌀한 청춘의 추억처럼 의기양양하게 이야기했다. 즐겁게.

지사는 양손으로 얼굴을 가린 채 벌벌 떨고 있었다. 지사가 떨어뜨린 손전등 불빛에 얼굴같이 생긴 벽의 얼룩이 비쳤다.

진범은 가와타였다. 하지만 가와타는 이미 죽었다. 누가 뭣 때문에 전화를 한 걸까. 아니, 답은 이미 나왔다.

"솔직히 말하면 난 무서웠어."

화면 속에서 가와타가 머리를 끌어안았다.

"요 몇 년, 악몽에 시달렸지. 그 아이들이 나를 짓누른 채 진실을 말하라고 조르는 거야. 나는 알았다면서 슬쩍 받아넘겼어. 드디어 포기했는지 잠잠해졌다 싶었는데……"

가와타가 고개를 휘휘 내저었다.

"얼마 전에 현실에서까지 한 아이가 찾아온 거야. 21년 전에 내가 유괴했던 지사였어."

지사는 벌벌 떨면서 천천히 고개를 들었다. 아리모리도 절로 목소리가 새어 나올 것 같았다.

"미안해, 하지만 사이좋게 지내고 싶었을 뿐이었어."

지사는 새빨갛게 핏발이 선 눈으로 다시 스마트폰 화면

을 노려보았다. 가와타 기요시. 그야말로 악의로 똘똘 뭉친 인간이다. 형사 생활을 오래 했지만, 반성하는 기색 하나 없이 이렇게 잔인한 인간 말종은 처음 봤다.

"어떻게 유괴했느냐고? 아아, 유괴할 때 사용한 차 말이로군. 그건 내 거야. 왜 차가 없느냐고 이상하게 여기는 지인에게는 이제 안 타니까 처분했다고 둘러댔어. 하지만 몰래 타고 다녔지. 어디에 있느냐고? 아아, 비밀기지 근처 저수지에 가라앉혔어."

아리모리는 어안이 벙벙했다. 가와타의 범행은 충동적이고 실로 무계획적이었다. 다카기 유카를 살해해서 버린 우물은 왜 발견되지 않은 걸까. 그렇게 많은 인원을 투입했는데.

아니, 실은 안다. 억측 때문이다. 다들 히라야마가 그랬다는 억측으로 그림을 그리고, 그걸 수정하려 하지 않았다. 수정하기는커녕 불리한 사실은 은폐하고 날조했다. 그리고 그 중심에 자신과 이마이가 있었다.

가와타는 소녀의 속옷과 몰카 사진 등을 숨긴 장소도 밝혔다.

"나는 곧 죽겠지만 이로써 아키호와 유카와도 화해할 수 있겠지. 저세상에서 두 사람과 사이좋게 지낼 거야. 이제부터는 영원히 함께야. 후우, 털어놓고 나니 속이 편하군.

고마워."

얼굴 가득한 웃음을 남기고 가와타의 동영상은 약 15분 만에 끝났다.

이 유언은 더할 나위 없이 설득력이 있었다. 죽음을 앞둔 노인의 헛소리가 아니다. 이만큼 증언이 명확하니 근처 저수지에서 가와타의 차도 건져 올릴 수 있으리라. 훔친 물건과 사진도 나올 것이다.

아리모리도 지사도 한동안 아무 말도 하지 못했다.

가와타의 고백은 결코 깊은 반성에서 비롯된 것이 아니다. 오히려 가와타는 죄를 고백하는 자기 자신에게 도취했다. 소녀들을 회상하는 장면을 보아도 양심의 가책은 털끝만큼도 없다. 무용담을 이야기하는 것에 가깝다. 이 세상에는 신이고 나발이고 없는 건가. 왜 이런 구제불능의 괴물 같은 인간이 천수를 누린단 말인가.

연쇄유괴살해사건의 진범은 가와타다. 그렇다면 아리모리와 지사를 불러낸 사람은 대체 누구일까. 이유는? 그 의문의 정답은 복도에 피투성이로 쓰러진 이마이와, 근처에 떨어진 아리모리의 식칼이 무언으로 웅변하고 있다.

"……아리모리 씨."

고개를 들자 지사가 충혈된 눈으로 아리모리를 보고 있었다.

"이마이 씨를 찔렀나요?"

가와타의 고백 때문에 잠깐 생각이 중단됐지만, 그렇게 볼 수밖에 없는 상황이다. 누구의 눈에도 그렇게 보인다. 발뺌은 통하지 않는다.

누가 계획했는가. 대답은 명백하다. 이마이를 죽이고, 그 죄를 아리모리에게 덮어씌우려고 한다. 이런 짓을 할 사람은 히라야마밖에 없다. 히라야마는 내내 아리모리와 이마이에게 복수할 기회를 노리고 있었던 것이다.

나는 이마이를 죽이지 않았다. 함정에 빠졌다. 그렇게 주장할 수는 있다. 하지만 그럴 수 있어도, 침묵이 긍정을 의미함을 알면서도 말이 나오지 않았다.

"아리모리 씨, 대답하세요. 당신이 이마이 씨를 찔렀나요?"

그렇다고 말해버릴 것 같았다.

자백했을 때 히라야마는 이런 기분이었으리라. 분명 히라야마는 소중히 아꼈던 여동생이 자살하고 빈껍데기가 된 상태에서 저항하기를 그만두었다. 지금의 아리모리도 마찬가지였다. 히라야마가 이케무라 아키호를 죽인 범인일 가능성은 흔적도 없이 사라졌다. 히라야마는 그저 불쌍하고 딱한 사람이었다. 그런 사람에게 내가 대체 무슨 짓을 한 거란 말인가.

"왜 대답을 안 하세요."

아리모리는 대답하지 않고 고개를 숙여 방금까지 식칼을 쥐고 있었던 손을 바라보았다.

늦게나마 히라야마의 행동이 뜻하는 바를 알았다. 이런 짓을 한 건 틀림없이 복수를 위해서다. 자신에게 억울한 죄를 덮어씌운 아리모리와 이마이에게 복수하고 싶었다. 이마이를 죽이고 그 죄를 아리모리에게 뒤집어씌우는 것⋯⋯. 멋진 복수극이다.

가와타는 지사가 방문한 후 히라야마를 불렀다. 히라야마가 진실을 알릴 상대로 가장 적합하다고 생각했으리라. 잔뜩 화가 난 히라야마가 복수할지도 모른다는 걱정은 없었을까. 아니다, 가와타는 미쳤다. 영상에서의 의기양양한 모습을 보건대, 죄를 떠안은 히라야마가 어떻게 생각하든 개의치 않고 떠들어댔다고 해도 이상할 것 없다.

이 동영상을 몰래 촬영한 건 히라야마다. 분명 도우미가 봤다는 또 다른 방문자도 히라야마일 것이다. 한때는 히라야마가 자신에게 불리한 증언을 한 가와타를 몰래 죽인 것이라고 망상했지만, 설마 이런 진상이 감추어져 있었다니.

동영상을 찍은 시점에서 히라야마는 가와타가 진범임을 증명할 수 있었다. 이처럼 확실한 증거가 있는 이상, 경찰에 말하면 전부 끝난다. 진범이 밝혀지면 누구도 다시는 히라야마를 의심하지 않는다. 완전 무죄는 바로 곁에 있었다. 그런데도 히라야마는 복수를 우선시했다. 그 정도까지…….

고개를 숙인 채 입을 다물고 있자니 뒤에서 발소리가 들렸다.

지사가 입을 반쯤 벌리고 아리모리의 뒤쪽에 시선을 던졌다. 아리모리는 그 시선을 좇듯 느릿느릿 돌아보았다.

지친 표정의 남자가 서 있었다.

"……히라야마 씨."

흥미 없는 장난감을 대하듯 히라야마는 복도에 떨어져 있던 식칼을 아무렇게나 주워서 방 입구에 섰다. 지사의 손전등 불빛이 얼굴 절반을 비추었다. 희끗희끗한 머리가 길게 자라 눈언저리를 덮었다. 눈동자에는 분노, 슬픔, 기쁨, 같은 어떤 감정도 없었다. 가면이라도 쓰고 있는 것처럼 느껴졌다.

그런데 어째서? 왜 지금 모습을 드러냈을까.

"마쓰오카 씨, 접니다. 이마이를 찌른 건."

히라야마의 고백에 지사는 "왜요?" 하고 놀라움을 감추지 못했다.

"용서할 수 없었거든요. 이 인간들만큼은……."

히라야마는 식칼로 아리모리와 이마이를 교대로 가리켰

다. 그리고 노여움을 띤 어조로 지금까지 있었던 일을 들려주었다.

"실은 가석방돼서 밖으로 나오면 이 두 놈에게 복수하고 싶었습니다. 하지만 앞으로 10년은 넘게 걸리겠구나 싶었죠. 그런데 마쓰오카 씨 덕분에 생각보다 빨리 나올 수 있었습니다. 마쓰오카 씨, 기억나세요? 왜, 처음 만났을 때 가석방될 때까지 살아 있을 수 있겠느냐고 한 거. 그건 제가 아니라 일흔 살 가까운 아리모리 씨를 가리킨 말이었어요. 죽으면 복수를 못 하니까요."

히라야마는 이마이를 내려다보았다.

"이 자식은 진짜 쓰레기였어요."

바닥에 쓰러진 이마이에게도 히라야마는 증오를 억누르지 못하는 낌새였다. 재심 청구심에서 스스로 죄를 고백한데다, 방면된 후에 무릎을 꿇고 머리를 조아리는 모습을 보고 히라야마는 복수하고 싶은 마음이 흔들렸다고 한다. 다만 아리모리가 텔레비전에서 그런 소리를 했던 만큼 전직 형사들의 본심은 알 수가 없었다. 이 두 사람이 얼마나 반성하고 있는지를 꼭 확인하고 싶었다고 한다.

"가와타 기요시를 만나러 간 건 그에게 편지를 받았기 때문입니다."

히라야마는 가와타가 보냈다는 편지에 관해 말했다. 누가 보냈는지 모를 편지가 가가와 제2법률사무소에 배달됐다.

"하지만 편지지에는 가와타의 이름이 적혀 있었어요. 제가 다카기 유카 실종사건의 범인이라고 증언한 사람이 보낸 편지입니다. 예삿일이 아니라는 생각에 찾아갔죠. 막 익힌 스마트폰의 녹화 기능을 몰래 사용했습니다."

편지에는 자신이 죽을 때까지 아무에게도 말하지 않겠다고 약속한다면, 모든 것을 밝히겠다고 적혀 있었다고 한다.

"가와타 기요시의 이야기를 듣고 비밀기지와 증거품을 확인했을 때, 처음에는 경찰에 알리려고 마음먹었습니다. 진범만 밝혀지면 더는 저를 의심하는 사람이 없을 테니까요. 당연히 가와타에게 화도 났고요. 하지만 거대한 물결이 분노의 물결을 단숨에 휩쓸어 가더군요."

아리모리는 아무 말도 하지 못하고 그저 히라야마의 이야기를 들었다.

"문득 이건 기회라는 생각이 들더군요. 그래서 두 사람에게 제안했습니다. 다카기 유카의 시신에 히라야마의 머리카락을 붙여서 범인으로 꾸미라고요. 꼭 확인하고 싶었거든요."

"확인?"

지사의 물음에 히라야마는 네, 하고 고개를 끄덕였다.

"본심을요. 그들이 얼마나 진심으로 그때의 일을 반성하고 있는지 궁금했습니다. 아리모리 씨는 제안을 받아들이지 않았지만, 이마이는 빚을 전부 갚아주겠다고 했더니 제가 히라야마 사토시의 것이라며 놓아둔 머리카락을 망설임 없이 유카의 백골 시체에 붙이더군요. 이 자식은 전혀 반성하지 않았어요. 전부 돈. 그 고백도 결국 돈 때문이었던 겁니다. 덕분에 결심이 섰습니다."

그랬구나. 히라야마는 이마이에게도 똑같은 제안을 했던 건가. 가와타에게 들은 고백을 이용해 진범인 척한 것, 이마이를 죽이고 아리모리의 짓처럼 꾸미려 한 것……. 전부 아리모리의 예상과 일치했다.

그런데 왜 이렇게까지 하는 걸까? 누가 보더라도 가와타가 진범이라는 건 명백한 사실이다. 히라야마의 남은 인생은 밝았으리라. 지금까지 이런 수모를 당했으니 행복을 얻는 건 당연한 권리다. 그런데 행복을 죄다 버리면서까지 원한을 갚으려고 했다. 누명을 쓴 걸 그렇게나 용서할 수 없었단 말인가.

"오해하지 마십시오."

마음을 들여다본 것처럼 히라야마가 아리모리를 노려보았다.

"당신들이 내게 죄를 덮어씌운 건 아무래도 상관없습니다."

그럼 뭐 때문에. 아리모리의 소리 없는 물음은 히라야마에게 다다랐다.

"당신들이 내 동생을 죽음으로 몰아넣었기 때문입니다."

지금까지 취조실에서도 공판에서도 보여주지 않은 날카로운 시선이었다.

"가스미는 내가 체포당했어도 믿지 않았어요. 오빠가 그런 짓을 할 리 없다면서요. 가스미가 자살한 건 당신들이 거짓말을 했기 때문입니다. 내가 자백했다고 가스미에게 지껄였지. 당신들이 거짓말로 가스미를 죽인 거야!"

히라야마는 이마이에게 전화로 은밀한 제안을 했을 때 그 사실을 확인했다고 한다. 이마이는 히라야마를 자백시키기 위해 거짓말로 동생부터 공략했다고 자랑스럽게 이야기했다는 모양이다.

"가스미에게는 내가 무고하다는 사실을 영원히 밝힐 수 없어요. 그렇다면 죽는 한이 있더라도 두 녀석에게 꼭 복수하겠다는 마음만으로 끈질기게 살아왔습니다."

식칼 끝보다 예리한 눈빛에 아리모리는 움츠러들었다.

그의 눈빛에 깃든 건 두려움이 아니다. 애달픔도 아니다. 이 눈을 어디선가 봤다. 그렇다, 예전에 법정에서 이케무라 도시에가 히라야마를 쳐다보던 눈과 똑같다. 사랑하는 사람을, 자신의 목숨보다 소중한 사람을 잃고 분노에 불타는 눈이다.

그렇구나, 드디어 전부 깨달았다.

히라야마를 움직인 원동력은 누명을 쓴 데서 비롯된 억울함이 아니었다. 소중한 여동생이 죽임을 당한 데서 비롯된 분노와 슬픔이었다. 도시에와 완전히 똑같지 않은가.

뭔가가 아리모리의 마음속에서 뚝 소리를 내며 끊어졌다. 온몸에서 힘이 빠져 한쪽 무릎을 꿇었다.

"미안해."

정말로 뒤늦은 사죄였다. 히라야마는 불에 기름을 붓는 격으로 느낄지도 모른다. 하지만 사과하지 않을 수 없었다. 21년을 거쳐 비로소 본심에서 나온 사죄였다. 가족부터 공략한 건 이마이의 독단적인 행동이었지만, 아리모리가 지시했다고 여겨도 당연하다. 변명할 마음은 없었다.

히라야마가 식칼을 들고 아리모리에게 다가왔다. 지사가 안 된다고 소리를 질렀다. 하지만 아리모리는 피할 마음이 없었다.

"지금 생각하면 이 두 사람을 시험하려 한 건 실패였습니다. 이마이가 죽어 마땅한 놈이라는 건 알았지만, 아리모리 씨, 당신의 본심은 여전히 모르겠어요. 확실히 이번에는 내게 죄를 덮어씌우려 하지 않았죠. 하지만 그것만으로는 아무것도 알 수가 없다고요."

히라야마가 멈춰 섰다. 식칼을 는 손이 떨렸다.

어떻게 하면 이 죄를 갚을 수 있을까. 몸을 피해 히라야마가 더는 죄를 짓지 않도록 하는 게 좋을까. 아니면 이대로 복수를 끝내게 해주는 게 나을까.

히라야마가 다시 아리모리에게 식칼을 들이댔을 때 지사가 "히라야마 씨!" 하고 불렀다.

"왜 이마이가 놓아둔 머리카락을 회수하지 않았나요?"

지사의 말에 히라야마는 움직임을 멈췄다.

"그대로 놔두면 경찰에게 의심받아요. 실제로 그렇게 됐고요. 히라야마 씨, 유카의 시신에 머리카락이 놓여 있는 걸 확인했을 때, 자신이 얼마나 양심 없는 짓을 저질렀는지 깨달은 것 아닌가요? 그렇게 끔찍한 짓을 당한 유카를 이용하고, 죽은 후에도 모욕했다는 걸요."

히라야마는 식칼을 쥔 채 잠시 굳어버렸다. 이윽고 크게 숨을 내쉬더니 지사에게 몸을 돌렸다.

"나도 괴물이 됐다는 걸 깨달았습니다."

히라야마는 한 손으로 얼굴을 덮었다. 그렇구나, 다카기 유카의 시신을 찾았다고 경찰에 신고한 것도 히라야마다. 자신이 저지른 죄가 부끄러워 머리카락을 회수할 마음을 잃은 것이다.

"하다못해 빨리 발견해주기를 바랐어요."

식칼을 쥔 히라야마의 손이 힘없이 흔들렸다. 마음만 먹으면 금방 제압할 수 있으리라. 그러나 아리모리는 그냥 히라야마를 쳐다보았다.

"이제 나는 어찌 되든 상관없습니다. ……하지만, 하지만 이놈들만은 용서할 수 없어."

아아아! 히라야마가 단말마 같은 고함을 질렀다.

잠시 후 떨리는 손에서 식칼이 주르르 빠져나왔다.

식칼이 슬로모션처럼 바닥에 떨어지는 순간, 방에 충격음이 메아리쳤다. 아리모리는 눈이 휘둥그레졌다. 뭐지? 식칼이 떨어지는 소리는 아니다.

식칼을 남기고 히라야마의 몸이 공중에 떴다.

히라야마는 눈을 부릅뜬 채 뒤에서 뭔가가 잡아당긴 것처럼 쓰러졌다. 아리모리가 뻗은 오른손은 허공을 갈랐고, 히라야마는 반회전한 상태로 바닥에 나뒹굴었다. 지사의 비명이 들렸다. 바닥에 쓰러진 이마이는 여전히 미동도 없었다.

뭐가 어떻게 된 거지? 정신이 얼떨떨했지만 몇 초 후 발소리와 함께 거친 숨소리가 들렸다. 제복 차림의 남자가 천천히 다가왔다.

"괜찮으십니까."

젊은 제복 경관이 든 총에서는 아직도 연기가 피어오르

고 있었다. 지사의 손전등이 히라야마를 비추었다. 히라야마는 생사가 불확실한 상태로 쓰러져 있었다. 가슴에 총을 맞은 것 같았다. 출혈의 흔적은 작지만 옴짝달싹도 하지 않았다.

아리모리는 젊은 경관에게 "이 멍청아!" 하고 소리쳤다.

경관은 허둥지둥 변명을 늘어놓았다. 지역 주재소◆에서 히라야마가 실종됐다는 소식을 듣고 이 집 주변을 경계하고 있던 차에, 지사가 신고한 내용을 연락받은 모양이다. 다투는 목소리를 듣고 집에 들어섰을 때 히라야마가 식칼을 아리모리에게 들이대는 장면을 보았다고 한다.

"급박부정의 침해에 해당하는 상황이라 경고 없이 발포했습니다."

급박부정의 침해? 확실히 히라야마는 식칼을 들이댔다. 하지만 살의는 이미 사라지고 없었다. 그 포효는 이를테면 무력화된 살의의 단말마였다. 그걸 이 젊은이는 착각했다.

"히라야마 씨, 히라야마 씨!"

지사는 움직임이 없는 히라야마를 연신 불러댔다. 젊은 경관은 애써 자신의 발포를 정당화하고 있었지만 무슨 소리를 하는지 알아들을 수가 없었다. 안다. 분명 직무에 충

◆　교외 지역이나 낙도 등 교대 근무가 어려운 곳에 경찰관과 그 가족이 거주하는 시설.

실했을 뿐이다. 그건 아리모리 자신의 예전 모습 같기도 했다.

뭘까, 히라야마라는 남자의 인생은……. 누명을 써서 체포되고, 여동생은 거짓말에 속아 자살했다. 억울한 죄로 21년이나 복역하고 겨우 석방돼 재심에서 무죄판결을 받았지만, 과거에 죄를 저지른 형사들은 벌을 받지 않았다. 마침내 얻은 자유를 희생해 복수하려다가 사정을 모르는 경찰관의 총에 맞았다. 아리모리는 먹먹한 기분으로 움직임이 없는 히라야마를 내려다보았다.

언제까지고 끝나지 않는 밤에 괴물의 집에는 두 남자가 쓰러져 있었다. 지사의 필사적인 부름에 히라야마가 아니라 이마이가 몸을 살짝 움직였다. 어째서 그쪽이. 지사는 원망스러운 듯이 인상을 찡그렸다.

그러고 보니 이마이의 상처는 한 군데뿐인 듯하다. 급소에서 빗나갔고 출혈도 그렇게 많지 않다. 정말로 죽일 생각이었다면 결정타를 날려야 했겠지만 그러지 않았다. 히라야마 사토시. 이 남자는 분명 남에게 상처를 주기 싫어하는 착한 본성을 지닌 사람이리라.

멀리서 사이렌 소리가 들렸다.

지사는 히라야마의 손을 꽉 쥐고 계속 이름을 불렀다.

"죽으면 안 돼요. 제발 죽지 말아요!"

아리모리도 어둠 속에서 온 마음을 다해서 빌었다. 그래, 히라야마, 넌 죽이지 않았어, 아무도 죽이지 않았어. 완전 무죄야. 눈물이 뺨을 타고 흘렀다. 아리모리는 가까워지는 사이렌 소리를 들으며 히라야마를 바라보았다.

종장

통유리 엘리베이터는 도심의 야경을 내려다보며 소리도 없이 올라갔다.

하루의 피로가 온몸을 짓누르지만, 정신력이 육체를 지배하고 있다. 오늘도 최악의 인간이 인신사고를 일으키고 변호를 의뢰하러 왔다. 자신의 과실은 제쳐두고 지사에게 무죄로 만들어달라고 떼를 썼다. 내가 마법의 지팡이라도 가지고 있는 줄 아는 걸까.

35층에서 내리자 알고 지내는 변호사가 놀란 표정을 지었다.

"어? 지사, 이제 안경 벗었네? 못 알아볼 뻔했어."

유아 추락 사건 재판에서 함께 싸운 중년 변호사다. 요즘은 잠을 잘 자서 눈에 핏발이 서지 않는다. 원래 시력은 나쁘지 않으니 충혈된 눈을 가릴 도구는 필요 없다.

지사는 융단 위를 천천히 걸어 시니어 파트너 룸으로 향했다. 이제 마야마를 만난다. 호출받은 것이 아니라 지사가 면담을 신청했다.

경비원과 비서가 들어가시라며 방으로 안내했다.

"아아, 왔군."

마야마는 평소처럼 홍차를 마시며 비스킷을 먹고 있었다. 여전히 글루텐이 없는 스페인 비스킷이다.

"오, 역시 예쁘군. 그게 훨씬 나아."

마야마는 안경을 벗은 것을 칭찬하는 말로 이야기를 시작했다.

"그건 알지? 히라야마 일로 자네를 나무라는 사람은 아무도 없어."

재심에서 무죄판결을 받은 후 히라야마가 일으킨 사건은 이미 대중에게 널리 알려졌다. 총격 후 달려온 구급차에 실려 간 이마이와 히라야마는 둘 다 목숨을 건졌다. 히라야마는 입원 중이지만, 살인미수 혐의로 체포됐다.

히라야마에게 쏟아진 대중의 시선은 결코 냉랭하지 않았다. 가와타 기요시가 진범임이 명확해졌기 때문이다. 동영상에 담긴 증언대로 녹색 지붕 집 근처의 저수지에서 가와타의 차가 발견됐고, 속옷류와 사진도 발견되는 등 물증은

넘쳐난다. 아야가와 초등학교에서 히라야마의 소행으로
의심받은 몰카와 도난도 가와타의 소행이었음이 판명됐다.
히라야마가 두 전직 형사에게 복수하려 한 것에도 대중은
동정적이었다.

"그런데 무슨 용건이었지?"

"이번 변호를 마지막으로 사무소를 그만두고 싶어서요."

예상했다는 듯이 마야마는 천천히 고개를 들었다. 예전
부터 했던 이야기고, 지명도와는 달리 지사는 아직 변호사
로서 실력이 많이 모자라다. 지사가 그만둬도 사무소에는
별 타격이 없을 것이다. 그렇군, 하고 마야마는 한숨을 쉬
었다.

"실은 아주 아쉽지만."

마야마가 쓴웃음을 지으며 손을 내밀었다. 지사는 대항
하듯 입을 일자로 꾹 다물었다.

"마야마 선생님, 한 가지만 여쭤보고 싶은데요."

"뭔데?" 마야마가 약간 억지로 악수를 했다.

"왜 아야가와강 사건에 손을 대기로 하신 거죠?"

마야마는 비스킷을 문 채 잠깐 생각에 잠겼다.

"왜냐라. 음……. 원죄를 해소하는 데 이유가 필요할까.
솔직히 힘들지 않을까 싶었어. 난 DNA 재감정 결과가 나
왔을 때 반쯤 포기했다니까. 그런데 자네가 기적을 일으켰

지. 정말 대단해."

"그건 아니에요."

"자네야 그건 운일 뿐이었다고 겸손을 떨겠지만, 내가
보기에는 그렇지 않아. 이마이의 심리를 완전히 읽어낸 멋
진 변론이었어."

"그런 뜻이 아닙니다."

딱 잘라 말하자 마야마는 그제야 비스킷을 입에서 뗐다.

"이마이가 적법하지 않은 방법으로 취조와 수사를 했다
고 고백한 건 필연이었어요. 이마이는 애초부터 그럴 작정
으로 기회를 노리고 있었으니까요. 이마이에게는 비즈니스
였던 거예요. 스스로 경찰을 배신하고 모조리 털어놓는다.
그 결과, 난처한 지경에 처하겠지만 방송 출연과 강연, 책
출판으로 돈을 버는 원죄 비즈니스요. 하지만 문제는 그게
아니에요. 이건 이마이의 생각이 아니었어요. 구마 선배가
나중에 알려줬어요. 자기가 이마이에게 제안했다고."

마야마는 말없이 창밖을 바라보았다. 재심 청구심 때 구
마는 DNA 재감정 결과 때문에 충격을 받은 지사를 대신
해 자신이 이마이를 신문할 작정이었다고 한다. 하지만 지
사가 의욕을 보였으므로 더는 강하게 말할 수 없었다. 구
마는 몇 번이나 지사에게 털어놓으려고 했지만, 결국 속으
로만 끙끙 앓았던 모양이다.

히라야마가 이마이를 찌르고 체포되자 구마는 속상해했다. 자신이 그런 비열한 전술을 사용하지 않았다면 이런 일은 벌어지지 않았을 것 아니겠냐고. 결과적으로 이마이도 히라야마도 목숨은 건졌지만, 죽었어도 이상할 것 없는 상황이었다.

"하지만 그 전술, 마야마 선생님이 가르쳐주신 거죠?"

지사는 마야마를 똑바로 응시했다. 여기서부터는 추측이다. 구마는 더 이상 입을 열지 않았지만, 그의 성격상 이런 전술을 생각해서 써먹을 리 없다. 재심 청구심 전에 구마는 마야마와 연락을 취했다. 그때 알려준 것이 틀림없다. 이마이를 낱낱이 조사한 마야마는 그가 경찰을 배신하게 해 재판에서 이기려고 처음부터 마음먹고 있었던 것이다. 지사는 그 전술을 위한 장식에 불과했다. 이 얼마나 얼토당토않은 전술이란 말인가.

지사는 전부 다 알고 있다고 마야마를 압박했다.

하지만 마야마는 속내가 빤히 보인다는 듯이 으음, 하고 고개를 갸웃했다. 역시 노회하다. 분명 구마가 결코 말하지 않으리라는 자신이 있는 것이다.

"다시 여쭐게요. 왜 아야가와강 사건에 손을 대려고 하신 거죠?"

마야마는 이 질문에도 난감하다는 표정으로 응했다. 지

사는 추궁하면서 마야마의 무서움을 새삼 깨달았다. 마야마는 분명 전부 알고 있는 것이다. 구마에게 전술을 일러주었을 때도, 구마가 어떤 인간이고 얼마나 저항할지까지 계산했다. 지사의 반응조차 예상했다. 아무리 공격해도 소용없을 것 같은 기분이 들었다.

"실각시키려고."

마야마는 웃음을 지으며 생각지 못한 말을 꺼냈다. 전혀 예상하지 못한 이유였다. 대형 법률사무소의 수장 자리를 지키고 싶어서 방해되는 남자를 실각시키기 위해 21년 전에 그가 관여한 사건의 원죄를 해소하려고 했단 말인가. 그렇다면 히라야마와 아리모리 들의 싸움은 뭐였단 말인가.

"그런 어처구니없는 이유로."

마야마는 재심 청구를 결정했을 때 경찰과 검찰, 법원과 변호사가 내세우는 정의에는 의미가 없다고 단언했다. 하지만 그렇다면 마야마에게 정의란 대체 뭘까.

"마야마 선생님, 당신은……."

강하게 몰아붙이려 했을 때 마야마의 눈이 벌겋게 달아올랐다. 웃음 속에 정체 모를 화염이 타오르고 있었다. 한기가 지사의 온몸을 내달렸다. 마치 자의가 있는 듯한 화염은 이쪽을 집어삼킬 것처럼 크고 강하게 느껴졌다.

뭐지, 이건……. 지사는 잠시 할 말을 잃었다.

"거짓말이야. 거짓말. 미안해. 그럴 리가 없잖나."

마야마의 내면에서 불타고 있던 화염이 한순간에 거짓말처럼 사그라지고, 평소의 온유한 얼굴로 되돌아왔다. 지사는 여전히 말문이 막힌 상태였다.

지금 건드려서는 안 될 것을 건드린 기분이었다. 마야마는 멍하니 있는 지사에게 참 애썼다며 다시 따뜻한 손을 내밀었다.

"그만둘지 말지 고향에서 잘 생각해봐."

마야마는 엘리베이터까지 배웅해주었다.

결국 이마이의 고백을 주도한 흑막은 확실히 밝히지 못하고 끝났다. 하지만 그 진상보다 마야마가 한순간 보여준 무시무시한 화염의 정체가 마음에 걸렸다. 그건 뭐였을까. 마야마와 헤어지자 마음이 놓였다. 그만한 일이 있었는데 끝까지 물고 늘어지지 못하고 도망쳐버렸다.

"하지만 뭐, 일단 넘어갈까."

지사는 입매를 누그러뜨렸다.

21년이나 피해서 도망쳐 다녔던 괴물의 정체는 약해빠진 노인이었다. 하지만 한편으로 정의라는 이름을 가진 괴물의 정체는 여전히 모르겠다. 이제 시코쿠로 간다. 뒷일은 천천히 생각하자.

마린 라이너는 세토 내해를 가로질러 다카마쓰역에 도착했다.

플랫폼에 흐르는 〈세토의 신부〉 멜로디를 작게 흥얼거리며 개찰구로 향했다. 몇 명이 무리 지어 지사가 도착하기를 이제나저제나 기다리고 있었다. 가가와 제2법률사무소 사람들이다. 다들 밝게 맞이해주었다.

구마는 실의에 빠져 한때는 변호사를 그만두기로 결심했다. 하지만 지사의 설득도 있고 해서 마음을 바꾸었다.

"그럼 바로 가볼까."

구마가 운전하는 차를 타고 다카마쓰 중앙병원으로 향했다. 히라야마는 이곳에 입원 중이다. 동승한 아나부키가 차에서 그 후의 정보를 알려주었다. 히라야마의 가슴에 명중한 총알은 다행히도 몸속을 휘젓지 않고 등을 뚫고 나갔고, 폐에 구멍이 났지만 목숨에 지장은 없었다. 아리모리는 자신의 잘못을 인정하고, 히라야마를 위해 뭐든지 하겠다고 보도진에게 말했다.

"경찰의 경비가 삼엄하네요."

히라야마는 특별실에 입원했다. 면회를 허락받은 사람은 지사뿐이다. 경찰관 두 명이 대기하는 가운데 지사는 병실로 들어가서 커튼을 조용히 걸었다.

튜브가 몇 개 연결되어 있지만 산소마스크는 하지 않았

다. 의식은 있고 이야기도 가능한 듯하다. 누워서 창밖을 바라보던 히라야마는 지사가 왔다는 걸 알고 말없이 이쪽으로 고개를 돌렸다.

아야가와강 사건의 완전한 무죄가 성립된 대신에, 히라야마는 회복되자마자 신병이 구속된다. 참으로 얄궂은 일이 아닐 수 없다.

어떤 말도 위로가 되지 않으리라는 건 지사도 알고 있다. 역시 직접 만나자 생각처럼 말이 잘 나오지 않았다. 유괴사건을 겪었지만 지사에게는 사랑해주는 부모님이 있었다. 이번에도 구마와 법률사무소 사람들이 지탱해주었다. 하지만 단 하나뿐인 사랑하는 여동생을 잃은 히라야마에게는 아무도 없었다. 그런 고독 속에서 복수심만을 버팀목 삼아 그는 혼자 싸워온 것이다.

앞으로 남은 인생을 어떻게 살아갈까. 그 녹색 지붕 집에서 죽든, 교도소에 수감되든 분명 히라야마에게는 아무래도 상관없는 일일 것이다.

"히라야마 씨, 끝까지 약속을 지켜주셨군요."

생각한 끝에 그런 말을 꺼냈다.

교도소에서 접견했을 때 히라야마는 거짓말을 하지 않겠다고 약속했다. 약속대로 히라야마는 지사에게 끝까지 거짓말은 하지 않았다. 잠자코 있던 일은 있었지만, 말을 꾸며내지는 않았다. 무죄판결을 축하하는 파티가 끝난 후 나 같은 살인자를 무죄로 만들어줘서 고맙다고 한 것도 거짓말은 아니다. 21년 전에 살인을 저질렀다는 뜻이 아니라, 앞으로 전직 형사 두 명을 죽일 작정이니까 살인자라는 뜻이었다.

지사는 녹색 지붕 집에서 아리모리를 꾸짖던 히라야마를 떠올렸다. 그중에 지금도 마음에 남아 있는 말이 있다.

── 가스미에게는 내가 무고하다는 사실을 영원히 밝힐 수 없어요.

히라야마는 세상 사람들에게 인정받기 위해 누명을 벗고 싶었던 게 아니다. 히라야마가 무고함을 증명하고 싶었던 것은 단 한 사람, 사랑하는 여동생뿐이었다.

"히라야마 씨, 당신은 무고해요."

동생분도 분명 그렇게 생각할 거예요……. 그렇게 덧붙이려다 망설였다. 그런 위로는 히라야마가 걸어온 인생에 비하면 너무나 싸구려다.

완전 무죄의 성립. 그건 낙타가 바늘구멍에 들어가는 것보다 어려운 일일지도 모른다. 무죄가 성립돼도 거기는 결승점이 아니다. 잃은 것을 되찾는 싸움이 거기서부터 시작된다. 히라야마는 그 출발선에 설 각오를 다졌을까.

등을 돌렸을 때 뒤에서 마쓰오카 씨, 하고 히라야마가 불렀다.

"고맙습니다."

들린 것은 작고, 어쩐지 덧없는 감사의 말이었다.

지사는 히라야마에게 가볍게 고개를 숙이고 병실을 뒤로 했다.

병원에서 나오자 조금 떨어진 곳에서 노인이 커다란 나무를 올려다보고 있었다. 기분 때문인지 아리모리와 닮아 보였다.

정말로 기나긴 21년이었다. 괴물의 정체를 알았고 진범도 밝혀졌지만, 왠지 끝나지 않은 기분도 든다. 이 세상에는 아직도 지사가 모르는 괴물이 존재할 것이다.

하지만 이제 악몽은 꾸지 않는다. 늘 벌겠던 눈은 투명함을 되찾았다. 주차장 쪽에서 구마와 아나부키가 지사에게 손을 흔들었다. 자신은 더 이상 혼자가 아니라고 지사는 생각했다. 모든 걸 잃은 듯 보이는 히라야마도 언젠가 분명히…….

그때 노인이 올려다보던 커다란 나무에서 이름도 모르는 새들이 일제히 날아올랐다.

지사는 눈을 크게 뜨고 하늘을 날아가는 새들을 바라봤다. 새파란 하늘을 향해 날갯짓하는 새들에게 지금 지을 수 있는 가장 큰 미소를 선사했다.

만들어진 죄,
원죄의 무서움

저자 다이몬 다케아키는 2009년 사형 제도와 원죄를 다룬《설원》으로 제29회 요코미조 세이시 미스터리 대상을 받으며 데뷔한다. 그 후로도 회복적 사법을 다룬《죄화》, 재판원 제도와 변호사 증원 문제를 통해 사법제도에 일침을 가하는《확신범》, 무기수의 갱생과 재범 문제를 다룬《고해자》등 주로 사법 문제와 관련된 중후한 사회파 엔터테인먼트 작품을 주로 써내며 사회파 미스터리 분야에서 독자적인 영역을 개척해나가고 있다.

그런 그가《완전 무죄》에서 자신의 원점인 원죄 문제를 다시 다룬다. 원죄는 한마디로 요약할 수 없을 만큼 다양하고 깊은 문제를 내포하기 때문이라고 한다.

원죄란 '억울하게 뒤집어쓴 죄'를 가리킨다. 한국에서는 흔히 사용되는 말이 아니지만, 일본에서는 무고한데도 누명을 쓰고 사법적인 처벌을 받은 경우에 흔히 사용하는 말이다. 화성 8차 사건으로 무기징역을 선고받아 20년을 복역하고 출소한 후, 2020년 재심을 통해 무죄를 선고받은 윤성여 씨가 대표적인 원죄의 피해자라고 할 수 있겠다.

예외도 있겠지만 법을 다루는 사람들은 대부분 정의감을 갖추고 있다. 문제는 그 정의가 객관적이지 못한 데다 정의의 주체인 사람이 완벽하지 못하다는 것이다.

《완전 무죄》에서 한 등장인물은 이렇게 말한다.

> "경찰의 정의는 범인을 체포하는 것, 검찰의 정의는 재판에서 지지 않는 것, 내가 있던 법원의 정의는 법적 안정성. 딱 잘라 말해 전부 그 하나만으로는 아무 의미도 없어. 변호인의 정의도 마찬가지야. …… 모두가 정의에 매몰되는 바람에 무고하고 약한 사람만 눈물을 흘려."

이처럼 각자의 정의를 관철하기 위해 짜 맞추기를 한 결과 탄생한 원죄는 많은 사람에게 피해를 준다. 누명을 쓴 본인은 물론 그 가족, 범인이 단죄됐다고 믿고 새로운 인생을 시작하려는 사건 피해자와 그 가족에게 아픔을 남긴다. 가장 큰 문제는 재심에서 무죄를 선고받는다고 해도 진범이 체포되지 않는 한, 무죄판결이 무고함을 보장해주지 못한다는 것이다. 무죄와 무고함은 다르다. 무죄가 선고돼도 사람들의 마음속에는 뭔가 착오가 있었을 뿐 실은 범인이 맞지 않느냐는 의혹이 남게 된다. 한 번 금이 간 무고함은 무죄판결로 완벽하게 봉합할 수 없다. 낙인이 찍힌 원죄의 피해자는 누명을 벗은 후에도 싸움을 계속해나가야 한다.

《완전 무죄》에서는 이렇듯 원죄의 무서움을 전면에 내세워 사회파 소설의 면모를 강조하면서도, 엔터테인먼트 소설로서의 재미도 잃지 않는다. 일단 21년 전 유괴사건의 피해자가 변호사가 되어 그 사건의 범인으로 복역 중인 인물의 재심 청구를 맡는다는 설정이 눈길을 확 잡아 끈다. 거기에 당시 사건 수사를 맡았던 형사의 시점도 가미해 이야기에 변화를 주며 끝까지 궁금증을 유발한다. 원죄는 더 이상 새로운 주제가 아니지만 여느 때처럼 재미있는 작품을 만들고 싶다는 마음으로 글을 써나갔다는 작가의 바람이 잘 실현된 작품이라 할 수 있겠다.

현직 변호사이자 작가인 오리가미 교야는 다이몬 다케아키와의 대담에서 "《완전 무죄》가 모든 사람이 원죄에 대해 생각해보는 계기가 되면 좋겠다"라고 말한다. 다양한 정의가 난립하는 현대사회에서는 누구나 원죄의 피해자가 될 수 있다. 독자 여러분도 원죄에 대해 한 번쯤은 생각해 보기를 바라는 마음으로 이 책을 추천한다.

2022년 2월
김은모

옮긴이 **김은모**

경북대 행정학과를 졸업했다. 출판 번역가로 활동하며 다양한 작가의 작품을 소개하고자 노력하고 있다. 옮긴 책으로 우타노 쇼고의 '밀실살인게임' 시리즈, 고바야시 야스미의 《앨리스 죽이기》, 《클라라 죽이기》, 이사카 고타로의 《화이트 래빗》, 《후가는 유가》, 미야베 미유키의 《비탄의 문 1, 2》, 이케이도 준의 '변두리 로켓' 시리즈, 《낙원은 탐정의 부재》, 《용서는 바라지 않습니다》, 《은밀한 결정》, 《시인장의 살인》, 《지푸라기라도 잡고 싶은 짐승들》 등이 있다.

완전 무죄

초판 1쇄 인쇄일 2022년 2월 15일
초판 1쇄 발행일 2022년 2월 24일

지은이 다이몬 다케아키
옮긴이 김은모

발행인 박헌용, 윤호권
편집 김혜정 **디자인** 서은주
발행처 ㈜시공사 **주소** 서울시 성동구 상원1길 22, 6-8층(우편번호 04779)
대표전화 02-3486-6877 **팩스(주문)** 02-585-1755
홈페이지 www.sigongsa.com / www.sigongjunior.com

이 책의 출판권은 (주)시공사에 있습니다. 저작권법에 의해
한국 내에서 보호받는 저작물이므로 무단 전재와 무단 복제를 금합니다.

ISBN 979-11-6579-899-4 03830

*시공사는 시공간을 넘는 무한한 콘텐츠 세상을 만듭니다.
*시공사는 더 나은 내일을 함께 만들 여러분의 소중한 의견을 기다립니다.
*검은숲은 ㈜시공사의 브랜드입니다.
*잘못 만들어진 책은 구입하신 곳에서 바꾸어 드립니다.